디셉션 포인트
Deception Point

DECEPTION POINT
Copyright ⓒ 2001 by Dan Brown
All rights reserved.

Korean translation copyright ⓒ 2010 by Moonhak Soochup Publishing Co., Ltd.
Korean translation rights arranged with Sanford J. Greenburger Associates, Inc. through
EYA(Eric Yang Agency), Seoul, Korea.

이 책의 한국어판 저작권은 EYA(Eric Yang Agency)를 통해
Sanford J. Greenburger Associates, Inc.와
독점계약한 (주)문학수첩이 소유합니다.
저작권법에 의하여 한국 내에서 보호를 받는 저작물이므로
무단 전재와 복제를 금합니다.

디셉션 포인트
Deception Point

댄 브라운 지음 | 유소영 옮김

문학수첩

일러두기

1. 한글 맞춤법은 국립국어원 《표준국어대사전》에 따랐다. 외래어 표기법도 국립국어원 〈외래어 표기법〉에 따라 표기하였다.
2. 마일, 야드, 피트, 에이커, 제곱피트 등의 단위는 센티미터, 미터, 킬로미터, 제곱미터 등의 단위로 환산하였다.

67

　백악관 전화교환실은 이스트 윙 아래층에 있고 세 명의 교환원이 상시 근무한다. 하지만 지금은 두 명만 교환대에 앉아 있었다. 한 사람은 무선전화기를 들고 전속력으로 브리핑 룸을 향해 달리고 있었다. 집무실로 전화를 연결해 보았지만, 대통령은 이미 기자회견장으로 가는 중이었다. 대통령 보좌관들의 휴대전화에도 연락을 취해 보았지만, 생방송 기자회견 전에는 혹시 방송에 방해가 되지 않도록 브리핑 룸 내부와 주변에서 휴대전화 전원을 모두 끄게 되어 있었다.
　이런 시점에 대통령에게 직접 휴대전화를 전달하러 달려가는 것이 과연 적절한 일인지 알 수 없었지만, NRO 백악관 연락관이 대통령이 생방송에 출연하기 전에 긴급히 전할 정보가 있다고 한 이상, 교환수는 뛰지 않을 수 없었다. 문제는 제시간에 도착할 수 있느냐 하는 점이었다.

　레이첼 섹스턴은 미 해군 잠수함 샬럿 호의 작은 의무실에서 수화기를 귀에 대고 대통령이 전화를 받기만 기다리고 있었다. 옆에 앉은 톨랜드와 코키는 아직도 제정신이 아닌 것 같았다. 코키는 다섯 바늘을 꿰맸고 광대뼈에는 심하게 멍이 들어 있었다. 셋 다 신슐레이트 보온 내복과 두꺼운 해군 비행복, 특대 모직 양말, 갑판용 부츠로 갈아입고 있었다. 뜨겁고 밍밍한 커피를 손에 들고 있으니 이제야 겨우 살았다는 느낌이 들었다.

톨랜드가 물었다.

"왜 이렇게 오래 걸리죠? 벌써 7시 55분입니다!"

레이첼도 영문을 알 수 없었다. 백악관 교환원에게 연락해서 신분을 밝히고 긴급 상황이라고 전하는 데까지는 성공했다. 교환원은 상황을 납득한 것 같았고 레이첼에게 기다리라고 했다. 그렇다면 이제 레이첼의 전화를 대통령에게 연결하는 것이 교환원의 최우선 업무다.

'4분 남았어. 서두르라고!'

레이첼은 눈을 감고 생각을 정리하려고 애썼다. 파란만장한 하루였다.

'나는 핵잠수함을 타고 있어.'

지금 어딘가에 살아 있다는 자체가 천운이었다. 잠수함 함장의 말에 따르면, 샬럿 호는 이틀 전 베링 해 정기 순찰을 위해 출항했다가 밀른 빙붕 아래 바다에서 드릴, 제트엔진 소리, 암호화된 무선통신 등 평소와 다른 특이한 소리를 감지한 모양이었다. 기수를 돌려 조용히 대기한 채 청취하라는 명령이 내려왔다. 한 시간 전쯤, 그들은 빙붕에서 폭발음을 듣고 상황을 살피기 위해 접근했다. 그들이 레이첼의 SOS 신호를 들은 것은 바로 그때였다.

"3분 남았어요!"

톨랜드는 시계를 확인하며 초조하게 말했다.

레이첼도 속이 바작바작 탔다.

'왜 이렇게 오래 걸리지? 대통령이 왜 전화를 안 받는 거야? 지금 데

이터를 그대로 언론에 발표하고 나면…….'
 레이첼은 머릿속에서 생각을 밀어내고 수화기를 흔들었다.
 '제발 좀 받으라고!'

 브리핑 룸 무대쪽 출입구로 쏜살같이 들어간 백악관 전화교환원은 잔뜩 모여 있는 대통령 보좌관들과 마주쳤다. 다들 흥분된 목소리로 마지막 준비를 하고 있었다. 20미터쯤 떨어진 곳에서 입장을 기다리고 있는 대통령이 눈에 띄었다. 분장사들이 아직도 화장을 고치고 있었다.
 "비켜요!"
 교환원은 북적이는 사람들 사이를 뚫고 지나가려고 애썼다.
 "대통령께 전화가 왔습니다. 실례합니다. 비켜 주세요!"
 "생방송 2분 전!"
 언론 담당자가 외쳤다.
 전화교환원은 전화를 움켜쥐고 사람들을 밀어젖히며 대통령 쪽으로 향했다. 그녀는 숨을 몰아쉬었다.
 "대통령께 전화가 왔습니다! 비켜 주세요!"
 우뚝 솟은 장애물이 앞을 막아섰다. 마저리 텐치였다. 수석 보좌관의 긴 얼굴이 마음에 들지 않는다는 듯 내려다보고 있었다.
 "무슨 일이죠?"
 "긴급 상황입니다! 대통령께 전화가 왔어요."
 교환수는 숨을 헐떡이며 대답했다. 텐치는 믿을 수 없다는 표정이었다.
 "지금은 안 돼요!"
 "레이첼 섹스턴의 전화입니다. 긴급하다고 했어요!"
 험악하게 얼굴을 찡그리는 텐치의 표정은 화가 났다기보다 당황한 기색이었다. 그녀는 휴대전화에 눈길을 주었다.

"그건 일반 전화잖아. 보안도 안 되어 있는."

"네. 하지만 걸려 온 전화 자체가 보안이 안 되어 있었어요. 무선전화로 걸려 왔습니다. 대통령과 즉시 통화를 해야 한다고 합니다."

"생방송 90초 전!"

텐치는 차가운 눈으로 잠시 지켜보더니 거미 같은 손을 내밀었다.

"전화 이리 줘요."

교환원의 심장이 두근거렸다.

"섹스턴 요원은 허니 대통령과 직접 통화해야 한다고 했습니다. 통화가 끝날 때까지 기자회견을 연기하라고요. 그러니까……."

텐치는 교환원에게 바짝 다가서더니 목소리를 잔뜩 낮추어 격하게 쏘아붙였다.

"아무것도 모르는 사람 같으니라고. 대통령의 상대 후보의 딸이 하는 말보다는 내 지시를 들어야 할 것 아니야. 분명히 말해 두겠는데, 내가 상황을 파악하기 전에는 대통령께 이 이상 한 발짝도 접근할 수 없어."

교환원은 음향 기술자, 스타일리스트, 담화문 내용을 마지막으로 점검하는 보좌관들에 둘러싸여 있는 대통령 쪽을 바라보았다.

"60초!"

텔레비전 담당자가 외쳤다.

샬럿 호에서 좁은 공간을 서성거리던 레이첼 섹스턴은 마침내 수화기 너머에서 딸깍 하는 소리를 들었다.

쉰 목소리가 흘러나왔다.

"여보세요?"

"대통령 님?"

"마저리 텐치예요. 대통령 수석 보좌관입니다. 무슨 용건인지는 모르겠지만, 백악관에 장난 전화를 거는 것은 법률 위반으로서…….”
 '아, 빌어먹을!'
 "장난 전화가 아니에요! 레이첼 섹스턴입니다. 국가정보국 백악관 담당 연락관이고…….”
 "레이첼 섹스턴이 누군지는 잘 압니다. 하지만 당신이 그분이 맞는지는 의문스럽군요. 보안도 안 된 전화로 백악관에 연락해서 중요한 대통령의 생방송을 연기하라고 하다니요. 정보를 다루는 요원으로서는 대단히 부적절한…….”
 "잘 들어요!"
 레이첼은 소리쳤다.
 "나는 몇 시간 전에 백악관 전 직원 앞에서 운석에 대해 설명한 사람이에요. 당신이 맨 앞줄에 앉아 있었잖아요. 대통령 책상 위에 놓인 텔레비전을 통해 내 보고를 들었고요! 그래도 질문 있나요?"
 텐치는 잠시 침묵을 지켰다.
 "섹스턴 요원, 무슨 이유로 이러는 거죠?"
 "대통령의 기자회견을 즉시 중단시키세요! 운석 데이터가 잘못됐어요! 우린 방금 운석이 빙붕 아래쪽에서 밀어 넣은 것이라는 사실을 알아냈다고요. 누가 그랬는지, 왜 그랬는지는 몰라요! 하지만 보고된 내용은 사실이 아니었어요! 대통령은 심각한 오류가 있는 데이터를 공식적으로 발표하려고 하시는데, 강력하게 충고하지만…….”
 "잠깐만!"
 텐치는 목소리를 낮추었다.
 "지금 당신이 무슨 소리를 하고 있는지 알아요?"
 "네! NASA 국장이 모종의 대규모 사기극을 꾸민 것으로 의심되는데, 대통령께서 지금 그 음모에 휘말리려 하고 있어요. 최소한 10분이라도 방송을 연기하고 제가 직접 여기서 무슨 일이 있었는지 말씀드리게 해 주세요. 누가 날 죽이려 했다고요, 빌어먹을!"

텐치의 음성이 얼음장같이 변했다.

"섹스턴 요원, 나도 경고 한마디 하죠. 이번 선거운동에서 백악관에 도움을 주는 상황이 망설여진다면, 당신이 운석 데이터를 대통령 앞에서 보증하기 전에 생각해 봤어야죠."

"뭐라고요!"

'내 말을 듣고 있는 건가?'

"이런 수작은 불쾌하군요. 보안이 안 된 전화를 사용한 건 속이 빤히 들여다보이는 수법이죠. 운석 데이터가 위조라고 암시한다? 도대체 어떤 정보 기관이 무선전화로 기밀 정보를 백악관에 알립니까? 누군가 다른 사람이 이 전화를 도청하기를 바라고 있는 모양인데요."

"노라 맹거가 이번 일로 살해당했어요! 밍 박사도 죽었고요. 당신이 경고를……."

"그만! 무슨 일을 꾸미고 있는지 모르겠지만, 내 말 잘 들어요. 혹시라도 이 전화를 도청하고 있는 사람이 있다면 그쪽도 잘 듣길 바라겠습니다. 백악관은 NASA의 일급 과학자들과 저명한 민간 과학자들, 그리고 당신, 섹스턴 요원이 운석 관련 데이터가 정확하다고 보증한 비디오테이프를 가지고 있어요. 당신이 왜 갑자기 말을 바꾸었는지는 모르겠어요. 이유가 무엇이든, 지금 이 순간부터 당신은 더 이상 백악관 정보 연락관이 아니라는 걸 알아 두세요. 계속 말도 안 되는 음모론으로 이번 발견을 깎아내리려 든다면, 백악관과 NASA가 당신을 고소해서 가방 쌀 시간도 없이 교도소에 보내 버리겠다는 것도 알아 두세요."

레이첼은 입을 벌렸지만 아무 말도 나오지 않았다. 텐치는 쏘아붙였다.

"잭 허니는 당신에게 친절했어요. 솔직히 이번 수작에서는 섹스턴의 싸구려 홍보 전략 냄새가 너무 많이 나는군요. 당장 중지하지 않으면 고소하겠습니다. 명심하세요.”

전화가 끊겼다.

레이첼이 멍하니 입만 벌리고 있는데, 함장이 문을 두드리고 안을 들여다보았다.

“섹스턴 요원? 캐나다 국영방송국에서 희미하게 전파가 잡힙니다. 잭 허니 대통령이 방금 기자회견을 시작했어요.”

68

　백악관 브리핑 룸 연단에 선 잭 허니는 언론의 취재 열기를 느끼고 온 세상이 자신을 바라보고 있다는 것을 실감했다. 백악관 홍보실의 집중 홍보로 언론은 너도나도 촉각을 곤두세우고 있었다. 텔레비전이나 라디오, 온라인 매체를 통해 기자회견이 있다는 사실을 직접 듣지 못한 사람들도 이웃이나 직장 동료, 가족에게서 소식을 전해 들었다. 저녁 8시쯤에는 동굴 속에 사는 원시인이 아닌 이상 모두가 대통령의 기자회견 주제가 무엇일지 토론하고 있었다. 전 세계의 술집과 거실에서 수백만 명의 사람들이 걱정과 궁금증을 안고 텔레비전을 주시하고 있었다.
　잭 허니가 자기 자리의 무게를 진정 실감하는 것은 세계를 마주하는 바로 이런 순간이었다. 권력에 중독성이 있다는 사실을 부정하는 사람은 그것을 실제 경험해 보지 못한 사람일 것이다. 그러나 허니는 연설을 시작하려는 순간 뭔가 잘못되었다는 것을 감지했다. 그는 무대에 서는 것을 두려워하는 유형이 아니었기 때문에, 지금 마음 한구석을 조여 오는 묵직한 불안감에 놀랐다.

'보는 사람이 너무 많아서 그렇겠지.'

그는 자기 자신을 달랬다. 하지만 뭔가 다른 일이라는 것을 알고 있었다. 직감이었다. 아까 본 뭔가가 개운치 않았다.

정말 사소한 것이라 그냥 지나쳤지만, 그래도…….

허니는 잊어버리자고 자신에게 말했다.

'아무것도 아니야.'

그래도 찜찜한 기분은 물러가지 않았다.

텐치였다.

아까 무대에 올라갈 준비를 하고 있을 때, 그는 마저리 텐치가 노란 복도에 서서 휴대전화로 통화하는 것을 보았다. 그 자체도 이상한 일이었지만, 백악관 교환수가 걱정으로 하얗게 질린 얼굴을 하고 그 옆에 서 있다는 것이 더욱 이상했다. 텐치의 통화 내용은 들리지 않았지만, 뭔가 다투고 있는 것이 분명했다. 텐치는 그가 거의 본 적이 없을 정도로 화를 내며 격하게 뭐라 말하고 있었다. 대통령은 잠시 걸음을 멈추고 텐치에게 묻는 눈길을 보냈다.

텐치는 엄지손가락을 세워 보였다. 허니는 텐치가 누구에게도 이런 손짓을 하는 것을 본 적이 없었다. 그것이 단상 위에 올라가기 전 허니의 머릿속을 스친 마지막 영상이었다.

엘즈미어 섬 NASA 해비스피어 기자회견장에는 파란 양탄자가 깔려 있었고, NASA 국장 로렌스 엑스트럼을 중심으로 NASA 고위 직원과 과학자들이 긴 회의 탁자에 둘러앉아 있었다. 그들 앞에 놓인 커다란 모니터에서 대통령의 담화가 생방송으로 흘러나오고 있었다. 나머지 NASA 직원들도 다른 모니터 앞에 삼삼오오 모여서 대통령이 기자회견을 시작하는 모습을 흥분에 가득한 눈으로 바라보고 있었다.

"안녕하십니까."

허니는 그답지 않게 딱딱한 말투로 입을 열었다.

"친애하는 국민 여러분, 전 세계의 친구 여러분."

엑스트럼은 눈앞에 당당하게 놓인 불에 탄 거대한 돌덩이를 응시했다. 그의 시선이 대기 중인 모니터로 향했다. 거대한 미국 국기와 NASA 문장을 배경으로 자기 자신과 근엄한 NASA 고위직원들의 얼굴이 비치고 있었다. 극적으로 설정한 조명 때문에 기자회견장은 마치 최후의 만찬에 참석한 열두 제자를 묘사한 신현대주의 회화 같은 분위기를 풍겼다. 잭 허니는 이 모든 것을 정치적인 쇼로 활용하고 있었다.

'대통령도 선택의 여지가 없었어.'

그래도 엑스트럼은 대중을 위해 하느님을 그럴 듯하게 포장하는 텔레비전 전도사가 된 듯한 느낌을 떨칠 수 없었다.

5분 정도 지나면 대통령은 엑스트럼과 NASA 직원들을 소개할 것이다. 그런 다음 지구를 내려다보고 있는 위성이 NASA를 극적으로 대통령에게 연결하여 이 소식을 세상 사람들에게 전하게 된다. 이번 발견이 이루어진 경위와 우주과학에 있어 이것이 갖는 의의를 간단히 설명하고 서로 치하의 말을 나눈 뒤, NASA와 대통령은 유명 과학자 마이클 톨랜드에게 차례를 넘겨서 그가 제작한 다큐멘터리를 15분간 방영할 것이다. 이렇게 신뢰와 기대감이 최고조에 달했을 때, 엑스트럼과 대통령은 앞으로 NASA 기자회견을 통해 보다 자세한 내용을 알리겠다고 약속한 뒤 작별 인사를 하고 기자회견을 마무리할 것이다.

앉아서 차례를 기다리고 있노라니 가슴속 어딘가에서 휑한 수치심이 밀려왔다. 이런 기분이 들 거라는 것은 알고 있었다. 예상했던 일이었다.

'나는 거짓말을 했어. 사실이 아닌 것을 보증한 거야.'

그러나 어째서인지 이제 거짓은 부차적인 것처럼 느껴졌다. 보다 더 큰 근심이 엑스트럼의 마음을 짓누르고 있었다.

 가브리엘은 정신없는 ABC 제작실에서 수십 명의 낯선 사람들과 어깨를 나란히 하고 고개를 길게 뺀 채 천장에 매달린 텔레비전 모니터를 바라보고 있었다. 기자회견이 시작되자 제작실은 일순간 조용해졌다. 가브리엘은 눈을 감았다. 다시 눈을 떴을 때 자신의 벌거벗은 몸을 보지 않게 되기만을 바랄 뿐이었다.

 섹스턴 상원의원의 서재는 흥분으로 가득 차 있었다. 손님들은 모두 일어선 채 대형 스크린 텔레비전에서 눈을 떼지 못했다.
 잭 허니는 온 세상 앞에 서 있었다. 놀랍게도 그의 첫 인사는 어색했다. 순간 자신감을 잃어버린 인상이었다.
 '불안해 보여. 저런 인상을 준 적은 없었는데.'
 섹스턴은 생각했다.
 누군가 속삭였다.
 "저걸 봐. 안 좋은 소식이 틀림없어."
 '우주정거장 문제일까?'
 섹스턴은 생각했다.
 허니는 카메라를 똑바로 쳐다보며 심호흡을 했다.
 "친애하는 국민 여러분, 저는 이 발표를 어떻게 하는 것이 가장 좋을지 오랫동안 고민했습니다."
 '그냥 한마디만 해. 실패했다고.'
 섹스턴 의원은 기도했다.
 허니는 NASA가 이번 선거에서 쟁점으로 떠오른 것이 불행한 일이며, 그렇기 때문에 이번 발표의 시기에 대해 송구스럽다는 말을 전하지 않을 수 없다고 잠시 설명했다.

"이런 시기만 아니라면 그 어떤 때라도 좋았을 것이라고 생각합니다. 정치적인 분위기가 조금이라도 개입되면 꿈꾸던 사람들도 의심을 품게 되는 경향이 있다는 것을 모르는 바 아닙니다. 그러나 대통령으로서 저는 최근 알게 된 이 사실을 여러분들에게 알리지 않을 수 없었습니다."

그는 미소 지었다.

"우주의 마술은 인간의 일정과 상관없이 벌어지는 일인 것 같습니다. 그것이 대통령의 일정이라 해도 말입니다."

섹스턴의 서재에 있던 모든 사람들은 이 말에 흠칫 놀랐다.

'뭐라고?'

"2주 전 NASA의 새로운 북극 궤도 밀도 스캐너(PODS)는 위도 80도 이상의 북극해에 위치한 외딴 땅인 엘즈미어 섬 밀른 빙붕 상공을 지났습니다."

섹스턴과 일행은 혼란스러운 시선을 교환했다.

"이 NASA 위성은 거대한 고밀도의 바위가 얼음 아래 60미터 깊이에 묻혀 있는 것을 발견했습니다."

허니는 자신감을 되찾으며 처음으로 미소를 보였다.

"NASA에서는 이 데이터를 수신하자마자 PODS가 운석을 발견한 것이 아닌가 추정했습니다."

섹스턴은 일어서며 내뱉었다.

"운석? 이게 뉴스라고?"

"NASA는 코어 샘플을 채취하기 위해 빙붕에 연구팀을 파견했습니다. 바로 그때 NASA는……."

대통령은 잠시 사이를 두었다.

"NASA는 세기적인 과학적 발견을 했습니다."

섹스턴은 믿기지 않는다는 듯 텔레비전 쪽으로 다가갔다.

'안 돼…….'

손님들도 불안하게 자세를 고쳐 앉았다. 허니는 선언했다.

"신사 숙녀 여러분, 몇 시간 전 NASA는 북극의 얼음 속에서 8톤 무게의 운석을 꺼냈습니다. 그 안에는……."

대통령은 온 세상 사람들이 귀를 기울이게 만들기 위해 다시 잠시 말을 끊었다.

"생명체의 화석이 들어 있었습니다. 수십 개나요. 이것은 외계 생명체가 존재한다는 결정적인 증거입니다."

바로 그때 대통령 뒤의 화면에 눈부신 영상이 떴다. 거대한 벌레 모양의 윤곽이 또렷한 생물 화석이 검게 그을린 바위 안에 들어 있는 사진이었다.

섹스턴의 서재에서 여섯 명의 기업가들은 눈을 커다랗게 뜨고 아연실색해서 벌떡 일어섰다. 섹스턴은 그 자리에 선 채 얼어붙었다.

"여러분, 제 등 뒤의 화석 나이는 1억 9천만 살입니다. 이것은 거의 3세기 전 북극해에 떨어진 정거졸 운석의 파편 안에서 발견되었습니다. NASA의 탁월한 새 PODS 위성은 이 운석 조각이 빙붕 안에 묻혀 있는 것을 발견해 냈습니다. NASA와 우리 행정부는 이 역사적인 발견을 공표하기 전에 극도의 신중을 기하여 확실한 증거를 찾기 위해 지난 2주 동안 백방으로 노력했습니다. 지금부터 30분 동안 여러 NASA 및 민간인 과학자들에게 자세한 설명을 듣고, 여러분 모두에게 익숙한 분이 제작한 다큐멘터리를 보시게 될 겁니다. 더 자세히 말씀을 드리기에 앞서, 우선 북극권 상공의 위성을 통해 이 역사적인 발견을 하기까지 통솔력과 비전, 노고를 아끼지 않은 한 사람을 소개하고 싶습니다. NASA 국장 로렌스 엑스트럼을 소개하게 된 것을 영광으로 생각합니다."

허니는 스크린 쪽으로 돌아섰다.

운석의 영상이 사라지고, 긴 회의 탁자에 당당하게 둘러앉아 있는 NASA 과학자들과 덩치 큰 로렌스 엑스트럼의 모습이 나타났다.

"감사합니다."

엑스트럼은 근엄하고 자부심 넘치는 분위기로 일어서서 카메라를 똑바로 쳐다보았다.

"NASA 역사상 최고의 순간을 여러분과 함께하게 된 것을 무한한 영광으로 생각합니다."

엑스트럼은 NASA와 이번 발견에 대해 열정적으로 소개했다. 그는 애국심과 승리에 가득 찬 목소리로 민간인 유명 과학자 마이클 톨랜드가 소개하는 다큐멘터리로 차례를 넘겼다.

섹스턴 상원의원은 이 광경을 지켜보며 자기도 모르게 텔레비전 앞에 털썩 무릎을 꿇고 희끗희끗한 머리카락을 움켜잡았다.

'안 돼! 이건 안 돼!'

69

 격분한 마저리 텐치는 흥겹고 떠들썩한 브리핑 룸 밖의 사람들을 뒤로 하고 웨스트 윙에 있는 개인 사무실로 돌아갔다. 축하할 기분이 아니었다. 레이첼 섹스턴에게서 걸려 온 전화는 전혀 예상하지 못한 일이었다.
 너무나 실망스러웠다.
 텐치는 사무실 문을 쾅 닫고 성큼성큼 책상으로 걸어가 백악관 교환원에게 전화를 걸었다.
 "윌리엄 피커링. NRO."
 텐치는 담배에 불을 붙이고 방 안을 서성거리며 교환원이 피커링을 연결할 때까지 기다렸다. 보통 때라면 퇴근할 시간이었지만, 백악관이 오늘 저녁에 기자회견을 할 거라고 대대적으로 선전했으니 아마 저녁 내내 사무실 텔레비전 앞에 앉아서 NRO 국장조차 미처 모르고 있었던 일이 도대체 무엇인지 궁금해하고 있었을 것이다.
 대통령이 레이첼 섹스턴을 밀른 빙붕에 보내고 싶다고 했을 때 자신의 직감을 믿지 않았던 것이 후회스러웠다. 경계심이 들었고 불필요한 모험이라는 생각이 들었던 것이다. 그러나 대통령은 백악관 직원들이 지난 몇 주 동안 워낙 냉소적인 분위기였기 때문에 내부인에게 NASA의 발견에 대한 소식을 들으면 의심할지도 모른다고 텐치를 설득했다. 허니가 약속한 대로, 레이첼 섹스턴의 보고는 의혹을 잠재우고 내부적인 논란을 막아서 백악관 직원들이 한마음으로 전진할 수 있도록 해 주었다. 공로가 컸다. 텐치도 인정하지 않을 수 없었다. 한데 이제 와서 레이첼 섹스턴이 말을 바꾼 것이다.

'보안이 안 되는 선으로 전화를 걸다니.'

이번 발견의 신뢰성에 흠집을 내려는 것이 분명했다. 레이첼 섹스턴의 아까 보고를 비디오테이프로 녹화해 두었다는 것이 유일한 위안이었다.

'천만다행이야.'

허니가 최소한 이 정도 보험을 들어 둘 생각을 한 것이 다행이었다. 이제 곧 그 보험을 꺼내 들어야 할 때가 오지 않을까 하는 두려움이 일었다. 그러나 우선은 다른 방향으로 문제를 해결할 생각이었다. 레이첼 섹스턴은 영리한 여자였다. 그녀가 진심으로 백악관과 NASA와 맞서려 든다면 우선 강력한 동맹을 물색할 것이다. 첫 번째 선택은 당연히 윌리엄 피커링일 것이다. 텐치는 피커링이 NASA에 대해 어떤 감정을 가지고 있는지 알고 있었다. 레이첼보다 먼저 피커링에게 접근해야 했다.

"텐치 씨?"

수화기 너머에서 명료한 목소리가 흘러나왔다.

"윌리엄 피커링입니다. 무슨 일로 이런 영광스러운 전화를?"

배경에서 텔레비전 소리가 들려왔다. NASA의 해설이었다. 국장의 목소리로 미루어 볼 때 아직도 이번 발표의 충격에서 헤어 나오지 못한 듯했다.

"잠깐 통화해도 되겠습니까, 국장님?"

"자축하시느라 바쁠 줄 알았는데요. 그쪽으로서는 엄청난 밤이니까요. NASA와 대통령이 본격적으로 반격을 개시하신 것 같습니다."

텐치는 그의 목소리에서 솔직한 놀라움과 약간의 신랄함을 감지할 수 있었다. 속보를 세상 사람들과 동시에 접하는 것을 싫어하는 유명한 성미 때문일 것이다.

"백악관과 NASA가 국장님께 미리 알려드릴 수 없었던 점은 사과드립니다."

텐치는 얼른 화해의 손길을 내밀었다.

"몇 주 전 NRO가 북극 쪽에서 NASA의 활동을 감지하고 무슨 일인지 문의했던 것도 알고 계시겠지요."

텐치는 미간을 찌푸렸다.

'이 사람 열 받았군.'

"네, 알고 있습니다. 하지만……."

"NASA는 아무 일도 아니라고 하더군요. 극한 환경 훈련을 실시하는 중이라고 했습니다. 장비 실험 같은 것 말입니다."

피커링은 잠시 사이를 두었다.

"우린 그 거짓말을 믿었습니다."

"거짓말이라기보다는 피치 못할 사정이 있었던 변명이라고 해 두죠. 발견의 중요성을 감안할 때 비밀로 하지 않을 수 없었던 NASA의 입장도 이해하시리라고 믿습니다."

"일반인에게는 비밀로 해야 했겠습니다만."

투정에 익숙하지 않은 윌리엄 피커링 같은 남자들의 성격상, 이 정도라면 그 단계에 도달한 거라고 말할 수 있었다. 텐치는 유리한 입장을 유지하기로 했다.

"지금 통화할 시간이 많지 않습니다만, 경고를 드려야겠다는 생각이 들어서 전화를 드렸습니다."

"저한테 경고를?"

피커링은 순간 비꼬듯이 내뱉었다.

"잭 허니가 NASA 친화적인 새 NRO 국장이라도 임명하기로 했습니까?"

"그건 아닙니다. 대통령께서는 NASA에 대한 국장님의 비판이 단순히 보안 문제라는 점을 이해하시고, 그 부분을 보완하기 위해 노력하고 있습니다. 제가 전화드린 이유는 그쪽 직원 한 사람 때문입니다."

그녀는 잠시 말을 끊었다.

"레이첼 섹스턴 말입니다. 오늘 저녁 그쪽에서 연락을 받으셨습니까?"

"아니요. 오늘 아침 대통령의 요청으로 백악관으로 보냈습니다. 그쪽 일 때문에 바쁜 모양이지요. 아직 보고가 없습니다."

텐치는 자신이 피커링에게 먼저 연락했다는 사실에 안도했다. 그녀는 담배 연기를 한 모금 빨아들이고 최대한 침착하게 말했다.

"아마 곧 섹스턴 요원에게서 연락을 받게 되실 겁니다."

"잘됐군요. 기다리고 있었습니다. 솔직히 대통령이 기자회견을 시작했을 때, 저는 잭 허니가 섹스턴 요원을 공개적으로 기자회견에 참석하도록 하지 않을까 걱정스러웠습니다. 참으신 걸 보니 다행이군요."

"잭 허니는 품위 있는 분입니다. 유감스럽지만 레이첼 섹스턴에 대해서는 그런 말을 할 수가 없군요."

수화기 너머에서 긴 침묵이 흘렀다.

"제가 잘못 들은 거라면 좋겠습니다만."

텐치는 무겁게 한숨을 내쉬었다.

"아뇨, 바로 들으셨습니다. 전화로는 구체적인 내용을 말씀드리지 않겠습니다만, 레이첼 섹스턴은 NASA의 발표에 대한 신뢰에 흠집을 내기로 작정한 것 같습니다. 이유는 알 수 없지만, 섹스턴은 오늘 오후

NASA의 데이터를 검증하고 보증한 뒤에 갑자기 태도를 바꾸어서 NASA가 사기극을 꾸몄다는 당치도 않은 주장을 하고 있습니다."

피커링의 목소리가 심각해졌다.

"뭐라고요?"

"걱정스럽지만 사실입니다. 제 입으로 이런 말을 하게 된 것이 유감이지만, 기자회견 2분 전에 나한테 연락해서 모든 걸 취소하라고 경고하더군요."

"무슨 이유로?"

"솔직히 말도 안 되는 이유였지요. 데이터에서 심각한 오류를 발견했다고 하더군요."

피커링은 초조해질 정도로 한참 침묵을 지켰다. 마침내 그가 말했다.

"오류?"

"당치도 않은 말이지요. NASA가 2주 내내 실험을 하고……."

"레이첼 섹스턴 같은 사람이 확실한 이유도 없이 대통령의 기자회견을 연기하라고 했다는 건 믿기 힘듭니다. 그녀의 말을 믿는 게 좋았을지도 모르겠는데요."

피커링은 마음에 걸리는 목소리였다. 텐치는 기침을 하며 대꾸했다.

"무슨 말씀을! 기자회견 보셨잖아요. 운석 데이터는 수많은 전문가들이 확인하고 또 확인한 겁니다. 민간인도 포함돼 있어요. 이번 발표로 타격을 입게 될 유일한 인물의 딸인 레이첼 섹스턴이 갑자기 입장을 바꾼 것이 수상하지 않으십니까?"

"텐치 씨, 섹스턴과 그녀의 아버지가 서로 그렇게 다정한 사이가 아니라는 점을 알고 있기 때문에 수상하기는 합니다. 오랫동안 대통령을 위해 일해 온 섹스턴이 무엇 때문에 갑자기 입장을 바꾸어서 아버지를 돕기 위해 거짓말을 했을지 짐작이 가지 않습니다만."

"야심 아닐까요? 저도 모르겠습니다. 혹시 대통령의 딸이 되고 싶어

하는……."

텐치는 일부러 말 끝을 흐렸다. 피커링의 음성이 즉시 굳었다.

"말씀을 조심하세요, 텐치 씨."

텐치는 얼굴을 찡그렸다.

'도대체 내가 피커링에게 뭘 기대했지?'

그녀는 국장의 유능한 부하직원이 대통령에 대한 반역을 꾸미고 있다고 경고하고 있었다. 국장은 방어적으로 나올 수밖에 없다.

피커링이 말했다.

"섹스턴을 바꿔 주십시오. 직접 통화하고 싶군요."

"그건 불가능합니다. 백악관에 없으니까요."

"그럼 어디 있지요?"

"오늘 아침 대통령께서 직접 데이터를 검증하라고 밀른 빙붕으로 보내셨습니다. 아직 돌아오지 않았어요."

피커링의 목소리에 분노가 깔렸다.

"내게는 그런 소식이……."

"자존심을 건드릴 시간은 없습니다, 국장님. 그저 예의로 전화드린 것뿐이에요. 레이첼 섹스턴이 오늘 밤 기자회견과 관련해서 독자적인 행보를 취하기로 결정했다는 점을 경고하고 싶었습니다. 아마 동지를 찾아 나설 겁니다. 혹시 섹스턴이 국장님에게 연락할 때를 대비해서 미리 말씀드리지만, 백악관은 오늘 그녀가 대통령과 각료, 백악관 전 직원 앞에서 운석 데이터가 완벽하다는 것을 증언한 비디오를 가지고 있다는 점을 알아 두십시오. 동기가 무엇이든 레이첼 섹스턴이 잭 허니나 NASA의 명예를 손상시키려고 한다면, 백악관도 가만있지 않을 겁니다."

텐치는 자신의 의지를 제대로 전달하기 위해 잠시 사이를 두었다.

"제가 미리 알려드렸으니, 국장님도 레이첼 섹스턴이 연락해 오면 즉시 저한테 통보해 주실 거라고 믿겠습니다. 그녀는 대통령을 직접 공격하고 있고, 백악관은 심각한 상처를 입기 전에 그녀의 신병을 확보해서 신문할 생각입니다. 전화 기다리겠습니다, 국장님. 그럼 이만."

마저리 텐치는 전화를 끊었다. 윌리엄 피커링은 평생 이런 식의 대접을 받은 적이 없을 것이다.

'그러니 최소한 이쪽이 얼마나 심각한지는 깨달았겠지.'

NRO 꼭대기 층의 사무실에서, 윌리엄 피커링은 창가에 서서 버지니아의 밤 풍경을 내려다보고 있었다. 마저리 텐치에게서 걸려 온 전화는 대단히 걱정스러웠다. 그는 입술을 깨물며 머릿속에서 퍼즐 조각을 맞추려고 애썼다.

"국장님?"

비서가 조용히 노크를 했다.

"또 전화가 왔습니다."

"나중에."

국장은 멍하니 대답했다.

"레이첼 섹스턴입니다."

국장은 휙 돌아섰다.

'텐치는 정말 점쟁이로군.'

"좋아. 지금 즉시 연결해."

"한데, 암호화된 영상통화입니다. 회의실에서 받으시겠습니까?"

'영상통화?'

"전화 건 위치는 어디지?"

비서가 말해 주었다.

피커링은 멍하니 비서만 쳐다보았다. 그는 서둘러 복도를 지나 회의실로 향했다. 직접 눈으로 확인하기 전에는 믿을 수 없었다.

70

벨 연구소의 비슷한 구조물을 본떠 설계된 샬럿 호의 '무향실'은 공식적으로는 반향이 없는 방으로 알려져 있었다. 평행한 평면이나 반사면이 전혀 없어서 음향학적으로 깨끗하기 때문에 소리의 99.4퍼센트를 흡수했다. 금속과 물은 음향을 잘 전달하는 성격이 있기 때문에, 잠수함 근처에 도청 장치가 있거나 외벽에 마이크가 붙어 있으면 함내의 대화 내용을 쉽게 도청당할 수 있다. 무향실은 사실상 소리가 전혀 밖으로 새어 나가지 않는 잠수함 안의 작은 방이었다. 이 격리된 방 안에서 이루어지는 모든 대화는 완벽한 보안이 가능했다.

무향실은 천장과 벽, 바닥을 뾰족뾰족한 고무판으로 완전히 감싸 놓은 벽장 같은 형태였다. 레이첼의 눈에는 사면에서 석순이 마구 자라난, 답답한 수중 동굴 같았다. 가장 불안한 것은 바닥이 아예 눈에 띄지 않는다는 점이었다.

바닥에는 빽빽한 철망을 그물처럼 수평으로 걸쳐 놓아서, 안에 들어와 있으면 마치 벽에서 절반 정도 높이에 붕 떠 있는 듯한 느낌이 들었다. 철망에는 고무가 씌워져 있었고 밟는 느낌은 딱딱했다. 그물망 밑을 내려다보니, 마치 초현실적인 프랙탈 풍경 위에 떠 있는 현수교를 건너는 기분이었다. 철망 1미터 아래에는 고무판의 뾰족한 돌기가 무시무시하게 위로 솟아 있었다.

방에 들어서자마자 활기 없는 공기가 에너지를 빨아들이는 듯 사람을 멍하게 만들었다. 귀는 솜으로 틀어막은 것 같았다. 머릿속에서 자신의 숨소리만 울렸다. 목소리를 내 보았더니 마치 베개에 대고 말하는 느낌이었다. 벽이 모든 반향을 흡수했기 때문에 머릿속에서 울리는 진동밖에 느껴지지 않았다.

함장이 방을 나가면서 패드를 댄 문을 닫았다. 레이첼, 코키, 톨랜드는 방 한가운데에 작은 U자 모양의 탁자에 둘러앉았다. 철망 구멍 밑으로 이어진 긴 금속 기둥이 탁자를 지탱하고 있었다. 탁자 위에는 마이크와 헤드폰, 소형 카메라가 위에 달린 비디오 등이 여러 개 부착되어 있었다. 마치 작은 유엔 회의실 같았다.

하드 레이저 마이크, 수중 파라볼라 도청기, 기타 초고감도 감청 장비 등을 전 세계에서 가장 많이 생산하는 미국 정보계에서 일하는 사람으로서, 레이첼은 지구상에서 완벽한 통신 보안을 보장할 수 있는 공간은 거의 없다는 것을 알고 있었다. 그러나 무향실은 완벽하게 보안이 되는 몇 안 되는 장소 중 하나로 꼽을 수 있을 것 같았다. 탁자 위의 마이크와 헤드폰은 일대일 전화 회의가 가능하게 되어 있었고, 목소리의 반향이 절대 방을 빠져나갈 수 없다는 확신 하에 자유롭게 이야기할 수 있었다. 마이크에 입력된 목소리는 암호화되어 긴 대기권 여행을 떠나게 된다.

"음량 확인."

헤드폰에서 갑자기 목소리가 흘러나오는 바람에, 레이첼과 톨랜드, 코키는 깜짝 놀랐다.

"들리십니까, 섹스턴 요원?"

레이첼은 마이크에 입을 갖다 댔다.

"네. 감사합니다."

'누구신지는 몰라도.'

"피커링 국장이 연결되었습니다. 그쪽은 영상을 수신하고 있습니다. 전 이제 연결을 끊겠습니다. 곧 데이터 스트리밍이 시작될 겁니다."

연결이 끊기는 소리가 들렸다. 멀리서 희미하게 잡음이 들리더니 헤드폰 안에서 삐빅거리는 소리, 딸깍거리는 소리가 빠르게 흘러나왔다. 앞에 놓인 비디오 스크린에 놀랄 정도로 또렷한 화면이 떴다. 레이첼은 NRO 회의실에 앉은 피커링 국장을 볼 수 있었다. 그는 혼자였다. 국장은 고개를 치켜들더니 레이첼의 눈을 바라보았다.

국장을 보니 묘하게 마음이 놓이는 기분이었다.

국장은 어리둥절하고 걱정 어린 표정으로 말했다.

"섹스턴 요원, 도대체 무슨 일이 벌어지고 있는 건가?"

"운석 때문입니다. 심각한 문제가 생긴 것 같습니다."

71

레이첼 섹스턴은 샬럿 호의 무향실에서 마이클 톨랜드와 코키 말린슨을 피커링에게 소개했다. 그런 다음 오늘 하루 동안 연이어 일어났던 놀라운 사건들을 빠르게 설명하기 시작했다.

NRO 국장은 꼼짝도 하지 않은 채 귀를 기울였다.

레이첼은 생물발광성 플랑크톤이 발굴 갱도에서 발견되었다는 사실, 플랑크톤은 빙붕을 뚫고 올라왔다는 사실, 운석 아래에 돌을 밀어 넣은 흔적이 발견되었다는 사실, 마지막으로 탐사팀이 느닷없이 군대의 습격을 받았는데 특수부대로 짐작된다는 사실을 모두 설명했다.

윌리엄 피커링은 눈 하나 깜짝하지 않고 골치 아픈 정보를 들을 수 있는 능력자로 유명했지만, 레이첼의 이야기가 계속될수록 그의 눈빛도 점점 더 심각해졌다. 노라 맹거가 살해당하고 나머지 탐사팀도 간신히 탈출했다는 이야기에 이르자, 국장의 얼굴에는 믿기지 않는 표정을 넘어 분노가 떠올랐다. NASA 국장이 개입한 것으로 의심된다는 의견을 말하고 싶지만, 레이첼은 피커링이 증거도 없이 섣불리 단정

짓지 않는 사람이라는 것을 잘 알고 있었다. 그녀는 국장에게 객관적으로 확실한 사실만 전했다. 이야기가 끝나자 피커링은 한동안 말이 없었다.

"섹스턴 요원, 그리고 여러분 모두……."

그는 마침내 입을 열고 세 사람에게 차례로 눈길을 보냈다.

"여러분 세 사람이 거짓말을 할 이유는 없겠지만, 지금 말한 내용이 사실이라면 정말 목숨을 건진 것이 천만다행이야."

그들은 말없이 고개를 끄덕였다. 대통령은 민간인 과학자 네 사람을 섭외했고 그중 두 사람이 죽었다.

피커링은 무슨 말을 해야 할지 알 수 없는 듯 수심에 가득 찬 한숨을 내쉬었다. 분명 그도 납득이 되지 않는 모양이었다.

"혹시라도 자네가 그 GPR 출력물에서 보고 있는 운석 삽입 경로가 자연현상일 가능성은 없나?"

레이첼은 고개를 저었다.

"너무 완벽합니다."

그녀는 물에 젖은 GPR 출력물을 꺼내 카메라 앞에 들어 보였다.

"흠 하나 없어요."

피커링은 출력물을 관찰하더니 동의한다는 뜻으로 얼굴을 찌푸렸다.

"그건 절대 남의 손에 넘기지 말게."

"기자회견을 중단시키려고 마저리 텐치에게 전화했습니다만, 제 말은 듣지도 않았습니다."

"알고 있어. 나한테 말해 주더군."

레이첼은 놀라서 고개를 들었다.

"마저리 텐치가 국장님께요?"

'동작 한번 빠르군.'

"방금 통화했어. 아주 걱정스러워하더군. 자네가 대통령과 NASA의 신뢰에 손상을 입히기 위해 무슨 음모를 꾸민 거라고 생각하고 있어. 자네 아버지를 돕기 위해서."

레이첼은 일어서서 GPR 출력물을 흔들며 두 동료를 가리켰다.

"우린 죽을 뻔했습니다! 이 몰골이 음모로 보이십니까? 게다가 제가 왜……."

피커링은 두 손을 들었다.

"진정해. 텐치는 세 사람이 동시에 겪은 일이라는 말은 안 했으니까."

텐치는 레이첼에게 코키와 톨랜드에 대한 이야기를 할 시간조차 주지 않았다. 피커링은 말을 이었다.

"자네가 물증을 가지고 있다는 말도 못 들었네. 자네와 직접 통화하기 전에도 믿지지 않았지만, 이제 보니 텐치가 실수한 것이 확실한 듯하군. 자네 주장은 의심하지 않아. 이 시점에서 중요한 문제는 이 모든 상황이 무슨 의미냐는 거야."

긴 침묵이 흘렀다.

윌리엄 피커링은 좀처럼 혼란스러운 표정을 짓지 않는 사람이었지만, 그런 그도 납득이 가지 않는 듯 고개를 저었다.

"일단 누군가 그 운석을 얼음 밑으로 밀어 넣었다고 가정해 보지. 그렇다면 이유는 뭘까. NASA가 화석이 들어 있는 운석을 갖고 있었다면, 그것이 어디 있느냐가 굳이 그들에게, 아니, 어느 누구에게라도 중요할 이유가 있나?"

"운석을 밀어 넣은 것은 PODS가 그것을 발견하게 해서, 알려진 기존 운석의 파편처럼 보이게 하려는 의도였겠죠."

"정거졸 운석이라는 겁니다."

코키가 설명했다.

"하지만 굳이 기존에 알려진 운석과 연관되어야 할 이유는 뭐지?"

피커링은 거의 화난 음성으로 물었다.

"언제 어디에서 발견되었든 이 화석은 엄청난 발견 아닌가? 어떤 역사적 운석과 연관되었느냐에 상관없이?"

세 사람 다 고개를 끄덕였다.

피커링은 불쾌한 표정으로 망설였다.

"혹시…… 그렇다면……."

레이첼은 국장의 눈 뒤에서 무슨 생각이 빠르게 돌아가고 있는지 알 수 있었다. 정거졸 지층과 동일한 연대에 운석을 밀어 넣은 가장 단순한 해답을 찾아낸 것이다. 그러나 가장 단순한 해답은 가장 심각한 해답이기도 했다.

피커링은 말을 이었다.

"의도적으로 위치를 선정한 것은 완전한 가짜 데이터에 신빙성을 부여하기 위한 것이었을 수도 있겠군."

국장은 한숨을 쉬며 코키를 돌아보았다.

"말린슨 박사, 이 운석이 위조일 가능성은 얼마나 됩니까?"

"위조요?"

"네. 가짜. 누군가 만든 것."

"가짜 운석이라니요?"

코키는 어색하게 픽 웃었다.

"절대 있을 수 없습니다! 전문가들이 검증한 운석이에요. 저를 포함해서요. 화학 성분 조사, 분광기, 루비듐-스트론튬 연대 측정. 이건 지구상에서 발견된 그 어떤 돌과도 다릅니다. 운석은 진짜예요. 어떤 우주지질학자라도 동의할 겁니다."

피커링은 넥타이를 가볍게 어루만지며 한참 생각에 잠겼다.

"그렇지만 NASA가 이번 발견으로 얻게 될 이익과 증거를 조작한 흔적, 여러분이 공격당했다는 사실로 미루어 볼 때…… 내가 도출할 수 있는 확실하고 유일한 논리적 결론은 운석이 잘 조작된 위조라는 겁니다."

"불가능하다니까요!"

코키는 버럭 화를 냈다.

"운석은 순진한 천체물리학자를 속이기 위해 실험실에서 뚝딱 만들어 낼 수 있는 할리우드 특수 효과 같은 것이 아닙니다. 운석은 복잡한 화학 성분과 독특한 결정 구조, 성분 비율을 갖추고 있어요!"

"당신 의견에 반론을 제기하는 것이 아닙니다, 말린슨 박사. 저는 단순히 논리적으로 사실을 분석할 뿐입니다. 운석을 얼음 밑에서 삽입했다는 사실을 폭로하지 못하도록 누군가 여러분을 죽이려고 했다는 사실을 감안하면, 온갖 극단적인 가설을 세우지 않을 수 없어요. 이 돌이 운석이라고 확신하게 된 구체적인 이유가 뭡니까?"

"구체적인 이유라고요?"

코키의 목소리가 헤드폰 안에서 갈라졌다.

"완벽한 퓨전 크러스트, 콘드룰의 존재, 지구상 어느 암석에서도 발견된 적 없는 니켈 비율. 누군가 이런 돌을 실험실에서 만들어 내서 우리를 속였다는 말씀이라면, 아마 그건 1억 9천만 년 전의 실험실일 겁니다."

코키는 주머니를 뒤져 CD 모양으로 생긴 돌을 꺼냈다. 그리고 돌을 카메라 앞에 들어 보였다.

"우리는 다양한 화학적인 방법으로 이런 샘플들의 나이를 측정했습니다. 루비듐-스트론튬 연대 측정법은 조작할 수 있는 게 아닙니다!"

피커링은 놀란 얼굴이었다.

"샘플을 가지고 계십니까?"

코키는 어깨를 으쓱했다.

"NASA에 가면 이런 게 수십 개나 있어요."

"NASA가 생명체가 들어 있다고 생각되는 운석을 발견했는데 아무나 샘플을 갖고 다니게 두었단 말인가?"

피커링은 레이첼을 돌아보고 물었다. 코키가 말했다.

"중요한 건 제가 쥐고 있는 이 샘플이 진짜라는 겁니다."

그는 카메라에 돌을 더 가까이 갖다 댔다.

"지구상의 어떤 암석학자나 지질학자, 천문학자에게 보여 주어도, 실험을 해 보면 똑같은 이야기를 할 겁니다. 첫째, 이 돌의 나이는 1억 9천만 년이다. 둘째, 지구상의 돌과는 화학적으로 상이하다."

피커링은 몸을 내밀어 돌에 박힌 화석을 관찰했다. 순간적으로 최면에 걸린 듯한 표정이었다. 마침내 그는 한숨을 쉬었다.

"난 과학자가 아닙니다. 내 말 뜻은 만약 이 운석이 진짜라면―물론 그렇게 보입니다만― NASA가 이것을 있는 그대로 세상에 공표하지 않은 이유를 알고 싶다는 겁니다. 굳이 진짜라고 국민들을 설득하려는 것처럼 일부러 용의주도하게 얼음 밑에 삽입한 이유가 무엇일까요?"

그때 백악관 안에서는 보안요원이 마저리 텐치에게 전화를 걸고 있었다. 수석 보좌관은 처음 전화벨이 울리자마자 수화기를 들었다.

"네?"

"텐치 씨, 아까 요청하신 정보를 알아냈습니다. 레이첼 섹스턴이 오늘 저녁에 걸어 온 무선전화 말입니다. 위치를 추적했습니다."

"어디죠?"

"비밀검찰국에서는 그것이 미해군 잠수정 샬럿 호에서 발신된 신호라고 하는군요."

"뭐라고요!"

"좌표는 알아내지 못했습니다만, 선박 암호는 확실하다고 했습니다."

"이런, 맙소사!"

텐치는 대답 없이 수화기를 쾅 내려놓았다.

72

　모든 소리가 먹먹해지는 샬럿 호의 무향실에 오래 앉아 있으니 레이첼은 조금씩 속이 메슥거리기 시작했다. 화면 안의 윌리엄 피커링은 걱정 어린 눈길을 마이클 톨랜드에게 보냈다.
　"당신은 조용하시군요, 톨랜드 씨."
　톨랜드는 갑작스럽게 이름이 불린 학생처럼 고개를 들었다.
　"네?"
　"당신은 방금 텔레비전에서 상당히 설득력 있는 다큐멘터리를 보여주셨습니다. 지금은 운석에 대해 어떻게 생각하십니까?"
　톨랜드는 거북한 기색이 역력했다.
　"음. 저도 말린슨 박사에게 동의해야겠습니다. 화석과 운석은 진짜라고 생각합니다. 저도 연대 측정법에 대해 잘 알고 있지만, 운석의 나이는 다양한 실험 기법을 통해 검증된 것입니다. 니켈 함유량도 마찬가지고요. 이런 데이터는 위조가 불가능합니다. 1억 9천만 년 전의 암석이 존재한다, 지구상에서 찾아볼 수 없는 니켈 비율을 보인다, 그 안에 역시 1억 9천만 년 전에 형성된 수십 개의 화석이 들어 있다는 것은 사실입니다. NASA가 진짜 운석을 찾아냈다는 것 외에 다른 설명은 불가능합니다."

피커링은 입을 다물었다. 레이첼로서는 처음 보는 곤혹스러운 표정이었다. 그녀는 물었다.

"어떻게 해야 할까요, 국장님? 데이터에 문제가 있다고 대통령께 보고해야 할 것 같은데요."

피커링은 얼굴을 찌푸렸다.

"대통령이 이미 알고 있는 사실이 아니기만을 바라야지."

목구멍이 콱 막혔다. 피커링의 말뜻은 분명했다. 허니 대통령이 조작에 개입했을 수도 있다는 뜻이었다. 레이첼은 그럴 가능성은 거의 없다고 생각했지만, 대통령과 NASA가 이번 일로 얻을 것이 많은 것만은 사실이었다.

피커링은 말을 이었다.

"유감스럽게도 이 GPR 출력물 아래에 삽입 경로가 나타났다는 점을 제외하면, 모든 과학적 데이터는 NASA의 발견을 입증하고 있어."

그는 엄숙하게 말을 멈췄다.

"그리고 자네가 공격당한 일은……."

그는 레이첼을 올려다보았다.

"특수부대로 보였다고 했지."

"네, 국장님."

그녀는 즉석 실탄과 전술에 대해 다시 설명했다.

이야기를 들을수록 피커링의 표정은 점점 어두워졌다. 국장은 소규모 암살부대를 움직일 수 있는 인물이 몇 명이나 되는지 생각하고 있는 듯했다. 우선 대통령이 있다. 수석 보좌관 마저리 텐치도 가능할 것이다. NASA 국장 로렌스 엑스트림도 국방성에 인맥이 있으니 가능할 수 있다. 수많은 가능성을 생각해 볼 때, 이번 공격의 배후에 있는 인물은 적절한 연줄이 있는 고위 정치가라면 누구나 가능하다는 결론을 내리지 않을 수 없었다.

피커링이 말했다.

"지금 당장 대통령에게 전화를 걸 수도 있겠지만, 그건 현명한 처사가 아닐 듯해. 일단 누가 개입했는지 모르는 상황에서는 말이야. 백악관을 개입시키고 나면 내가 자네를 보호할 수 있는 수단도 제한될 수밖에 없어. 게다가 뭐라고 말해야 할지도 모르겠네. 여러분 생각대로 운석이 진짜라면, 누군가 운석을 삽입했고 공격했다는 주장도 설득력이 없어. 대통령은 내 주장의 신빙성을 따지고 들 것이 당연하지."

피커링은 여러 가지 대안을 계산하는 듯 잠시 말을 끊었다.

"진실이 무엇이고 배후가 누구이든, 이 정보가 언론에 알려지면 대단한 권력자들이 타격을 받게 될 거야. 분란을 일으키기 전에 일단 여러분을 안전한 곳으로 옮기는 게 좋겠어."

'안전한 곳으로 옮겨?'

레이첼은 이 말에 놀랐다.

"핵잠수함이라면 안전한 곳이 아닐까요, 국장님?"

피커링은 회의적인 표정이었다.

"자네가 그 잠수함에 있다는 비밀은 오래가지 않을 걸세. 내가 즉시 옮겨 주지. 솔직히 세 사람 다 내 사무실에 데려와야 마음이 놓이겠어."

73

 섹스턴 상원의원은 피난민 같은 심정으로 혼자 소파에 웅크리고 있었다. 한 시간 전만 해도 새로운 친구와 지지자들이 가득 차 있었던 웨스트브룩 플레이스 아파트는 손님들이 문자 그대로 앞을 다투어 빠져나가고 이제 술잔과 명함만 쓸쓸히 나뒹굴고 있었다.
 텔레비전 앞에 혼자 외로이 앉은 섹스턴은 텔레비전을 끄고 싶었지만 끝없이 이어지는 전문가 분석에서 시선을 뗄 수 없었다. 결국 이곳은 워싱턴이었다. 평론가들은 사이비 과학 지식과 과장된 철학적 의미를 서둘러 늘어놓은 뒤 곧장 추한 문제, 정치로 되돌아왔다. 뉴스캐스터들은 마치 상처에 소금을 뿌리는 고문 기술자처럼 뻔한 내용을 끝도 없이 주워섬기고 있었다.
 "몇 시간 전만 해도 섹스턴의 지지율은 한창 치솟고 있었습니다만, NASA의 이번 발견으로 인해 상원의원은 다시 바닥으로 추락하게 되었습니다."
 한 분석가가 말했다. 섹스턴은 손을 뻗어 쿠르브아지에 코냑 병을 잡고 한 모금 들이켰다. 오늘 밤은 그의 평생 가장 길고 외로운 밤이 될 것 같았다. 자신을 함정에 몰아넣은 마저리 텐치가 미웠다. 빌어먹게 재수 좋은 대통령도 미웠다. 자신을 비웃는 세상도 미웠다.

"상원의원에게는 분명 치명적인 소식인데요, 대통령과 NASA는 이번 발견으로 어마어마한 승리를 거두었습니다. NASA에 대한 섹스턴의 입장과는 상관없이 대통령의 지지율을 끌어올려 줄 만한 소식일 뿐만 아니라, 오늘 섹스턴이 NASA에 대한 예산 지원을 완전히 없애겠다고까지 입장을 밝힌 상황이라…… 음, 이번 대통령의 기자회견은 상원의원으로서는 헤어나기 힘든 연속 공격입니다."

'나는 속았어. 백악관이 날 함정에 빠뜨린 거야.'

정치분석가는 미소 짓고 있었다.

"NASA는 최근 잃어버렸던 국민의 신뢰를 한순간에 되찾았습니다. 지금 여론은 국가적 자부심으로 넘치고 있어요."

"그래야겠죠. 국민들은 잭 허니를 좋아했지만 믿음을 잃고 있었거든요. 최근 대통령은 연이어 큰 타격을 받고 조용히 몸을 낮추고 있었는데요, 오늘 아름답게 다시 피어났다고 보아야겠습니다."

섹스턴은 오늘 오후에 있었던 CNN 토론회를 떠올리고 속이 울렁거려서 머리를 움켜잡았다. 지난 몇 개월 동안 용의주도하게 부채질했던 NASA 이슈가 한순간에 묻혔을 뿐 아니라 그의 목을 조르는 돌덩이로 변하고 말았다. 바보 꼴이 되고 만 것이다. 백악관이 뻔뻔스럽게 그를 농락했다. 내일 신문에 깔릴 만평이 벌써부터 두려웠다. 온갖 농담에 그의 이름이 오르내릴 것이다. SFF의 막후 선거자금 지원도 중단될 것이다. 모든 것이 변했다. 방금 그의 아파트에 있었던 사람들은 자신들의 꿈이 산산조각나는 것을 목격했다. 우주의 민영화는 단단한 벽에 부딪혔다.

상원의원은 코냑을 한 모금 더 마시고 일어나서 비틀거리며 책상으로 향했다. 그는 내려놓은 수화기를 내려다보았다. 자기학대라는 것을 알면서도, 그는 천천히 수화기를 다시 전화기에 올려놓고 속으로 초를 세기 시작했다.

1초…… 2초…… 전화벨이 울렸다. 그는 자동응답기가 받도록 내버려 두었다.

"섹스턴 의원님, CNN의 주디 올리버입니다. 오늘 저녁 NASA의 발견에 대해 발언할 기회를 드리고 싶습니다. 연락 주십시오."

그녀는 전화를 끊었다.

섹스턴은 다시 초를 세기 시작했다. 1초…… 전화벨이 다시 울렸다. 그는 그 소리를 무시하고 자동응답기에 맡겼다. 이번에도 기자였다.

섹스턴은 쿠르부아지에 병을 든 채 발코니 미닫이문으로 향했다. 그는 문을 열고 시원한 공기 속으로 나가 난간에 몸을 기댄 채 멀리서 환히 불을 밝힌 백악관을 응시했다. 바람결에 불빛이 흥겹게 반짝이는 듯했다.

'나쁜 새끼들. 인간은 몇 세기 동안 우주에 생명이 있다는 증거를 찾아왔는데, 하필 내 선거와 같은 해에 발견할 게 뭐람? 이건 단순히 행운이 아니라 천리안이라고 봐야지.'

섹스턴의 눈에 띄는 모든 아파트 창문 안에는 텔레비전이 켜져 있었다. 오늘 밤 가브리엘 애쉬가 어디 있을지 궁금했다.

'이건 모두 그년 잘못이야. 그년이 NASA의 실수를 자꾸만 내 귀에 속삭이는 바람에.'

그는 술병을 들고 다시 한 모금 들이켰다.

'빌어먹을 가브리엘. 내가 이렇게 된 건 다 그년 때문이야.'

도시 반대편에서는 가브리엘 애쉬가 ABC 제작국의 혼란 속에서 멍하니 서 있었다. 느닷없이 나온 대통령의 선언 때문에 머릿속이 마치 정신분열증 환자처럼 몽롱했다. 그녀는 아수라장이 된 제작국 한가운데에 동상처럼 선 채 텔레비전 모니터만 응시하고 있었다.

기자회견이 시작되고 몇 초 동안 제작국에는 쥐죽은 듯한 정적만 흘렀다. 그러다 곧 시끌시끌한 목소리가 일제히 터지고 기자들이 사방으로 뛰어다니기 시작했다. 그들은 전문가였다. 개인적인 감상에 젖을 시간이 없었다. 그런 일은 업무가 끝난 뒤에 해도 된다. 지금은 온 세상이 더 많은 것을 알고 싶어 하고 있고, ABC는 그것을 제공해야 했다. 과학, 역사, 정치 드라마, 이 기자회견에는 온갖 극적인 요소가 가득 들어 있었다. 언론계에 종사하는 사람이라면 오늘 밤 잠을 잘 수 없을 것이다.

"가브리엘?"

욜랜다는 안됐다는 듯한 목소리였다.

"누가 널 알아보고 이번 일이 섹스턴의 선거운동에 어떤 영향을 끼칠지 캐묻기 전에 얼른 내 사무실에 들어가."

가브리엘은 안개 속을 걷는 기분으로 유리벽으로 된 욜랜다의 사무실로 향했다. 욜랜다는 그녀를 의자에 앉히고 물 한 잔을 건네주었다. 가브리엘은 미소를 지으려고 애썼다.

"좋은 쪽을 봐, 가브리엘. 네 후보의 선거운동은 망했지만, 넌 망하지 않았잖아."

"고마워요. 기분 끝내주네요."

욜랜다의 음성이 심각해졌다.

"가브리엘, 얼마나 기분 더러울지 알아. 네 후보는 방금 트럭에 치였고, 내가 볼 때는 일어날 가망이 없어. 최소한 이번 상황을 만회할 정도로 빨리 일어나지는 못할 거야. 어쨌든 이제 네 사진이 텔레비전에 나갈 일은 없잖니. 진심이야. 이건 좋은 소식이야. 허니는 이제 성추문 같은 게 필요 없어. 섹스 이야기 같은 건 입에 담을 이유가 없는 멋진 대통령으로 보인단 말씀이야."

가브리엘에게는 그나마 마음의 위안이 되었다.

"텐치가 섹스턴의 불법선거자금 문제를 거론한 건……."

욜랜다는 고개를 저었다.

"나도 의심스러워. 허니는 흑색선전은 안 한다고 했지. 뇌물 수사가 국가에 좋지 않은 영향을 끼칠 거라는 것도 사실이야. 하지만 허니가 단순히 국가적 사기를 보호하기 위해 자신의 상대를 무찌를 기회를 날려 버릴 정도로 애국적인 사람일까? 내 생각에는 텐치가 네게 겁을 주려고 섹스턴의 선거자금 문제를 언급한 것 같아. 네가 섹스턴을 배신하고 대통령에게 공짜 성추문을 선물해 주지 않을까 하고 도박을 한 거지. 솔직히 말해서 오늘 밤 같은 분위기라면 섹스턴의 윤리 문제를 추궁하기에 최적의 기회 아니겠어?"

가브리엘은 희미하게 고개를 끄덕였다. 성추문까지 연속으로 터졌다면 섹스턴의 경력은 돌이킬 수 없을 정도로 망가졌을 것이다.

"네가 텐치를 이겼어, 가브리엘. 마저리 텐치가 낚시질을 했지만, 넌 미끼를 물지 않은 거야. 넌 이제 자유의 몸이야. 선거는 언제든지 있잖니."

더 이상 무엇을 믿어야 할지 알 수 없었다. 가브리엘은 그저 고개만 끄덕였다.

"백악관이 섹스턴을 멋지게 요리했다는 건 너도 인정해야 해. NASA 문제를 선거 쟁점으로 만들도록 유도하고, 입장을 확실히 못 박게 하고, NASA에 모든 것을 걸도록 했으니 말이야."

'전부 내 잘못이야.'

가브리엘은 생각했다.

"게다가 방금 나온 발표는, 휴, 천재적인 솜씨야! 발견의 중요성 자체는 접어 두고도 정말 탁월한 연출이었어. 북극에서 생방송 중계? 마이클 톨랜드 다큐멘터리? 휴, 이걸 어떻게 당해? 오늘 밤은 잭 허니의 압승이야. 이 사람이 대통령이 된 건 이유가 있다니까."

'그리고 앞으로 4년 동안 계속 대통령이겠지.'

"이제 일하러 가야겠다. 넌 여기 계속 있어도 돼. 정신 똑바로 차리고."

욜랜다는 문으로 향했다.

"좀 있다가 내가 다시 보러 올게."

혼자 남은 가브리엘은 물을 한 모금 마셨지만 입맛이 썼다. 모든 것이 그랬다.

'전부 내 잘못이야.'

그녀는 작년 한 해 동안 NASA가 했던 우울한 기자회견들을 모두 떠올리며 양심을 달래려고 애썼다. 우주정거장 건설 차질, X-33의 연기, 실패한 화성탐사선들, 계속되는 예산 지원. 자신이 과연 다른 선택을 할 수 있었는지 궁금했다.

'없었어. 넌 모든 일을 제대로 했어.'

그녀는 자신에게 말했다.

'그저 역풍을 맞았을 뿐이야.'

74

 기밀 작전 지령을 받은 해군 시호크 헬기가 굉음을 울리며 튤레 공군기지에서 긴급 발진했다. 헬기는 레이더망에 걸리지 않도록 낮은 고도를 유지하며 강풍을 뚫고 바다 위 110킬로미터를 비행했다. 명령받은 좌표에 도착한 조종사들은 바람과 싸우며 아무것도 없는 망망대해 위에서 선회하기 시작했다.
 "만나는 곳이 어딥니까?"
 부조종사가 어리둥절해서 외쳤다. 구명용 윈치가 달린 헬기를 가져가라는 명령을 받았기 때문에 수색 구조 작전이라고 생각했던 것이다.
 "이 좌표가 확실합니까?"
 탐조등으로 거친 바다를 비추어 보았지만, 아래에는 아무것도······.
 "맙소사!"
 조종사는 조종간을 획 당기고 고도를 높였다.
 전방에서 검은 쇠로 된 산더미 같은 물체가 느닷없이 파도를 뚫고 솟아올랐던 것이다. 아무 표시도 없는 거대한 잠수함은 밸러스트

(Ballast)를 빼면서 구름 같은 물거품 위로 모습을 드러냈다.

조종사들은 마주 보며 불안하게 웃었다.

"저게 목적지인 모양인데."

명령받은 대로 작전은 그 어떤 무선통신도 없이 이루어졌다. 잠수함 꼭대기의 문이 좌우로 열리고, 선원 한 사람이 스트로브 불빛으로 신호를 보냈다. 헬기는 잠수함에 가까이 다가가서 3인용 구명 장치를 내려보냈다. 다시 당겨 올릴 수 있는 줄에 고무 튜브를 연결한 형태였다. 60초 만에 신원미상의 표류자 세 사람은 회전날개의 하강기류에 저항하며 천천히 흔들흔들 위로 올라가고 있었다.

부조종사가 남자 둘과 여자 하나를 끌어 올리자, 조종사는 잠수함에게 '임무 완료' 신호를 보냈다. 거대한 잠수함은 몇 초 만에 흔적조차 없이 강풍이 부는 바다 밑으로 사라졌다.

승객들이 안전하게 헬기에 타자, 조종사는 앞쪽을 바라보고 기수를 아래로 내린 뒤 남쪽을 향해 속도를 올렸다. 폭풍이 빠른 속도로 다가오고 있었다. 세 사람을 다른 제트기가 기다리고 있는 툴레 공군기지까지 안전하게 데려가야 했다. 거기서 어디로 가는지는 조종사도 몰랐다. 그가 아는 것은 아주 고위층에서 명령이 내려왔다는 사실, 대단히 소중한 화물을 나르고 있다는 사실뿐이었다.

75

 밀른 빙붕에 마침내 찾아온 폭풍이 NASA 해비스피어에 휘몰아쳤고, 돔은 금방이라도 얼음에서 떨어져 바다에 빠질 것처럼 흔들렸다. 말뚝에 묶어 돔을 고정시키는 강철 케이블은 거대한 기타줄처럼 팽팽하게 진동하며 구슬픈 소리를 냈다. 외부 발전기가 흔들리면서 불도 깜빡거렸다. 넓은 실내는 언제라도 암흑 속에 빠질 것 같았다.
 NASA 국장 로렌스 엑스트럼은 돔 내부를 성큼성큼 걷고 있었다. 오늘 밤 당장이라도 나가고 싶었지만, 그럴 상황이 아니었다. 하루 더 머무르면서 아침에 추가로 현장 기자회견을 하고 운석을 워싱턴으로 운반하는 것도 감독해야 했다. 지금 당장은 눈을 붙이고 싶다는 생각밖에 없었다. 하루 종일 벌어진 예기치 못했던 문제 때문에 많이 피곤했다.
 그러나 엑스트럼의 상념은 다시 웨일리 밍과 레이첼 섹스턴, 노라 맹거, 마이클 톨랜드, 코키 말린슨으로 돌아갔다. NASA 직원들도 민간인 과학자들이 없어졌다는 것을 눈치채기 시작하고 있었다.

'괜찮아. 모든 일이 잘 통제되고 있어.'

엑스트럼은 자신에게 말했다.

그는 지금 온 세상 사람들이 NASA와 우주과학에 열광하고 있다는 사실을 떠올리며 깊은 숨을 들이마셨다. 저 유명한 1947년 '로스웰 사건' 이후로 외계 생명체가 이렇게 흥미진진한 화제가 된 것은 처음이었다. 로스웰 사건은 뉴멕시코 로스웰에 외계 비행 물체가 추락했다는 소문으로서, UFO 관련 음모 이론을 믿는 수백만 명의 사람들에게는 이곳이 오늘날까지 성지로 남아 있었다.

국방성에서 일하던 시절, 엑스트럼은 로스웰 사건이 러시아 핵실험을 도청하기 위해 설계된 첩보용 열기구를 시험 운용하는 '모굴 프로젝트'라는 군 기밀 작전 도중에 발생한 사고에 불과하다는 것을 알게 되었다. 열기구는 시험 도중 궤도에서 벗어나 뉴멕시코의 사막에 추락했고, 불행히도 한 민간인이 군보다 먼저 잔해를 발견했다.

평생 본 적이 없는 특이한 합성고무와 초경량 금속조각들을 우연히 발견한 목장주 윌리엄 브레이즐은 별다른 의심 없이 보안관에게 신고했다. 신문은 기괴한 잔해가 발견되었다는 보도를 실었고, 일반인들의 관심이 빠르게 집중되었다. 군이 사고 잔해가 자신들과 관계가 없다고 부인하자 기자들은 탐사를 시작했고, 모굴 프로젝트의 비밀은 심각한 위기에 처했다. 첩보용 열기구라는 민감한 문제가 공개될 위기에 처했을 때, 신기한 일이 일어났다.

언론이 예상치 못한 결론을 낸 것이다. 그들은 초현실적인 잔해가 인류보다 더 과학 문명이 발달한 외계에서 왔을 가능성밖에 없다고 주장하기 시작했다. 군이 사건을 부정하는 것은 외계인과의 접촉을 은폐하기 위해서라는 것이다. 공군은 이 새로운 가설이 당황스럽기는 했지만 입에 들어온 떡을 뱉어 낼 생각이 없었다. 그들은 오히려 외계인설을 퍼뜨리기 시작했다. 러시아가 모굴 프로젝트의 존재를 눈치채는 것보다는 외계인이 뉴멕시코를 찾아왔다고 전 세계인들에게 의심받는 쪽이 국가 안보에 덜 위협적이었다.

정보 기관에서는 외계인설을 부추기기 위해 로스웰 사건을 극비에 붙이고 용의주도하게 '기밀'을 누설하기 시작했다. 외계인과 접촉했다는 소문, 우주선을 확보했다는 소문, 정부가 데이튼 라이트 패터슨 공군기지 내부 '18번 격납고' 안에 외계인의 시체를 냉동시켜 보관하고 있다는 소문 등이었다. 세상 사람들은 외계인설을 믿었고, 로스웰 열기는 전 세계로 퍼졌다. 그때부터 정보 기관은 민간인이 첨단 미군 비행 물체를 발견할 때마다 옛 음모 이론을 활용하곤 했다.

'비행기가 아니야. 외계 비행 물체라니까!'

엑스트럼은 이 단순한 기만이 오늘날까지도 통한다는 사실이 놀라웠다. 언론에서 UFO 목격담을 떠들어 댈 때마다, 그는 웃지 않을 수 없었다. 어느 재수 좋은 민간인이 글로벌 호크스라는 NRO 고속 무인 정찰기 57대 중 하나를 목격한 것이리라. 하늘을 나는 어떤 비행기와도 다른 형태를 지닌, 원격조종되는 타원형 기체였다.

수많은 관광객들이 아직도 뉴멕시코 사막을 순례하며 비디오로 밤하늘을 찍는 것을 보면 한심하다는 생각밖에 들지 않았다. 때로 운 좋은 사람이 UFO의 '물증'을 포착하기도 한다. 인간이 만든 그 어떤 비행 물체보다 더 빠르고 자유자재로 움직이는 밝은 불빛이 하늘을 스쳐 가는 장면이었다. 물론 이들은 정부가 제작할 수 있는 기술력과 민간이 알고 있는 기술력 사이에 12년이라는 시차가 있다는 사실을 모르고 있다. 이런 UFO 신도들은 51구역에서 개발되고 있는 차세대 미국 항공기를 본 것에 불과하며, 이런 비행 물체 중 많은 것들이 NASA 과학자들의 작품이었다. 물론 정보 기관은 이런 오해를 굳이 풀려고 하지 않았다. 세상 사람들에게 미군의 진짜 항공 기술을 알리는 것보다는 UFO 목격담을 읽게 하는 쪽이 훨씬 낫기 때문이었다.

'하지만 이제 모든 것이 변했어.'

엑스트럼은 생각했다.

'몇 시간이 지나면 외계 생명체라는 신화는 확인된 현실이 될 거야. 영원히.'

"국장님?"

NASA 기술자 한 사람이 뒤에서 얼음을 지치며 달려왔다.

"PSC로 긴급 보안 전화가 걸려 왔습니다."

엑스트럼은 한숨을 쉬며 돌아섰다.

'이번에는 또 무슨 일이지?'

그는 통신 트레일러로 향했다.

기술자가 바쁘게 옆으로 따라왔다.

"PSC에서 레이더를 운용하는 친구들이 궁금해하고 있습니다."

"뭘?"

국장은 아직도 다른 생각에 잠겨 있었다.

"근해에 대형 잠수함이 정박해 있다고 왜 말씀해 주지 않으셨냐고요."

엑스트럼은 고개를 들었다.

"뭐라고?"

"잠수함 말씀입니다. 최소한 레이더 기술자들에게는 말씀해 주셔야지요. 해상 보안을 강화하신 것은 이해합니다만, 레이더 팀이 놀랐습니다."

엑스트럼은 우뚝 멈춰 섰다.

"무슨 잠수함?"

기술자도 국장이 놀랄 거라고는 전혀 예상하지 못했는지 같이 멈춰 섰다.

"잠수함도 우리 작전에 참여한 게 아닙니까?"

"아니야! 어디지?"

기술자는 침을 삼켰다.

"5킬로미터 밖 해상입니다. 우연히 레이더망에 잡혔습니다. 몇 분 동안 수면 위로 떠올랐습니다. 빛이 상당히 큰 것으로 보아 초대형급이 확실합니다. 저희는 국장님께서 비밀리에 해군에 이번 작전 경비를 요청하신 것으로 짐작했습니다만."

엑스트럼은 그를 노려보았다.

"그런 일은 없었어!"

기술자의 목소리가 기어 들어갔다.

"아, 그러면 그 잠수함이 방금 근해에서 비행기 한 대와 접촉했다는 사실도 알려드려야겠군요. 이 정도 날씨에 수직 구조를 시도하는 것을 보고 대단히 놀랐습니다."

온몸의 근육이 굳었다.

'잠수함이 엘즈미어 섬 근해에서 나도 모르는 사이에 도대체 뭘 하고 있었던 거지?'

"비행기가 잠수함과 접촉한 뒤에 어디로 가던가?"

"툴레 공군기지로 돌아갔습니다. 거기서 본토로 수송하려는 것이겠지요."

엑스트럼은 한마디 말도 없이 PSC 쪽으로 향했다. 좁고 어둑어둑한 트레일러에 들어서자, 귀에 익은 쉰 목소리가 전화에서 흘러나왔다.

"문제가 생겼어요."

텐치는 잔기침을 하며 말했다.

"레이첼 섹스턴 말입니다."

76

 얼마나 그렇게 허공을 바라보고 있었을까. 섹스턴 상원의원은 누군가 문을 두드리는 소리를 들었다. 귓전을 울리는 소리가 알코올 때문이 아니라 아파트 문에서 나는 소리라는 것을 깨달은 그는 소파에서 일어나 쿠르부아지에 병을 치우고 현관으로 걸어갔다.
 "누구야?"
 그는 소리쳤다. 손님을 맞을 기분이 아니었다.
 경호원의 목소리가 불청객의 이름을 알렸다. 섹스턴은 정신이 번쩍 들었다.
 '빠르군. 아침까지는 이 대화를 하고 싶지 않았는데.'
 그는 심호흡을 하고 머리를 매만진 뒤 문을 열었다. 눈앞에 익숙한 얼굴이 서 있었다. 70대라는 나이에 비해 강인한 표정이었다. 바로 오늘 아침 호텔 주차장에 세워 놓은 흰색 포드 윈드스타 미니밴 안에서 만난 노인이었다.
 '그게 겨우 오늘 아침이었나? 아, 그 뒤로 얼마나 많은 것이 변했는지.'

"들어가도 되겠소?"

검은 머리의 남자가 물었다.

섹스턴은 옆으로 비켜서서 SFF 회장을 안으로 들였다.

"회의는 잘됐소?"

남자는 문을 닫는 섹스턴에게 물었다.

'회의가 잘됐냐고? 이 사람은 어디 동굴에서 사나.'

"대통령이 텔레비전에 나오기 전까지는 아주 좋았지요."

노인은 불만스러운 얼굴로 고개를 끄덕였다.

"그래. 놀라운 성공이었소. 우리의 대의에 큰 상처를 입혔지."

'대의에 상처를 입혀? 아주 낙관적이시군.'

오늘 밤 NASA가 거둔 성공을 감안할 때 이 노인은 생전에 SFF가 민영화되는 것을 보지 못할 것이다.

"난 오랫동안 증거가 나타나지 않을까 생각해 왔소. 언제, 어떻게 나타날지는 몰라도 조만간 확실히 알게 될 거라고."

섹스턴은 어안이 벙벙했다.

"놀라지 않으셨습니까?"

"우주를 수학적으로 바라보면 사실상 다른 생명체가 있다는 건 당연하지."

노인은 섹스턴의 서재 쪽으로 향하며 말을 이었다.

"난 이번 발견 자체에는 놀라지 않았소. 지적으로는 아주 흥분되는 일이고, 영적으로는 경외감에 젖었소. 그러나 정치적으로는 깊은 우려를 갖고 있다오. 하필 이렇게 안 좋은 시기에 나타나다니."

섹스턴은 노인이 왜 찾아왔는지 궁금했다. 그를 격려해 주려고 온 것이 아니라는 건 확실했다.

"아시다시피 SFF 회원사는 우주로 나가는 문을 민간 기업에 개방하기 위해 수백만 달러를 썼다오. 최근에는 그중 상당액이 당신의 선거운동자금으로 들어갔소."

섹스턴은 갑자기 방어적인 기분이 들었다.

"오늘 밤의 재앙은 내가 뭘 어쩔 수 있는 일이 아니었습니다. 백악관이 내게 NASA를 공격하도록 미끼를 던진 거요!"

"그렇소. 대통령이 머리를 잘 썼지. 하지만 아직 우리가 모든 걸 잃은 건 아니오."

노인의 눈에 묘한 희망이 빛이 반짝였다.

'노망이 난 거야. 우린 모든 걸 잃었어.'

섹스턴은 판단했다. 지금 텔레비전 모든 채널은 섹스턴 선거운동이 파국을 맞았다고 이야기하고 있었다.

노인은 앞장서서 서재로 들어가더니 소파에 앉아 피곤한 눈으로 상원의원을 바라보았다.

"NASA가 PODS 위성에 탑재한 이상 감지 소프트웨어에 처음 생겼던 문제를 기억하시오?"

도대체 무슨 말을 하려는 건지 알 수가 없었다.

'이제 와서 그게 무슨 상관이야? PODS가 화석이 들어 있는 운석을 발견했는데!'

"기억하시는지 몰라도, 처음에는 그 소프트웨어가 제대로 작동하지 않았소. 의원께서는 그 문제를 언론에서 크게 다루셨고."

"그때는 그럴 수밖에 없었지요! 그것도 NASA의 실패 중 하나였으니까요!"

섹스턴은 노인의 맞은편에 앉았다. 노인은 고개를 끄덕였다.

"동의하오. 하지만 그 직후 NASA는 기자회견을 열고 문제를 해결했다고 발표했소. 패치 파일을 작성했다고."

기자회견을 직접 보지는 못했지만, 짧고 간단해서 큰 뉴스거리가 아니었다고 들은 적이 있었다. PODS 프로젝트 팀장이 나와서 NASA가 어떻게 PODS 이상 감지 소프트웨어의 사소한 오류를 극복해서 모든 것을 정상화했는지 기술적인 용어로 지루하게 설명했다.

"나는 PODS가 실패한 뒤로 관심을 가지고 죽 지켜보았소."

노인은 비디오카세트를 꺼내 섹스턴의 텔레비전으로 다가가 VCR에 넣었다.

"흥미로우실 거요."

비디오가 화면에 나오기 시작했다. 워싱턴 NASA 본부의 기자회견실이었다. 잘 차려입은 남자가 연단에 오르더니 관객에게 인사했다. 연단 아래로 자막이 흘렀다.

크리스 하퍼, 팀장
북극 궤도 밀도조사 위성(PODS)

크리스 하퍼는 키가 크고 세련된 남자였고, 아직도 자신의 뿌리를 자랑스럽게 생각하는 유럽계 미국인 특유의 조용하고 기품 있는 태도를 지니고 있었다. 억양은 지식인답고 품위가 있었다. 그는 PODS에 대한 안 좋은 소식을 전하면서도 자신감 있게 기자들을 상대하고 있었다.

"PODS 위성은 궤도에 올라 잘 작동하고 있습니다만, 탑재된 컴퓨터에 사소한 문제가 있습니다. 프로그래밍 상의 사소한 오류로서, 전적으로 저의 책임이라고 할 수 있습니다. 구체적으로 FIR 필터의 복셀 인덱스에 오류가 있었는데, 이로 인해 PODS의 이상 감지 소프트웨어가 적절하게 작동하지 못하고 있습니다. 현재 수정 중입니다."

기자들은 NASA의 실패에 익숙한 모양인지 한숨을 쉬었다. 누군가 물었다.

"그것이 현재 위성의 효율성에 어떤 영향을 끼치고 있습니까?"

하퍼는 전문가답게 대답했다. 자신감 있고 실무적인 태도였다.

"완벽한 한 쌍의 눈에 제대로 작동하지 않는 두뇌가 연결되어 있다고 보시면 됩니다. PODS 위성은 좌우 시력이 2.0이지만 자기가 뭘 보고 있는지 모르는 겁니다. PODS 위성의 목적은 북극 빙하 내부에서 녹은 지점을 찾아내는 것인데, 스캐너에서 수신한 밀도 데이터를 컴퓨터로 분석하지 않으면 PODS는 어느 지점이 관심의 대상인지 식별할 수가 없습니다. 다음 우주왕복선을 파견할 때 위성에 탑재된 컴퓨터를 조정하면 상황이 시정될 것입니다."

실망해서 투덜거리는 소리가 방 안을 가득 채웠다.

노인은 섹스턴을 돌아보았다.

"나쁜 소식을 상당히 잘 전달했지, 안 그렇소?"

"NASA 사람 아닙니까. 그 사람들이 늘 하는 일이니까요."

VCR 테이프는 잠시 끊어졌다가 다른 NASA 기자회견으로 넘어갔다.

노인은 섹스턴에게 말했다.

"두 번째 기자회견은 몇 주 전에 있었던 거요. 상당히 늦은 밤 시간이었지. 본 사람도 거의 없소. 이번에는 하퍼 박사가 좋은 소식을 전한다오."

기자회견이 시작되었다. 크리스 하퍼 박사는 추레하고 불편한 태도였다. 그는 전혀 기쁘지 않은 어조로 말했다.

"NASA가 PODS 위성 소프트웨어 문제에 대한 간접적인 해결책을 발견했다는 소식을 전하게 되어 기쁘게 생각합니다."

그는 더듬거리며 해결책을 설명했다. PODS가 수신한 원자료를 PODS에 탑재된 컴퓨터로 분석하지 않고 지상으로 바로 보낸다는 내용이었다. 기자들은 감탄한 것 같았다. 아주 그럴듯하고 흥미진진했다. 하퍼가 설명을 마치자 기자들은 열광적으로 박수를 보냈다.

"그럼 곧 데이터를 받을 수 있습니까?"

기자 중 한 사람이 물었다. 하퍼는 땀을 흘리며 고개를 끄덕였다.

"몇 주 내로 가능합니다."
다시 박수가 일었다. 여기저기에서 사람들이 손을 들었다.
"지금 말씀드릴 수 있는 것은 여기까지입니다."
하퍼는 어디가 아픈 기색으로 서류를 챙기며 말했다.
"PODS는 잘 작동되고 있습니다. 곧 데이터를 받게 될 겁니다."
그는 뛰듯이 연단을 내려왔다.
섹스턴은 얼굴을 찌푸렸다. 이상하다는 것을 인정하지 않을 수 없었다.

'나쁜 소식도 그렇게 편안하게 전달하던 크리스 하퍼가 좋은 소식을 전할 때는 왜 저렇게 불편해 보일까? 그 반대가 되어야 할 텐데.'
섹스턴은 이 기자회견을 생방송으로 보지는 못했지만 소프트웨어를 수정했다는 기사를 읽은 적이 있었다. 당시에는 NASA에게 큰 의미가 없는 성과로 보였다. 대중도 크게 감탄하지 않았다. PODS는 그저 오류가 나서 이상적인 해법에 못 미치는 방식으로 어색하게 수선한 NASA의 실패작 중 하나에 지나지 않았다.
노인은 텔레비전을 껐다.
"NASA는 하퍼 박사가 그날 몸이 좋지 않았다고 발표했소."
그는 잠시 사이를 두었다.
"한데 난 하퍼 박사가 거짓말을 했다고 생각하오."
'거짓말?'
섹스턴은 노인을 응시했다. 멍한 머리로는 하퍼 박사가 소프트웨어에 대해 굳이 거짓말을 해야 할 논리적인 이유를 찾아낼 수가 없었다. 하지만 섹스턴도 거짓말이라면 일가견이 있었기 때문에 어설프게 거짓말을 하는 사람은 알아볼 수 있었다. 그가 보기에도 하퍼 박사는 수상했다.

노인이 말했다.

"모르시겠소? 방금 들으신 크리스 하퍼의 작은 발표는 NASA 역사상 가장 중요한 기자회견이라오."

그는 잠시 사이를 두었다.

"이 편리한 소프트웨어 수정 덕분에 PODS는 운석을 발견할 수 있었으니 말이오."

섹스턴은 어리둥절했다.

'한데 그것이 거짓말이라고?'

"하지만 하퍼가 거짓말을 했고 사실 PODS 소프트웨어가 제대로 작동하지 않고 있다면, NASA가 어떻게 운석을 발견했겠습니까?"

노인은 미소 지었다.

"바로 그거요."

77

 마약 밀매범 검거 과정에서 환수한 비행기로 구성된 미 공군 편대는 10여 기의 개인 제트기로 편성되어 있으며, 그중에서 G4 3기는 개조해서 군 고위인사를 수송하는 데 사용되고 있었다. 30분 전, G4 한 대가 튤레 활주로를 이륙하여 폭풍을 뚫고 워싱턴을 향해 캐나다의 밤하늘을 남쪽으로 날아가고 있었다. 기내에는 레이첼 섹스턴과 마이클 톨랜드, 코키 말린슨이 파란 미해군 샬럿 호의 점프슈트와 모자 차림으로 마치 후줄근한 스포츠 팀처럼 좌석 8개짜리 객실을 차지하고 있었다.

 그루먼 엔진의 굉음에도 불구하고, 코키 말린슨은 뒷자리에서 잠들어 있었다. 톨랜드는 앞쪽에 앉아 피곤한 얼굴로 창밖의 바다를 내다보고 있었다. 레이첼은 수면제를 맞아도 잠들지 못할 것 같은 기분으로 그의 옆에 앉아 있었다. 운석에 얽힌 수수께끼와 무향실에서 피커링과 나눈 대화가 머릿속을 가득 채우고 있었다. 피커링은 전화를 끊기 전에 신경 쓰이는 정보 두 가지를 더 알려 주었다.

 첫째, 마저리 텐치가 레이첼이 백악관 직원 앞에서 한 비밀 보고를 비디오로 녹화해서 가지고 있다는 사실이었다. 텐치는 레이첼이 운석 정보에 대한 보증을 철회하려고 하면 비디오를 증거로 내놓겠다고 협박하고 있었다. 이 소식이 유난히 불쾌한 것은 레이첼이 잭 허니에게 자신의 증언은 백악관 직원용으로만 한정해 달라고 요청했기 때문이었다. 잭 허니는 이 요구를 묵살한 모양이었다.

두 번째로 신경 쓰이는 소식은 오늘 오후 아버지가 참석했던 CNN 토론회였다. 마저리 텐치가 모처럼 직접 방송에 출연해서 레이첼의 아버지가 NASA에 대한 입장을 분명하게 하도록 능숙하게 미끼를 던진 모양이었다. 보다 구체적으로, 외계 생명체는 절대 발견할 수 없을 것이라는 회의론을 조악하게 펼치도록 유도한 것이다.

'손에 장을 지지겠다고?'

NASA가 외계 생명체를 발견하면 아버지는 그렇게 하겠다고 했다. 텐치가 이 한마디를 어떤 방식으로 이끌어 냈는지 궁금했다. 분명 백악관은 용의주도하게 함정을 꾸몄다. 모든 도미노판을 줄줄이 배열하고 섹스턴이라는 대어를 마지막에 세운 것이다. 이는 대통령과 마저리 텐치라는 2인조 정치 레슬러가 꾸민 경기 전략이었다. 대통령이 품위 있게 링 밖에 서 있는 동안, 텐치는 링에 올라가서 빙빙 돌며 대통령이 엎어치기 좋도록 교활하게 상원의원을 몰아 갔다.

대통령은 데이터의 정확성을 검증할 시간을 주기 위해 NASA에게 발표를 미루라고 지시했다. 그러나 레이첼은 여기에 다른 이점이 있었다는 걸 깨달았다. 백악관이 상원의원의 목에 밧줄을 걸 시간을 벌어 주었던 것이다.

아버지에 대해서는 전혀 동정심을 느끼지 못했지만, 레이첼은 잭 허니 대통령의 따뜻하고 온화한 외양 속에 얼마나 민첩한 상어가 도사리고 있는지 실감했다. 킬러 본능을 가지고 있지 않으면 세계 최고의 권력자가 될 수 없다. 문제는 이 상어가 과연 결백하게 방관만 했는가, 직접 개입했는가다.
레이첼은 일어나서 다리를 폈다. 기내 복도를 서성거리며, 그녀는 서로 모순되는 퍼즐 조각들에 낭패감을 느꼈다. 완벽한 논리가인 피커링은 운석이 가짜가 틀림없다는 결론을 내렸다. 코키와 톨랜드는 과학적 확신을 가지고 운석이 진짜라고 주장했다. 레이첼은 자신이 본 것만 알고 있을 뿐이었다. 화석이 들어 있는, 그을린 돌을 얼음에서 끄집어내는 장면.

코키 옆을 지나던 레이첼은 얼음 위에서 온갖 수난을 겪고 만신창이가 된 천체물리학자를 내려다보았다. 뺨의 부기는 가라앉고 있었고, 꿰맨 자국도 좋아 보였다. 그는 통통한 손으로 디스크 모양의 운석 샘플을 담요처럼 꽉 움켜쥔 채 코를 골며 잠들어 있었다.

레이첼은 손을 뻗어 운석 샘플을 가만히 빼냈다. 그러고는 운석을 들어 올려 화석을 다시 관찰했다.

'모든 가정은 버려.'

그녀는 생각을 다시 정리하려고 애쓰며 속으로 말했다.

'논리의 연쇄를 재구성하는 거야.'

이는 오래된 NRO의 사고방식이었다. 증거를 시작부터 재구축하는 '영점 출발'이라는 기법으로서, 정보의 조각들이 잘 들어맞지 않을 때 데이터 분석가들이 사용하는 방식이었다.

'증거를 재조립하자.'

레이첼은 다시 서성거리기 시작했다.

'이 돌은 외계 생명체가 있다는 증거인가?'

레이첼은 증거가 수많은 사실을 기초로 건설되는 결론임을 알고 있었다. 기존에 받아들인 정보라는 방대한 기반 위에 보다 구체적인 가설을 세우는 것이다.

'모든 기본 가정을 버리자. 다시 시작하자.'

'우리가 가지고 있는 것은?'

암석 한 개.

레이첼은 잠시 그 점을 생각해 보았다. 암석. 생명체의 화석이 들어 있는 암석. 그녀는 기체 앞쪽으로 돌아가서 마이클 톨랜드의 옆에 앉았다.

"마이크, 게임 하나 할까요?"

톨랜드는 깊은 생각에 잠겨 있었는지 멍한 표정으로 창가에서 고개를 돌렸다.

"게임이오?"

레이첼은 그에게 화석 샘플을 건넸다.

"이 화석을 지금 처음 본다고 생각해 봐요. 어디서 왔는지, 어떻게 발견했는지 아직 아무것도 몰라요. 그럼 이게 무엇이라고 말할 수 있겠어요?"

톨랜드는 근심 가득한 한숨을 내쉬었다.

"재미있군요. 나도 방금 정말 이상한 생각이 들었는데……."

레이첼과 톨랜드가 타고 있는 기체의 수백 킬로미터 뒤에는 괴상하게 생긴 비행 물체 한 대가 외로운 바다 위로 낮은 고도를 유지하며 남쪽을 향해 날아가고 있었다. 탑승한 델타 포스는 말이 없었다. 급히 현장에서 철수하라는 명령을 받은 경우는 있었지만, 이번 같은 상황은 처음이었다.

감독관은 격분했다.

아까 델타 원은 감독관에게 빙붕에서 예기치 못한 상황이 발생해서 무력을 사용하지 않을 수 없었다고 보고했다. 레이첼 섹스턴과 마이클 톨랜드를 포함한 네 명의 민간인을 살해했다는 내용이었다.

감독관은 충격을 표했다. 살해는 마지막 수단으로 허가되어 있었지만 감독관의 계획에는 없었던 것 같았다.

이후 살해 방식이 계획대로 진행되지 않았다고 보고하자 감독관의 불편한 심기는 분노로 폭발했다.

"이번 작전은 실패야!"

감독관은 노발대발했다. 중성적인 통신 음성으로도 화를 감출 수는 없었다.

"네 명의 목표물 중에서 셋이 아직 살아 있어!"

'그럴 리가!'

델타 원은 생각했다.

"하지만 분명히 목격을……."

"그들은 잠수함에 구조되어 현재 워싱턴으로 가는 중이다."

"뭐라고요?"

감독관의 목소리는 얼음장처럼 차가워졌다.

"잘 들어. 새로운 명령을 내리겠다. 이번에는 실패란 있을 수 없다."

78

 예기치 않았던 손님을 엘리베이터까지 배웅하면서, 섹스턴 상원의원은 한 줄기 희망을 느끼고 있었다. SFF 회장은 섹스턴을 질책하려고 온 것이 아니라 아직 전투가 끝나지 않았다고 격려하러 온 것이다.
 NASA의 갑옷에 작은 틈이 있을 수도 있다.
 괴상한 NASA 기자회견 비디오테이프를 보고 나니 노인의 말이 맞다는 확신이 들었다. PODS 팀장 크리스 하퍼는 거짓말을 하고 있었다.
 '하지만 왜? NASA가 PODS 소프트웨어를 고치지 못했다면 이 운석은 어떻게 찾아냈을까?'
 노인은 엘리베이터로 걸어가며 말했다.
 "때로 한 올의 실이 전체를 푸는 실마리가 되기도 한다오. 어쩌면 NASA의 승리를 내부에서부터 무너뜨릴 방법을 찾을 수도 있소. 한 가닥 불신을 던져 주는 거요. 그게 어디로 흘러갈지 누가 알겠소?"
 노인은 피곤한 눈으로 섹스턴을 보았다.
 "난 이대로 가만히 누워 죽지는 않는다오, 상원의원. 당신도 그럴 거라고 믿소."

"당연하지요."

섹스턴은 애써 결연한 음성으로 말했다.

"그러기에는 너무 멀리 왔습니다."

"크리스 하퍼는 PODS 수정에 대해 거짓말을 했소."

그는 엘리베이터에 오르며 말했다.

"우린 그 이유를 알아내야 하오."

"최대한 빨리 알아내지요. 적절한 사람이 있습니다."

"좋아. 우리의 미래는 거기에 달려 있소."

아파트로 돌아가는 섹스턴의 발걸음은 한층 가벼워졌고 머릿속도 한층 맑아졌다. NASA는 PODS에 대해 거짓말을 했다. 유일한 문제는 그 사실을 어떻게 증명하느냐였다.

그의 생각은 이미 가브리엘 애쉬에게 가 있었다. 지금 어디 있는지는 몰라도 기분이 형편없을 것이다. 가브리엘도 분명 기자회견을 보았을 것이고 지금쯤은 뛰어내리려고 건물 창틀에라도 서 있을지 모른다. 선거운동에서 NASA를 주로 쟁점으로 활용하자는 그녀의 제안은 섹스턴의 정치 인생 최악의 실수를 낳았다.

'가브리엘은 나한테 빚을 졌어. 본인도 알고 있을 거야.'

가브리엘은 NASA의 비밀을 얻어 내는 수완을 보여 주었다.

'연줄이 있지.'

그녀는 벌써 몇 주째 내부 정보를 캐내고 있었다. 분명 밝히지 않은 정보원이 있을 것이다. 그 연줄을 통해 PODS에 대한 정보를 캐낼 수 있을지도 모른다. 게다가 오늘 밤이라면 의욕도 대단할 것이다. 그녀는 갚아야 할 빚이 있다. 섹스턴은 그녀가 자신의 신임을 되찾기 위해서라면 뭐든지 할 것이라고 생각했다.

섹스턴이 아파트 문으로 돌아가자 경호원이 고개를 끄덕였다.

"안녕하십니까, 의원님. 아까 가브리엘을 들여보낸 것은 잘한 일이 겠지요? 긴급히 말씀드릴 일이 있다고 하더군요."

섹스턴은 멈춰 섰다.

"뭐라고?"

"애쉬 양 말입니다. 오늘 저녁 의원님께 알려야 할 중요한 정보가 있다고 했는데요. 그래서 들여보냈습니다."

섹스턴의 몸이 뻣뻣해졌다. 그는 자기 집 문을 쳐다보았다.

'도대체 이 자가 무슨 소리를 하는 거야?'

경호원의 표정에 혼란과 걱정이 스쳤다.

"의원님, 괜찮으십니까? 기억하시지요? 아까 회의 중에 가브리엘이 왔었잖습니까. 이야기를 하셨지요? 그랬을 텐데요. 안에 한참 있었으니까요."

섹스턴은 혈압이 치솟는 기분으로 경호원을 한참 쳐다보았다.

'이 멍청한 놈이 SFF 비밀회의 중에 가브리엘을 내 아파트에 들여보냈다고? 가브리엘이 안에 들어왔다가 말도 없이 나갔단 말이지?'

무엇을 엿들었을지 짐작할 수 있었다. 그는 분노를 삼키고 억지로 미소를 보였다.

"아, 그렇군! 미안해. 피곤해서 말이야. 술도 몇 잔 했고. 애쉬와 이야기를 했어. 자네가 잘한 걸세."

경호원은 마음이 놓이는 표정이었다.

"나가면서 뭐라고 안 하던가?"

경비는 고개를 저었다.

"아주 급히 떠났습니다."

"알았어, 고맙네."

섹스턴은 씩씩거리며 아파트에 들어왔다.

'빌어먹을, 내가 무슨 복잡한 지시를 내린 것도 아니고! 아무도 들이

지 말라고 했잖아!'

가브리엘이 한동안 안에 있다가 아무 말 없이 나갔다면 분명 들어서는 안 될 이야기를 들은 것이 틀림없었다.

'하필 오늘 같은 밤에.'

섹스턴 상원의원은 누구보다 가브리엘 애쉬의 신뢰를 잃어서는 안 된다는 것을 알고 있었다. 여자들은 속았다고 느끼면 복수심을 불태우며 어리석은 짓을 한다. 섹스턴은 그녀를 되찾아야 했다. 그 어느 때보다 오늘 밤, 그의 진영에는 그녀가 필요했다.

79

 가브리엘 애쉬는 ABC 텔레비전 스튜디오 4층 욜란다의 사무실에 홀로 앉아 닳아빠진 양탄자를 응시하고 있었다. 그녀는 신뢰할 수 있는 사람을 알아보는 자신의 올바른 직감을 자랑스럽게 생각해 왔다. 그러나 지금 정말 오랜만에 가브리엘은 누구에게 의지해야 할지 알 수 없는 외로움을 느끼고 있었다.
 휴대전화 소리에 가브리엘은 양탄자에서 눈을 들었다. 그녀는 마지못해 전화를 받았다.
 "가브리엘 애쉬입니다."
 "가브리엘, 날세."
 섹스턴 상원의원의 목소리는 즉시 알아들을 수 있었다. 하지만 방금 일어난 일을 감안할 때 놀라울 정도로 침착한 말투였다.
 "이쪽은 정신없는 밤이었어. 그러니 일단 내 말부터 듣게. 자네도 대통령 기자회견을 봤겠지. 젠장, 우린 잘못된 카드를 들고 있었어. 정말 역겹군. 자넨 아마 자책하고 있겠지? 그럴 필요 없네. 누가 짐작이나 했겠나? 자네 잘못이 아니야. 어쨌든 들어 보게. 다시 일어설 길이 있을 것도 같아."

가브리엘은 자리에서 일어섰다. 섹스턴이 무슨 말을 하려는지 알 수가 없었다. 그녀가 예상했던 반응이 아니었다.

"오늘 밤 민간 항공사 대표들과 회의를 가졌네."

"그러셨어요?"

가브리엘은 섹스턴이 그 사실을 털어놓는 데 놀라 말을 더듬었다.

"저는…… 전혀 몰랐습니다."

"그래, 대단한 건 아니야. 자네도 참석시키고 싶었는데, 그 사람들은 프라이버시에 민감해서 말이야. 그중 몇 사람은 내 선거운동에 돈을 기부하고 있어. 그쪽은 그런 일을 떠벌리는 걸 원치 않거든."

완전히 허를 찔린 느낌이었다.

"하지만…… 그건 불법 아닌가요?"

"불법? 무슨 소리야! 모든 기부금은 최고 2천 달러 한도야. 푼돈이지. 이 사람들에게는 티도 안 나는 돈이지만, 어쨌든 푸념은 들어 주어야 할 것 아닌가. 미래를 내다보는 투자라고 해 두자고. 솔직히 모양새가 좋지는 않아서 내놓고 이야기하지는 않고 있어. 백악관이 냄새라도 맡으면 잔뜩 부풀려서 무슨 말을 만들어 낼지 몰라. 어쨌든 용건은 그게 아니야. 자네한테 전화한 건 오늘 회의 직후 SFF 회장과 이야기를 했는데 말이야……."

몇 초 동안 섹스턴은 이야기를 하고 있었지만, 가브리엘의 귀에는 부끄러움에 얼굴로 피가 몰리는 소리밖에 들리지 않았다. 전혀 묻지 않았는데도 상원의원은 오늘 민간우주회사와 가졌던 회의를 침착하게 인정했다.

'합법적이라니. 그런데 난 무슨 짓을 하려고 했던가!'

욜랜다가 막아 준 것이 천만다행이었다.

'하마터면 마저리 텐치 편에 붙을 뻔했어!'

"그래서 SFF 회장에게 말했네. 자네가 정보를 얻어 내 줄 수 있을지도 모른다고."

가브리엘은 다시 정신을 집중했다.

"네."

"자네가 지난 몇 달 동안 NASA 내부정보를 알아낸 정보통 말이야. 아직 연락이 되나?"

마저리 텐치. 온몸이 움츠러들었다. 그 정보통이 지금까지 자신을 조종해 왔다는 사실은 차마 상원의원에게 밝힐 수가 없었다.

"음…… 그럴 겁니다."

가브리엘은 거짓말을 했다.

"좋아. 자네가 얻어 내 줘야 할 정보가 있어. 지금 당장."

이야기를 듣는 동안, 가브리엘은 자신이 세지윅 섹스턴 상원의원을 얼마나 과소평가하고 있었는지 깨달았다. 그의 선거운동 진영에 합류한 이후 처음에 느꼈던 존경심이 많이 퇴색한 것은 사실이었다. 그러나 오늘 밤 모든 것이 되돌아왔다. 선거운동에 치명적인 타격을 입고도 섹스턴은 반격을 준비하고 있었다. 이 불행한 길로 자신을 이끈 가브리엘을 나무라지도 않았다. 오히려 만회할 기회를 주고 있었다.

'만회하고야 말겠어. 어떤 대가를 치르더라도.'

80

윌리엄 피커링은 사무실 창밖으로 저 멀리 리스버그 고속도로에 늘어선 자동차 헤드라이트 불빛을 바라보고 있었다. 세상 꼭대기에 위치한 이곳에 홀로 서 있으면 종종 그 아이 생각이 나곤 했다.

'이 모든 힘을 가지고도 난 그 애를 구할 수 없었어.'

피커링의 딸 다이애나는 홍해에 주둔한 소형 해군 호위함에서 항해사 훈련을 받다가 죽었다. 화창한 어느 오후 군함이 안전한 항구에 정박해 있는데, 자살 테러범 두 명이 폭약을 가득 실은 작은 어선을 몰고 천천히 항구를 가로질러 와서 선체에 부딪혀 폭발했던 것이다. 그날 다이애나 피커링과 열세 명의 젊은 미국 군인들이 목숨을 잃었다.

윌리엄 피커링은 망연자실했다. 몇 주 동안이나 충격에서 벗어날 수가 없었다. CIA가 오랫동안 추적했지만 번번이 검거에 실패했던 지하 조직이 감행한 테러 공격이었음이 밝혀지자, 피커링의 슬픔은 분노로 바뀌었다. 그는 CIA 본부로 들이닥쳐 해명을 요구했다.

그가 얻은 해명은 받아들이기 어려운 것이었다.

CIA는 이미 몇 달 전부터 이 지하조직을 공격할 준비를 하고 있었고, 아프가니스탄 산악 지대에 자리 잡은 은신처에 정밀 폭격을 가하기 위해 고해상도 위성사진을 기다리고 있었다. 암호명 보텍스-2라는 12억 달러짜리 NRO 위성이 사진을 찍을 예정이었는데, 불행히도 이 위성은 발사대에서 폭발한 NASA의 발사로켓과 함께 날아가 버리고 말았다. 이 사고 때문에 CIA 작전은 연기되었고 그 결과 다이애나 피커링은 목숨을 잃은 것이다.

이성으로는 NASA에 직접적인 책임이 없다는 것을 알고 있었지만, 가슴으로는 용서하기가 힘들었다. 수사 결과 연료 분사 시스템을 책임진 NASA 기술자들이 예산을 맞추기 위해 2등급 자재를 사용했다는 사실이 밝혀졌다.

로렌스 엑스트럼은 기자회견에서 이렇게 설명했다.

"무인 위성의 경우, NASA는 무엇보다 비용 절감에 초점을 맞추고 있습니다. 이번 경우는 최적의 결과가 아니었다는 점을 인정합니다. 우리는 상세히 조사할 계획입니다."

'물론 최적이 아니었지. 다이애나 피커링이 죽었으니까.'

게다가 첩보 위성은 기밀사항이었기 때문에 일반인들은 NASA가 12억 달러짜리 NRO 프로젝트와 함께, 간접적으로 많은 미국인의 생명을 허공에 날려 버렸다는 사실조차 알지 못했다.

"국장님?"

인터콤에서 비서의 목소리가 흘러나왔다. 피커링은 퍼뜩 놀랐다.

"1번 회선. 마저리 텐치 보좌관입니다."

피커링은 상념을 떨치고 전화기를 바라보았다.

'또?'

1번 회선의 불빛이 유난히 긴급하게 깜빡이는 것 같았다. 피커링은 미간을 찌푸리고 전화를 받았다.

"피커링입니다."

텐치는 노발대발한 목소리였다.

"그 여자가 뭐라고 했죠?"

"네?"

"레이첼 섹스턴이 연락했잖습니까! 뭐라고 했느냐고요? 빌어먹을, 잠수함에 타고 있더군요. 설명해 주시죠!"

피커링은 사실을 부인할 여지가 없다는 것을 곧장 깨달았다. 텐치도 나름대로 뒷조사를 한 것이다. 샬럿 호에 대해서까지 알아냈다니, 놀라웠다. 해답을 얻을 때까지 갖은 수단을 다 동원한 것 같았다.

"네, 섹스턴 요원이 나한테 연락했습니다."

"국장님이 수송기를 보냈더군요. 한데 왜 나한테 연락하지 않으셨죠?"

"제가 수송기를 보냈습니다. 그것도 맞습니다."

레이첼 섹스턴과 마이클 톨랜드, 코키 말린슨은 두 시간 뒤 인근 볼링 공군기지에 도착할 예정이었다.

"한데 나한테 연락하지 않으셨군요?"

"레이첼 섹스턴은 대단히 중대한 의혹을 제기했습니다."

"운석의 진위 여부에 대해서…… 그리고 누군가 자신의 목숨을 노렸다고요?"

"물론 그것도 있습니다."

"그녀는 분명 거짓말을 하고 있어요."

"그녀의 말을 입증해 줄 수 있는 두 사람이 같이 있다는 걸 아십니까?"

텐치는 잠시 말을 멈췄다.

"네. 그 점이 가장 걱정스럽습니다. 백악관은 그들의 주장을 크게 우려하고 있습니다."

"백악관이? 아니면 당신 혼자?"

텐치의 목소리는 면도칼처럼 날카로워졌다.

"오늘 밤 그쪽 문제라면 제가 백악관이나 마찬가지입니다, 국장."

피커링은 미동도 없었다. 정보 기관에 우위를 점해 보려고 허세를 부리는 정치가나 보좌관들은 수없이 많이 겪었다. 그러나 마저리 텐치만큼 세게 나온 사람은 거의 없었다.

"당신이 나한테 전화한다는 것을 대통령도 알고 계십니까?"

"솔직히 당신이 이런 미치광이 같은 헛소리를 마음에 두고 있다는 것 자체가 놀랍습니다."

'내 질문에는 대답하지 않는군.'

"난 이 사람들이 거짓말을 해야 할 논리적 이유를 모를 뿐입니다. 저들이 진실을 말하고 있거나, 선의의 실수를 저지르고 있다고 봐야겠지요."

"실수? 공격당했다고 주장하는 거요? NASA가 발견하지도 못한 운석의 허점이? 이건 정치적인 공작이 분명해요."

"그렇다 해도 동기를 찾을 수 없습니다만."

텐치는 무겁게 한숨을 쉬고 목소리를 낮췄다.

"국장, 당신이 모르는 세력들이 개입해 있습니다. 나중에 자세히 말씀드리겠지만, 지금 당장은 섹스턴 요원과 일행이 어디 있는지 알아야겠어요. 그들이 돌이킬 수 없는 타격을 입히기 전에 내막을 알아야 합니다. 어디 있습니까?"

"그건 알려드리기 곤란합니다. 도착하면 연락드리지요."

"안 됩니다. 도착하면 제가 직접 마중 나가겠어요."

'비밀검찰국 요원을 몇 명이나 데려가시려고?'

"도착 시간과 장소를 알려드리면 다 같이 우호적으로 이야기를 나눌 수 있겠습니까, 아니면 사병을 데리고 가서 구금할 생각입니까?"

"이 사람들은 대통령에게 직접적인 위협이 되고 있습니다. 백악관은 그들을 구금하고 신문할 권한을 가지고 있어요."

피커링은 그녀의 말이 옳다는 것을 알고 있었다. 연방법전 제18조

3056항에 따르면 비밀검찰국 요원은 총기를 소지하고 사용할 수 있으며, 대통령에 대해 중범죄나 기타 공격적인 행동을 저질렀거나 그럴 의도가 있다는 의혹만 있어도 영장 없이 체포할 수 있다. 비밀검찰국은 전권을 지니고 있다. 백악관 밖을 수상하게 배회하는 사람들이나 장난으로 협박 이메일을 보내는 아이들이 자주 이렇게 체포된다.

비밀검찰국은 레이첼 섹스턴과 일행을 백악관 지하실에 데려가서 무기한 구금하는 것도 충분히 정당화시킬 수 있을 것이다. 모험이긴 했지만, 텐치는 너무 많은 것이 달려 있다는 것을 분명 알고 있었다. 문제는 피커링이 텐치에게 주도권을 넘겨주면 그다음에 어떤 일이 발생할 것이냐였다. 피커링은 그런 광경을 보고 싶지 않았다.

텐치는 말을 이었다.

"나는 대통령을 모함에서 보호하기 위해 필요한 일이라면 뭐든지 할 겁니다. 조작이 있었다는 의혹만으로도 백악관과 NASA는 큰 타격을 입을 수 있어요. 레이첼 섹스턴은 대통령의 신뢰를 남용했고, 대통령이 그 대가를 치르도록 놓아둘 수는 없습니다."

"섹스턴 요원이 공식적인 청문회에서 자신의 주장을 펼치도록 허락해 달라고 말씀드리면?"

"그렇다면 당신은 대통령의 직접적인 명령을 무시하고 레이첼에게 정치적인 혼란을 초래할 수 있는 발판을 마련해 주게 되는 겁니다! 다시 한 번 묻습니다, 국장. 비행기가 도착하는 장소가 어디입니까?"

피커링은 길게 한숨을 내쉬었다. 비행기가 볼링 공군기지에 착륙한다는 사실을 그가 알려 주지 않아도, 마저리 텐치는 얼마든지 알아낼 수단이 있는 사람이었다. 문제는 그녀가 그 수단을 동원할 것이냐 말 것이냐였다. 단호한 목소리로 미루어 볼 때 이대로 포기할 것 같지는 않았다. 마저리 텐치는 겁을 먹고 있었다.

"마저리."

피커링은 또렷한 어조로 말했다.

"누군가 내게 거짓말을 하고 있습니다. 난 이 점을 확신해요. 레이첼 섹스턴과 두 명의 민간인 과학자, 혹은 당신. 둘 중 하나겠지요. 난 당신이라고 믿습니다."

텐치는 폭발했다.

"감히 어떻게……."

"무례한 언사는 내게 먹히지 않으니 그만두시지요. NASA와 백악관이 오늘 밤 기자회견에서 거짓 방송을 했다는 확실한 증거가 내게 있다는 걸 알아 두시는 게 좋을 겁니다."

텐치는 갑자기 입을 다물었다. 피커링은 잠시 텐치가 충격을 받도록 내버려 두었다.

"나도 정치적인 혼란은 당신 못지않게 피하고 싶은 사람입니다. 하지만 분명 거짓말을 한 사람이 있어요. 눈에 보이는 거짓말. 내게서 도움을 얻고 싶다면 우선 나한테 솔직하시는 게 좋을 겁니다."

텐치는 솔깃한 것 같았지만 경계심을 풀지는 않았다.

"거짓이 있다는 걸 확신하면서도 왜 진작 말하지 않았나요?"

"난 정치 문제에는 개입하지 않습니다."

텐치는 뭐라고 내뱉었다. '헛소리' 비슷하게 들렸다.

"오늘 대통령의 담화 내용이 전적으로 정확하다고 말하려는 겁니까, 마저리?"

수화기 너머에서 긴 침묵이 흘렀다. 피커링은 이제 완전히 우위를 점했다는 것을 알고 있었다.

"우리 둘 다 이게 언제 폭발할지 모르는 시한폭탄이란 걸 알고 있어요. 하지만 아직 늦지 않았습니다. 타협할 부분이 있어요."

텐치는 몇 초 동안 아무 말도 하지 않고 있다가 마침내 한숨을 쉬었다.

"우리 만나죠."

'성공이다.'

피커링은 생각했다.

"보여 드릴 게 있어요. 그걸 보면 이번 문제를 이해하는 데 도움이 되실 겁니다."

"내가 그쪽 사무실로 가겠습니다."

"아뇨."

텐치는 서둘러 말했다.

"너무 늦었어요. 당신이 여기 오면 의혹이 생겨날지도 모릅니다. 이 문제는 우리끼리만 알고 있었으면 해요."

피커링은 행간을 읽을 수 있었다.

'대통령은 이번 일에 대해 아무것도 모르고 있어.'

"그럼 이쪽으로 오시지요."

텐치는 그것도 마땅치 않은 것 같았다.

"남의 눈에 띄지 않는 은밀한 곳이 좋겠는데요."

피커링도 예상했던 답변이었다.

"백악관에서는 프랭클린 루스벨트 기념관이 가깝죠. 밤이라 이 시간에는 비어 있을 거예요."

피커링은 생각해 보았다. 프랭클린 루스벨트 기념관은 제퍼슨 기념관과 링컨 기념관의 중간 지점에 있다. 워싱턴에서 특히 안전한 동네였다. 피커링은 한참 동안 침묵을 지키다가 동의했다.

"한 시간 뒤."

"혼자 오세요." 텐치가 말을 맺었다.

전화를 끊자마자 마저리 텐치는 NASA 국장 엑스트럼에게 전화했다. 그녀는 딱딱한 목소리로 나쁜 소식을 전했다.

"피커링이 문제가 될 수 있어요."

81

 새로운 희망으로 가득 찬 가브리엘 애쉬는 ABC 제작국 욜랜다 콜의 책상 앞에 선 채 전화번호 안내에 전화를 걸었다.
 섹스턴이 방금 귀띔해 준 의혹은 사실로 확인만 된다면 엄청난 충격을 불러올 수 있었다.
 'NASA가 PODS에 대해 거짓말을 했다고?'
 당시 문제의 기자회견을 보고 이상하다고 생각했던 기억은 났지만, 완전히 잊고 있었다. 몇 주 전만 해도 PODS는 대단한 문제가 아니었다. 그러나 오늘 밤 PODS는 엄청난 쟁점으로 떠올랐다.
 이제 섹스턴은 내부 정보가 긴급히 필요했다. 그는 그 정보를 얻기 위해 가브리엘의 '정보원'에게 의지하려 하고 있었다. 가브리엘은 의원에게 최선을 다해 보겠다고 약속했다. 한데 문제는 그 정보원이 전혀 도움이 되지 않을 마저리 텐치라는 사실이었다. 그러니 다른 방법으로 정보를 얻어 내야 했다.
 "전화번호 안내입니다."

목소리가 흘러나왔다.

가브리엘은 무엇이 필요한지 말했다. 교환원은 워싱턴에 등록된 크리스 하퍼는 세 명이라고 알려 주었다. 가브리엘은 세 사람 모두에게 전화를 걸어 보았다.

첫 번째는 법률회사였다. 두 번째는 전화를 받지 않았다. 세 번째 하퍼의 신호음이 울리고 있었다.

신호음이 한 번 울리고 여자가 전화를 받았다.

"하퍼 자택입니다."

가브리엘은 최대한 정중하게 말했다.

"하퍼 부인? 주무시는데 깨운 건 아닌가요?"

"그럴 리가요! 오늘 같은 밤에 어떻게 잠을 자겠어요."

흥분한 목소리였다. 수화기 너머에서 텔레비전 소리가 들려왔다. 운석 관련 방송이었다.

"크리스에게 전화하셨지요?"

가브리엘의 맥박이 빨라졌다.

"네, 부인."

"크리스는 집에 없어요. 대통령 기자회견이 끝나자마자 사무실로 달려갔답니다."

여자는 혼자 웃었다.

"물론 특별한 일은 없을 거예요. 파티라도 열고 있겠죠. 이번 발표에는 크리스도 굉장히 놀랐어요. 모두에게 다 그렇겠지만요. 저녁 내내 전화가 울렸답니다. 아마 NASA 직원들은 모두 거기 가 있을 거예요."

"E 스트리트에 있는 건물 말이죠?"

가브리엘은 NASA 본부를 말하는 거라고 생각하고 넘겨짚어 보았다.

"맞아요. 파티 복장을 하고 가세요."

"고맙습니다. 가서 만나 볼게요."

가브리엘은 전화를 끊었다. 제작국으로 달려 나간 그녀는 욜랜다를 찾았다. 욜랜다는 운석에 대해 해설할 우주전문가들과 이제 막 방송 준비를 마친 참이었다.

욜랜다는 가브리엘이 다가오는 것을 보고 미소 지었다.

"아까보다 기분이 좋아 보이는구나. 이제 희망이 좀 생겼니?"

"방금 상원의원과 통화했어요. 오늘 밤 회의는 제가 생각했던 그런 게 아니더군요."

"텐치가 널 농락한 거라고 말했잖아. 의원은 운석 소식에 어떤 반응이니?"

"생각보다는 괜찮으셨어요."

욜랜다는 놀란 것 같았다.

"지금쯤 버스에라도 뛰어들었을 줄 알았는데."

"NASA 데이터에 오류가 있을지도 모른다고 하세요."

욜랜다는 믿기지 않는다는 듯 코웃음을 쳤다.

"나랑 같은 기자회견을 본 게 맞나? 얼마나 더 증거가 필요하다니?"

"그래서 뭘 좀 확인하러 NASA에 가 보려고 해요."

펜슬로 그린 욜랜다의 눈썹이 조심스럽게 위로 올라갔다.

"섹스턴 상원의원의 오른팔이 당당하게 NASA 본부에 들어간다고? 오늘 밤에? 돌팔매질이라도 당하고 싶어?"

가브리엘은 PODS 팀장 크리스 하퍼가 이상감지 소프트웨어에 대해 거짓말을 했을지도 모른다는 섹스턴 의원의 의심을 간단히 설명했다.

욜랜다는 믿지 않는 기색이 역력했다.

"그 기자회견도 우리가 취재했어, 가브리엘. 그날 밤 하퍼가 이상하기는 했지만, NASA는 그가 아팠다고 해명했어."

"의원님은 그가 거짓말을 했다고 확신하세요. 그렇게 생각하는 사람들이 또 있고요. 강력한 인물들요."

"PODS 이상 감지 소프트웨어를 수정하지도 않았는데 PODS가 어떻게 운석을 발견해?"

'바로 그게 핵심이지.'

가브리엘은 생각했다.

"모르겠어요. 하지만 의원님이 몇 가지 해답을 얻어 오라고 하셨어요."

욜랜다는 고개를 저었다.

"다급한 나머지 지푸라기라도 잡는 심정으로 널 벌집 안에 들여보내려는 거야. 가지 마. 넌 의원에게 빚진 게 없어."

"내가 그의 선거운동을 망쳤어요."

"선거운동을 망친 건 운이 없어서야."

"하지만 의원님 말대로 PODS 팀장이 정말 거짓말을 했다면……."

"가브리엘, 정말 PODS 팀장이 세상 사람들에게 거짓말을 했다면, 무엇 때문에 너한테 진실을 털어놓겠니?"

가브리엘은 이미 그 점을 염두에 두고 계획을 세우고 있었다.

"그쪽에서 뭔가 뉴스거리를 찾아내면 전화드리죠."

욜랜다는 기대하지 않는다는 듯 웃었다.

"네가 거기서 뉴스거리를 찾아내면 내 손에 장을 지지지."

82

'이 암석 샘플에 대해 알고 있는 모든 것을 잊어라.'

마이클 톨랜드 역시 운석에 대한 찜찜한 생각들과 씨름하다가, 레이첼의 질문을 받고는 불길한 생각이 더욱 커졌다. 그는 손에 든 암석 절편을 내려다보았다.

'어디서 발견했는지, 무엇인지에 대한 아무런 설명 없이 누가 이 돌을 줬다고 생각해 보자. 그렇다면 어떻게 분석할 것인가?'

유도신문이라는 것은 알고 있었지만, 분석 방식으로서는 효과가 있었다. 해비스피어에 도착했을 때 받았던 모든 데이터를 제거해 보니, 톨랜드 역시 자신이 한 가지 전제로 인해 선입견을 지니고 화석 분석에 임했다는 것을 인정하지 않을 수 없었다. 바로 화석이 발견된 돌이 운석이라는 전제였다.

'운석에 대해 미리 듣지 않았다면 어떤 결론을 내렸을까?'

그는 자문했다. 어떤 결론을 내리게 될지 지금으로서는 짐작조차 가지 않았지만, 톨랜드는 일단 '운석'이라는 전제를 제거해 보았다. 결과는 당황스러웠다. 톨랜드와 레이첼은 아직도 잠에 취해 몽롱한 코키 말린슨과 함께 이 생각을 놓고 이야기하고 있었다.

레이첼은 힘주어 되풀이했다.

"그러니까 마이크, 누군가 아무 설명 없이 화석이 들어 있는 돌을 줬다면, 당신은 지구에서 발견한 돌이라고 결론을 내렸을 거란 말이죠?"

"달리 어떻게 생각하겠습니까? 외계 생명체라고 생각하는 것보다 기존에 발견되지 않았던 지구 생명체의 화석이라고 생각하는 것이 훨씬 무리가 없으니까요. 과학자들은 매년 수십 개의 새로운 종을 발견합니다."

"길이가 60센티미터나 되는 이라고?"

코키는 믿기지 않는다는 듯 물었다.

"지구상에 그렇게 큰 곤충이 있다고 생각한단 말이야?"

"현재는 없을 수도 있지만, 모든 종이 현재까지 존재해야 한다는 법은 없잖아. 이건 1억 9천만 년이나 된 화석이야. 쥬라기 정도지. 선사시대의 화석에는 지금 보면 놀랄 정도로 큰 생명들이 많이 남아 있어. 날개가 달린 거대한 파충류, 공룡, 새."

"물리학자 행세를 하고 싶지는 않지만, 마이크. 자네 논리에는 심각한 오류가 있어. 방금 자네가 거론한 공룡, 파충류, 새 같은 선사시대 생물은 모두 내골격을 지닌 동물이야. 내골격 때문에 지구 중력에 상관없이 크게 성장할 수 있는 거라고. 하지만 이 화석은……."

코키는 샘플을 들어 올렸다.

"이것들은 외골격을 갖고 있어. 절지동물이잖아. 곤충이라고. 자네 입으로 이 정도 큰 곤충은 지구보다 중력이 낮은 환경에서나 진화할 수 있을 거라고 하지 않았나. 그렇지 않으면 외골격이 자기 몸무게를 못 이겨 무너진다면서."

"맞아. 만약 지구 위에서 걸어 다녔다면 그랬겠지."

코키는 짜증 난다는 듯 눈썹을 찌푸렸다.

"마이크, 어떤 원시인이 반중력 실험실에서 이를 키운 게 아니라면, 길이가 60센티미터나 되는 벌레를 어떻게 지구 기원이라고 생각할 수 있느냔 말이야."

톨랜드는 코키가 이렇게 간단한 점을 놓치고 있는 것을 보고 속으로 미소 지었다.

"아니, 다른 가능성도 있어."

그는 친구의 눈을 똑바로 쳐다보았다.

"코키, 자넨 늘 위쪽만 쳐다보지. 아래도 좀 보라고. 이 지구에도 반중력 환경은 많아. 선사시대부터 존재했어."

코키는 그를 응시했다.

"도대체 무슨 소리를 하는 거야?"

레이첼 역시 놀란 표정이었다. 톨랜드는 비행기 아래 창밖에서 달빛에 젖어 반짝이는 바다를 가리켰다.

"바다."

레이첼은 나지막이 휘파람을 불었다.

"그렇군요."

"물은 중력이 낮은 환경이야. 물속에 들어가면 모든 물체의 무게가 가벼워지지. 바닷속에는 육지에서라면 살아갈 수 없는 연약한 구조를 지닌 생명체가 많아. 해파리, 대왕오징어, 뱀장어."

코키는 그래도 완전히 인정할 수 없는 것 같았다.

"좋아. 하지만 선사시대의 바다에는 거대한 벌레가 없었어."

"아니, 있었어. 아직도 있고. 사람들이 매일 먹는 거야. 어떤 나라에서는 귀한 음식이라고."

"마이크, 거대한 바다 벌레를 누가 먹는다는 거야!"

"가재, 게, 새우를 먹는 사람들이지."

코키는 멍하니 쳐다보았다.

"갑각류는 기본적으로 거대한 바다 벌레야. 절지동물문에 속하는 아목이지. 이, 게, 거미, 곤충, 메뚜기, 전갈, 가재, 모두 친족이야. 모두 다리에 마디가 있고 외골격을 지닌 종들이지."

코키는 갑자기 인상을 찌푸렸다. 톨랜드는 계속 설명했다.

"생물분류학적 관점에서 볼 때는 생김새가 모두 벌레와 비슷해. 투구게는 거대한 삼엽충을 닮았어. 가재의 집게발은 큰 전갈과 비슷하고."

코키의 얼굴이 새파래졌다.

"음, 이제 가재 요리는 다 먹었군."

레이첼은 감탄한 것 같았다.

"육지의 절지동물은 중력 때문에 자연 선택으로 작게 진화했다는 거군요. 하지만 물에서는 몸이 물에 뜨니까 아주 크게 자랄 수 있는 거고요."

"맞습니다. 화석 증거가 없었다면, 알래스카의 킹크랩도 거대한 거미로 분류되었을 겁니다."

레이첼의 얼굴에서 차츰 흥분이 가시고 걱정스러운 표정이 떠올랐다.

"마이크, 운석의 진위 여부를 떠나서 이 점을 말해 봐요. 우리가 밀른 빙붕에서 본 화석이 바다 생물일 가능성도 있다고 생각해요? 지구의 바다요."

톨랜드는 레이첼의 강한 시선에서 이 질문의 진정한 무게를 깨달았다.

"그렇게 가정할 수도 있습니다. 바다 밑바닥에는 1억 9천만 년 된 지역이 있어요. 이번 화석과 같은 나이죠. 이론적으로는 바다에 이렇게 생긴 생명체가 살았을 가능성도 있고요."

"아, 그만들 해!"

코키가 코웃음을 쳤다.

"도대체 무슨 소리를 하는지 모르겠군. 운석의 진위 여부를 떠나서라니? 그 돌이 운석이라는 사실은 의심할 수 없어. 바다에 운석과 같은 나이의 지층이 있다고 해도, 퓨전 크러스트가 있고, 특이한 니켈 함량을 가지고 있고, 콘드룰이 있는 지층은 없을 거 아니야. 자넨 지푸라기를 잡고 있다고."

톨랜드는 코키의 말이 옳다는 것을 알고 있었지만, 일단 바다 생물의 화석일지도 모른다고 생각하니 이 돌에 대해 가졌던 경외심이 옅어지는 것 같았다. 이제 보니 훨씬 낯익은 형태로 느껴졌다.

레이첼이 말했다.

"마이크, 왜 NASA 과학자들은 이 화석이 바다 생물일 수도 있다고 생각해 보지 않았을까요? 다른 행성의 바다라도요."

"두 가지 이유에서요. 해저에서 채취한 해양 화석 샘플에는 다양한 종이 잡다하게 섞여 나오는 경향이 많습니다. 한 지점 위쪽으로 수백만 입방킬로미터나 되는 바다에서 살던 생물들이 죽어서 모두 바닥에 가라앉으니까요. 즉, 해저는 온갖 수심과 압력, 환경에서 살던 다양한 생물들의 공동묘지라는 겁니다. 그러나 밀른 빙붕의 샘플은 깨끗했어요. 단 한 가지 종만 들어 있었죠. 사막에서 흔히 나오는 화석과 유사했습니다. 예를 들어 비슷하게 생긴 한 가지 종의 생물들이 한꺼번에 모래폭풍에 휩쓸린 경우죠."

레이첼은 고개를 끄덕였다.

"바다보다 육지 생물이라고 판단한 두 번째 이유는요?"

톨랜드는 어깨를 으쓱했다.

"직감이죠. 과학자들은 우주에 생명이 존재한다면 곤충 형태일 거라고 항상 생각해 왔습니다. 우주를 관찰해 보아도 물보다는 흙과 돌이 훨씬 더 많고요."

레이첼은 침묵을 지켰다.

"한데……."

톨랜드는 말을 이었다. 레이첼이 그의 생각을 자극하고 있었다.

"심해저에는 해양학자들이 죽은 지역이라고 부르는 지대가 있습니다. 아직 자세히 밝혀지지 않은 지역이지만, 해류와 먹이 조건 때문에 거의 아무것도 살지 않습니다. 해저 밑바닥에 붙어서 서식하는 청소부 몇 종만 있고요. 이런 관점에서 보면 단일 종으로 구성된 해양 화석도 완전히 배제할 수는 없습니다."

"이봐, 퓨전 크러스트는 잊었나?"

코키가 끼어들었다.

"중간 정도의 니켈 함류량은? 콘드룰은? 우리가 왜 이런 이야기를 하고 있어야 하지?"

톨랜드는 대답하지 않았다. 레이첼은 코키에게 말했다.

"니켈 함량 문제가 나왔으니 말인데, 그럼 저한테 다시 설명해 보세요. 지구 암석의 니켈 함량은 아주 높거나 아주 낮지만, 운석의 니켈 함량은 특정한 중간 범위에 있다고 하셨죠?"

코키는 고개를 끄덕였다.

"맞습니다."

"그리고 이 샘플의 니켈 함량은 정확히 예상 범위 안에 들어갔고요."

"아주 비슷했습니다."

레이첼은 놀란 표정을 지었다.

"잠깐, 비슷했다니요? 그건 무슨 뜻이죠?"

코키는 갑갑한 표정이었다.

"아까 설명했지만 모든 운석의 구성 광물은 달라요. 과학자들은 새 운석을 발견할 때마다 운석의 니켈 함량으로 간주할 수 있는 기준치를 수정해야 합니다."

레이첼은 놀란 표정으로 샘플을 들어 보였다.

"그럼 이 운석을 통해서도 운석의 니켈 함량으로 간주할 수 있는 기준치를 수정해야 했나요? 기존의 중간 정도 범위 밖에 있었나요?"

"약간요."

코키가 대꾸했다.

"왜 아무한테도 그런 이야기를 안 하셨어요?"

"그건 아무것도 아닙니다. 천체물리학은 끊임없이 수정되는 동적인 과학이에요."

"이렇게 중요한 분석 도중에도요?"

"이봐요."

코키는 콧김을 뿜으며 말했다.

"이 샘플의 니켈 함량은 지구의 어떤 돌보다 다른 운석에 훨씬 가깝다고 보증합니다."

레이첼은 톨랜드를 돌아보았다.

"알고 계셨어요?"

톨랜드는 마지못해 고개를 끄덕였다. 당시에는 큰 문제로 보이지 않았다.

"이 운석이 다른 운석보다 약간 높은 니켈 함량을 가지고 있다고 들었습니다만, NASA 전문가들은 신경 쓰지 않는 것 같더군요."

코키가 끼어들었다.

"당연하지! 여기서 광물학적 증거란 니켈 함량이 결정적으로 운석에 가깝다는 얘기가 아니라, 지구의 돌과 확실하게 다르다는 얘기니까."

레이첼은 고개를 저었다.

"아니, 제 분야에서 그건 사람의 목숨이 달린 중대한 논리적 오류예요. 어떤 돌이 지구의 돌과 다르다는 사실이 그 돌이 운석이라는 것을 증명하지는 못해요. 단순히 지구상에서 본 그 어떤 돌과도 다르다는 것을 증명할 뿐이죠."

"그게 도대체 무슨 차이냐는 거요!"

"지구상의 모든 돌을 당신이 봤다면 차이가 없겠죠."

코키는 잠시 입을 다물었다. 마침내 그는 말했다.

"좋아요. 그게 그렇게 마음에 걸린다면 니켈 함량은 접어 둡시다. 그래도 퓨전 크러스트와 콘드룰은 완벽해요."

레이첼은 따분한 듯 답했다.

"네. 셋 중 두 가지라면 나쁘지 않군요."

83

 NASA 본부 건물은 워싱턴 E 스트리트 300번지에 위치한 거대한 입방체 모양의 유리였다. 건물 안에는 300킬로미터에 달하는 데이터 케이블과 수천 톤 무게의 컴퓨터 프로세서가 거미줄처럼 깔려 있었다. 연간 150억 달러에 달하는 예산과 전 세계 12개 지부의 일상 업무를 관리하는 공무원 1,134명이 여기서 근무하고 있었다.
 늦은 시각이었지만 홀은 흥분한 언론인들과 더욱 흥분한 NASA 직원들로 북적거렸다. 가브리엘은 서둘러 안으로 들어갔다. 유명한 우주 탐사 캡슐과 위성을 실제 크기로 재현해서 매달아 놓은 현관은 박물관과 비슷한 느낌이었다. 방송기자들이 넓은 대리석 바닥에 자리를 잡고 눈을 둥그렇게 뜬 채 현관으로 들어서는 NASA 직원들의 모습을 화면에 담고 있었다.
 가브리엘은 사람들을 둘러보았지만, PODS 팀장 크리스 하퍼처럼 보이는 사람은 없었다. 로비에 있는 사람들 중 절반은 기자출입증을, 절반은 사진이 박힌 NASA 신분증을 목에 걸고 있었다. 가브리엘은 아무것도 없었다. 그녀는 NASA 신분증을 걸고 있는 젊은 여자를 발견하고 급히 그쪽으로 다가갔다.

"안녕하세요. 크리스 하퍼 씨를 찾고 있는데요?"

여자는 어디서 봤는데 누군지 모르겠다는 눈빛으로 가브리엘을 훑어보았다.

"하퍼 박사님은 좀 전에 지나가셨어요. 위층으로 가셨을 거예요. 우리가 전에 어디서 만난 적이 있던가요?"

"아닌 것 같은데요."

가브리엘은 돌아서며 말했다.

"어디로 해서 위층으로 올라가나요?"

"NASA에서 일하세요?"

"아뇨."

"그럼 위층으로 올라갈 수 없어요."

"아. 혹시 어디서 전화를 쓸 수……."

"아."

여자는 갑자기 화난 표정을 지었다.

"이제 보니 알겠네. 텔레비전에서 섹스턴 의원과 같이 봤어요. 감히 무슨 배짱으로 여기에……."

가브리엘은 이미 그 자리를 떠나 사람들 속으로 자취를 감췄다. 등 뒤에서 그 여자가 가브리엘이 여기 왔다고 화난 목소리로 외치는 소리가 들렸다.

'끝내주는군. 들어오자마자 수배자 명단에 오르다니.'

가브리엘은 고개를 숙인 채 로비 반대편으로 급히 걸음을 옮겼다. 벽에 건물 안내판이 붙어 있었다. 그녀는 안내판에서 크리스 하퍼라는 이름을 찾았다. 없었다. 안내판은 직원들의 이름 대신 부서명으로 분류되어 있었다.

'PODS일까?'

그녀는 북극 궤도 질량 분석기와 관계있을 만한 부서 이름을 찾았다. 하지만 보이지 않았다. 성난 NASA 직원들이 돌팔매질이라도 하러 오고 있을 것 같아서 등 뒤를 돌아보기가 무서웠다. 목록에서 조금이라도 관계가 있어 보이는 이름은 4층에 있었다.

2단계 지구과학 사업
지구관측시스템(EOS)

가브리엘은 군중 쪽을 외면한 채 엘리베이터 여러 대와 분수가 있는 복도 쪽으로 다가갔다. 엘리베이터 호출 버튼을 찾아보았지만, 카드를 넣는 홈밖에 보이지 않았다.

'젠장.'

엘리베이터는 보안 통제 구역이었다. 직원 출입증으로만 출입할 수 있게 되어 있었다.

젊은 남자 여러 명이 활기차게 이야기하며 엘리베이터 쪽으로 급히 다가오고 있었다. 모두 NASA 신분증을 걸고 있었다. 가브리엘은 얼른 식수대 위로 고개를 숙이고 등 뒤를 살짝 훔쳐보았다. 여드름이 난 남자가 홈에 출입증을 밀어 넣고 엘리베이터 문을 열었다. 그는 놀랍다는 듯 고개를 흔들며 웃고 있었다.

"SETI 친구들은 지금쯤 미쳐 버렸겠지!"

다들 엘리베이터에 오르자 그가 말했다.

"그쪽 혼 필드는 200밀리잔스키 이하의 주파수 표류장을 20년 동안이나 추적했는데, 진짜 증거는 여기 지구 얼음 안에 묻혀 있었다니."

엘리베이터 문이 닫히고 남자들은 사라졌다.

가브리엘은 입을 닦으며 허리를 펴고 이제 어떻게 해야 할지 생각했다. 그녀는 내부 전화기가 없나 주위를 둘러보았다. 없었다. 카드 열쇠를 훔칠 방법이 없나 생각해 보았지만, 그건 현명한 행동이 아닌 것 같았다. 어쨌든 빨리 뭔가 해야 했다. 처음 로비에서 말을 걸었던 여자가 NASA 보안요원과 함께 사람들을 헤치고 돌아다니는 것이 보였다.

말쑥한 대머리 남자가 모퉁이를 돌아 급히 엘리베이터 쪽으로 다가왔다. 가브리엘은 다시 식수대 위로 허리를 굽혔다. 남자는 그녀에게 신경 쓰지 않는 것 같았다. 가브리엘은 남자가 홈에 카드를 집어넣는 것을 말없이 지켜보았다. 다른 엘리베이터 문이 열렸고, 남자는 안으로 들어갔다.

'빌어먹을. 지금이 아니면 기회는 없어.'

가브리엘은 마음을 정했다.

엘리베이터 문이 닫히는 순간, 가브리엘은 얼른 식수대에서 몸을 일으키고 그쪽으로 뛰어가서 손을 내밀어 문을 잡았다. 문은 다시 열렸고, 가브리엘은 흥분에 들뜬 얼굴로 들어섰다.

"이런 거 본 적 있으세요?"

그녀는 놀란 대머리 남자에게 대뜸 말을 걸었다.

"세상에. 정말 정신없네요!"

남자는 이상하다는 눈빛을 보냈다.

"SETI 친구들은 지금쯤 미쳐 버렸을 거예요! 그쪽 혼 필드는 200밀리잔스키 이하의 주파수 표류장을 20년 동안이나 추적했는데, 진짜 증거물은 여기 지구 얼음 안에 묻혀 있었다니요."

남자는 놀란 것 같았다.

"아…… 네, 그런 셈이죠."

그는 가브리엘의 목에 신분증이 걸려 있지 않은 것이 신경 쓰이는 것 같았다.

"죄송합니다만, 어떻게……."

"4층 좀 눌러 주세요. 급하게 오느라 속옷을 입었는지 기억이 안 날 정도네요!"

가브리엘은 웃으며 남자의 신분증을 얼른 훔쳐보았다.

'제임스 데이슨, 회계부.'

"여기서 일하십니까?"

남자는 불편한 얼굴이었다.

"성함이……."

가브리엘은 입을 벌렸다.

"짐! 이럴 수가! 여자 이름을 기억조차 못 하다니!"

순간 남자는 핏기가 가시면서 우물쭈물하더니 민망한 듯 손으로 머리를 쓸었다.

"죄송합니다. 워낙 분위기가 이래서요. 솔직히 눈에 익으신 분입니다. 어떤 프로그램에서 일하시지요?"

'젠장.'

가브리엘은 자신감 있게 미소 지었다.

"EOS요."

남자는 불이 들어와 있는 4층 버튼을 가리켰다.

"당연하죠. 그러니까 구체적으로, 무슨 프로젝트에서 일하십니까?"

가브리엘의 맥박이 빨라졌다. 한 가지밖에 생각나지 않았다.

"PODS요."

남자는 놀란 얼굴이었다.

"그래요? 하퍼 박사의 팀원이라면 전부 다 알고 있다고 생각했는데요."

가브리엘은 당황한 듯 고개를 끄덕였다.

"크리스가 절 숨겨 놨어요. 이상 감지 소프트웨어의 복셀 인덱스를 망친 바보 프로그래머가 바로 나거든요."

그제야 대머리 남자의 입이 떡 벌어졌다.

"그게 당신입니까?"

가브리엘은 미간을 찡그렸다.

"몇 주 동안 잠도 못 잘 정도였어요."

"하지만 하퍼 박사가 모든 책임을 다 뒤집어썼는데!"

"알아요. 크리스는 그런 분이죠. 어쨌든 해결해 내셨잖아요. 이번 발표는 정말 대단하지 않나요? 이 운석 말예요. 그저 놀라울 뿐이에요!"

엘리베이터가 4층에서 멈췄다. 가브리엘은 얼른 내렸다.

"만나서 반가웠어요, 짐. 예산 담당 직원들에게 인사 전해 주세요!"

"그러죠."

남자는 닫히는 문 사이로 더듬더듬 대답했다.

"다시 만나서 반가웠습니다."

84

 잭 허니는 대부분의 전직 대통령들과 마찬가지로 하루 네다섯 시간만 자고도 거뜬한 사람이었다. 그러나 지난 몇 주 동안은 그보다 수면 시간이 훨씬 부족했다. 오늘 저녁의 흥분이 서서히 물러가기 시작하자, 허니는 팔다리에 피곤이 몰려오는 것을 느꼈다.
 그는 고위 보좌관들과 함께 루즈벨트 룸에서 축하의 뜻으로 샴페인을 마시며 네트워크 텔레비전에서 한없이 되풀이되는 기자회견 영상과 톨랜드의 다큐멘터리 요약본, 정치평론가들의 해설을 시청하고 있었다. 지금 화면에는 생기 넘치는 방송 특파원이 마이크를 쥐고 백악관 앞에 서 있었다.
 "한 생물종으로서 인류에게 어마어마한 반향을 불러온 이번 NASA의 발견은 이곳 워싱턴에도 극심한 정치적 충격을 불러일으켰습니다. 이 운석 화석의 발굴은 고전하고 있던 대통령에게 엄청난 호재로 작용했습니다."
 목소리는 보다 음울해졌다.

"반면 섹스턴 의원에게는 이보다 더 큰 악재가 있을 수 없습니다."

화면은 그날 오후에 있었던 유명한 CNN 토론회로 넘어갔다. 섹스턴이 말하고 있었다.

"35년이 지났다면 더 이상 외계 생명체를 기대할 수 없다고 확신합니다."

"의원님 생각이 틀렸다면요?"

마저리 텐치가 대답했다. 섹스턴은 눈을 굴렸다.

"아, 맙소사, 텐치 씨, 내 생각이 틀렸다면 내 손에 장을 지지겠소."

루즈벨트 룸에 있던 모든 사람들이 웃음을 터뜨렸다. 상원의원을 구석으로 몰아넣은 텐치의 솜씨는 자칫 잔인하고 비정하게 느껴질 수 있지만, 시청자들은 그렇게 생각하지 않는 것 같았다. 상원의원의 오만한 말투가 너무 거북스러워서 당해도 싸다고 느껴질 정도였다.

대통령은 텐치를 찾아 방 안을 둘러보았다. 기자회견 이후로는 보이지 않았고, 지금 여기에도 없었다.

'이상하군. 나를 축하하는 자리일 뿐 아니라 텐치를 축하하는 자리이기도 한데.'

텔레비전 뉴스는 백악관의 빛나는 정치적 승리와 섹스턴 상원의원의 비참한 몰락을 강조하며 끝을 맺었다.

'단 하루 만에 이렇게 뒤집히다니. 정치에서는 한순간에 세상이 바뀐다니까.'

대통령은 생각했다.

다음 날 새벽, 그는 이 말의 참된 의미를 실감하게 될 운명이었다.

85

'피커링이 문제가 될 수 있어요.'

텐치가 말했다.

엑스트럼 국장은 이 새로운 정보에 골몰한 나머지 해비스피어 바깥에서 폭풍이 한층 거세게 휘몰아치고 있다는 것도 알아차리지 못했다. 케이블이 덜덜 떨리며 울부짖는 소리는 더욱 커졌고, NASA 직원들은 잠자러 들어가지 않고 불안하게 모여서 이야기를 나누고 있었다. 엑스트럼의 머릿속에서는 다른 폭풍이 몰아치고 있었다. 워싱턴에서 점차 무르익고 있는 폭발적인 태풍이었다. 지난 몇 시간 동안 많은 문제가 생겼고, 엑스트럼은 그 문제를 처리하느라 애쓰고 있었다. 그러나 한 가지 문제가 다른 모든 문제를 합친 것보다 더 심각하게 다가와 그를 괴롭혔다.

'피커링이 문제가 될 수 있어요.'

지구상에서 두뇌 싸움을 가장 피하고 싶은 상대가 있다면 그것은 바로 윌리엄 피커링이었다. 피커링은 개인 정보 보호 정책을 통제하려하고, 다양한 임무의 우선순위를 조정하기 위해 로비를 하고, 점점 늘어나는 NASA의 실패 빈도를 지적하는 등 엑스트럼과 NASA를 오래전부터 괴롭혀 왔다.

엑스트럼은 NASA에 대한 피커링의 반감이 최근 수십억 달러에 달하는 국가정보국 SIGINT 위성을 발사대에서 폭발사고로 잃어버린 사건이나 NASA의 허술한 보안, 핵심 항공 우주 요원 채용을 놓고 벌어진 갈등보다 더 뿌리가 깊다는 것을 알고 있었다. NASA에 대한 피커링의 불만은 환멸과 원한으로 얼룩진 한 편의 드라마였다.

우주왕복선을 대체하기 위해 개발된 NASA의 X-33 우주비행선 제작 기간이 5년이나 늦어졌고, 그 때문에 수십 건의 NRO 위성 보수 및 발사 계획이 지연되거나 무산되고 있었다. 최근 NASA가 9억 원의 손실을 보고 X-33 프로젝트를 전면 백지화했다는 소식을 들었을 때, 피커링의 분노는 절정에 달했다.

엑스트럼은 자기 사무실에 도착해서 커튼을 열고 안으로 들어갔다. 그는 책상 앞에 앉아 두 손으로 머리를 감쌌다. 결정해야 할 일들이 있었다. 멋지게 시작되었던 하루는 점차 악몽으로 변해 가고 있었다. 그는 윌리엄 피커링의 머릿속에 들어가려고 애써 보았다.

'피커링은 이제 어떻게 나올까?'

피커링처럼 명석한 사람이라면 이번 발견의 중요성을 알고도 남을 것이다. 다급한 상황에서 내린 몇몇 선택은 용서하지 않을 수 없을 것이다. 이 승리의 순간에 흠집을 낸다는 것이 돌이킬 수 없는 타격을 불러올 거라는 사실도 알고 있을 것이다.

'피커링은 과연 자신이 가지고 있는 정보로 어떤 행동을 취할까? 그냥 내버려 둘까, 아니면 NASA로 하여금 잘못에 대한 대가를 치르도록 할까?'

엑스트럼은 얼굴을 잔뜩 찌푸렸다. 피커링이 어느 쪽을 선택할 것인지는 의문의 여지가 없었다.

 윌리엄 피커링은 기본적으로 NASA와 깊은 앙금이 있는 인물이었다. 그것은 정치보다 훨씬 더 깊은 차원에 있는 오래된 개인적 원한이었다.

86

 레이첼이 말없이 G4 객실을 응시하는 동안, 비행기는 캐나다 영공 세인트로렌스 만 해안선을 따라 남쪽으로 향하고 있었다. 톨랜드는 옆에 앉아서 코키와 이야기하고 있었다. 증거의 대부분은 운석이 진짜라는 것을 입증하고 있었지만, 니켈 함량이 '기존의 중간범위에서 벗어난다'는 코키의 말이 레이첼의 의혹에 다시 불씨를 당겼다. 이 모든 것이 용의주도한 사기극이었다는 것 외에 얼음 밑으로 몰래 운석을 밀어올린 이유를 설명할 방법은 없었다.

 그럼에도 불구하고 나머지 과학적 증거는 모두 운석이 진짜라는 쪽으로 기울어지고 있었다.

 레이첼은 창가에서 눈을 돌려 손에 쥔 디스크 모양의 운석 샘플을 내려다보았다. 작은 콘드룰이 빛을 발했다. 톨랜드와 코키는 이 금속성 콘드룰에 대해 균형 잡힌 감람석 함량, 준안정 유리 매트릭스, 변성 재균질화 등등 그녀가 알아들을 수 없는 과학 용어로 한참 동안 이야기를 나누었다. 하지만 결론은 분명했다. 코키와 톨랜드는 콘드룰이 분명한 운석 성분이라는 데 동의했다. 이 데이터는 조작할 수 없다는 것이었다.

레이첼은 디스크 모양의 샘플을 손 안에서 돌리며 퓨전 크러스트가 붙어 있는 테두리 부분을 손가락으로 쓸어 보았다. 검게 그을린 부분은 300년이나 되어 보이지는 않았다. 하지만 코키는 운석이 얼음 안에서 밀폐되어 있었기 때문에 대기에 의해 부식되지 않았다고 설명했다. 이것은 논리에 맞는 것 같았다. 4천 년 전에 얼음에 묻힌 유골을 발굴하는 장면을 텔레비전 프로그램에서 본 적이 있었는데, 유골의 피부는 거의 완벽해 보였다.

퓨전 크러스트를 관찰하는 동안, 묘한 생각이 떠올랐다. 당연한 데이터가 빠져 있었다. 너무 많은 정보를 한꺼번에 받아들이는 과정에서 간과한 것인지, 누가 잊어버리고 그녀에게 설명해 주지 않은 것인지 알 수 없었다.

레이첼은 불쑥 코키를 돌아보았다.

"퓨전 크러스트의 나이도 측정했나요?"

코키는 어리둥절한 얼굴로 그녀를 보았다.

"뭐라고요?"

"언제 탔는지 연대 측정을 했느냐고요. 그러니까 불에 탄 부분이 정거졸 운석이 떨어졌던 시기에 형성된 것이 맞는지 확인했느냐고요."

"안됐지만 그건 연대 측정이 불가능해요. 산화 과정에서 모든 동위원소 지표가 변하거든요. 게다가 방사성동위원소의 붕괴 속도는 너무 느려서 500년 이하의 연대는 측정할 수가 없어요."

레이첼은 잠시 생각해 보았다. 불에 탄 연대가 왜 데이터에 포함되지 않았는지 이해가 갔다.

"그럼 이 돌은 중세에 탔을 수도 있고, 지난주말에 탔을 수도 있다는 말이네요."

톨랜드가 웃었다.

"과학이 모든 해답을 제시해 줄 수는 없어요."

레이첼은 생각이 흘러가는 대로 천천히 말했다.

"기본적으로 퓨전 크러스트는 그냥 심하게 불탄 흔적이에요. 기술적으로 말하자면, 이 돌이 탄 자국은 지난 반세기 동안 어느 시점이든지 다양한 방식으로 생성될 수 있는 거죠."

코키가 대답했다.

"틀려요. 다양한 방식으로 불에 타요? 아뇨, 한 가지 방식밖에 없습니다. 대기권을 통과하다 불에 탄 거예요."

"다른 가능성은 없나요? 용광로에서 태웠다든지."

"용광로? 우리는 샘플을 전자현미경으로 관찰했어요. 지구상에서 가장 깨끗한 용광로였다 해도 돌에 연료 잔여물이 남았을 겁니다. 핵이나 화학물질, 화석연료 같은 거요. 그럴 가능성은 없어요. 대기관을 통과하면서 마찰 때문에 생성된 줄무늬는요? 그런 건 용광로에서 만들어 낼 수 없어요."

레이첼은 운석 표면에 새겨진 줄무늬를 미처 잊고 있었다. 줄무늬는 정말 대기권을 통과하면서 생성된 것 같았다.

"화산은요? 폭발할 때 튀어나온 분출물이라면?"

코키는 고개를 저었다.

"그렇게 보기에는 너무 깨끗하게 탔어요."

레이첼은 톨랜드를 보았다. 그도 고개를 끄덕였다.

"네, 저도 바닷속이나 바다 위에서 화산이 폭발하는 것을 본 경험이 있습니다만, 코키가 맞습니다. 화산분출물에는 이산화탄소, 이산화황, 황화수소, 염산 등 수십 가지 독소가 함유되어 있는데, 모두 전자현미경으로 확인할 수 있습니다. 그 퓨전 크러스트는 대기권 마찰열로 인해 깨끗하게 연소된 겁니다."

레이첼은 한숨을 쉬며 다시 창밖을 내다보았다.
'깨끗한 연소.'
이 표현이 머릿속을 떠나지 않았다. 그녀는 다시 톨랜드를 돌아보았다.
"깨끗한 연소란 무슨 뜻이죠?"
톨랜드는 어깨를 으쓱했다.
"전자현미경을 통해 관찰할 때 연료 성분의 잔여물을 볼 수 없다는 겁니다. 화학연료나 핵연료가 아닌, 운동에너지나 마찰에 의해 열이 발생했다는 증거죠."
"외부의 연료 성분이 보이지 않는다면, 뭐가 보인다는 거죠? 구체적으로 퓨전 크러스트의 성분은 무엇인가요?"
코키가 대답했다.
"우리는 예상했던 것을 정확히 발견했습니다. 순수 대기권 구성 성분요. 질소, 산소, 수소. 석유나 황, 화산이 폭발할 때 생기는 산은 없었습니다. 특이 성분이 전혀 없었어요. 대기권으로 떨어진 운석에서 볼 수 있는 성분들뿐이었습니다."
레이첼은 등받이에 몸을 기대고 다시 생각을 집중했다.
코키는 몸을 앞으로 내밀고 그녀를 보았다.
"NASA가 우주왕복선에 화석이 들어 있는 돌을 싣고 올라가서 불덩어리나 거대한 분화구, 폭발 같은 것이 사람들의 눈에 띄지 않기를 기도하면서 지구를 향해 던졌다고 생각하는 건 아니겠죠?"
그렇게 생각해 보지는 않았지만, 재미있는 가설이었다. 현실성은 없었지만 그래도 흥미로웠다. 생각이 차츰 정리되고 있었다. 순수 대기를 구성하는 성분, 깨끗한 연소, 대기권을 지나갈 때 생기는 줄무늬. 머릿속 한 귀퉁이에서 희미한 불빛이 켜졌다.
"이 운석에서 확인하신 대기의 구성 성분비 말인데요, 퓨전 크러스트가 있는 다른 운석들과 똑같은 비율이었나요?"

코키는 이 질문에 약간 주춤하는 듯했다.

"그건 왜 묻죠?"

그가 망설이는 것을 보자 맥박이 빨라지기 시작했다.

"비율이 달랐죠. 그렇지 않았나요?"

"거기에는 과학적인 이유가 있습니다."

레이첼의 심장이 갑자기 두근거리기 시작했다.

"혹시 한 가지 원소가 유난히 많지 않던가요?"

톨랜드와 코키는 놀란 시선을 교환했다. 코키가 대답했다.

"네. 하지만……."

"혹시 그게 수소 이온 아니었나요?"

천체물리학자의 눈이 접시만큼 커졌다.

"그걸 어떻게 알아요?"

톨랜드 역시 놀라 말문을 잃었다. 레이첼은 두 사람을 응시했다.

"왜 저한테 말씀하지 않으셨어요?"

"완벽한 과학적 이유가 있었으니까요!"

코키가 말했다.

"어디 들어 볼게요."

"수소 이온 함량이 유난히 높았던 건 운석이 북극권 대기를 지났기 때문입니다. 지구 자기장으로 인해 수소 이온 함량이 비정상적으로 높아지는 지역이죠."

레이첼은 미간을 찌푸렸다.

"유감이지만 다른 설명도 가능해요."

87

NASA 본부 4층은 로비만큼 화려하지는 않았다.

길고 삭막한 복도를 사이에 두고 양쪽 벽에 사무실 문이 같은 간격으로 늘어서 있었다. 복도에는 사람이 없었고, 안내판들만이 방향을 가리키고 있었다.

← 랜드샛 7
테라 →
← 아크림셋
← 제이슨 1
아쿠아 →
PODS →

가브리엘은 PODS 안내판이 가리키는 방향으로 향했다. 긴 복도와 갈림길을 이리저리 꺾어서 따라가다가 묵직한 철문 앞에 도착했다. 문에는 이렇게 적혀 있었다.

북극 궤도 밀도조사 위성(PODS)
팀장, 크리스 하퍼

문은 잠겨 있었고, 카드 열쇠와 개인 비밀번호 입력장치로 이중 보안이 되어 있었다. 가브리엘은 차가운 철문에 귀를 갖다 댔다. 순간 말소리가 들리는 것 같았다. 말다툼 소리 같기도 하고 아닌 것 같기도 했다. 가브리엘은 그냥 누가 나올 때까지 문을 쾅쾅 두드릴까도 생각해 보았다. 하지만 계획대로 크리스 하퍼를 다루려면 시끄럽게 문을 두드리는 것보다 뭔가 더 섬세한 방법을 찾아야 했다. 가브리엘은 다른 문이 없나 주위를 둘러보았지만 없었다. 문 옆에 청소용 벽장이 있었다. 안에 들어간 가브리엘은 희미한 불빛 속에서 관리인이 쓰는 열쇠나 카드를 찾아보았다. 없었다. 빗자루와 대걸레뿐이었다.

문으로 돌아온 그녀는 다시 철문에 귀를 댔다. 이번에는 분명히 목소리가 들려왔다. 점점 커지고 있었다. 발소리도 들렸다. 안에서 빗장이 풀리는 소리가 났다.

갑자기 문이 열리는 바람에 미처 숨을 사이가 없었다. 가브리엘은 옆으로 펄쩍 물러서며 문 뒤 벽에 몸을 딱 붙였다. 여러 사람이 시끄럽게 이야기를 나누며 서둘러 밖으로 나왔다. 성난 목소리였다.

"도대체 하퍼는 뭐가 문제야? 지금쯤 하늘을 날고 있어야 하는 거 아냐?"

"오늘 같은 밤에 혼자 있고 싶다고? 축하를 해야지."

다른 한 사람이 투덜거렸다.

멀어지는 사람들 뒤에서 육중한 문이 자동으로 닫히며 가브리엘의 모습이 드러났다. 가브리엘은 사람들이 복도를 걸어가는 동안 꼼짝도

하지 않고 그대로 서 있었다. 그리고 문이 닫히기 직전까지 최대한 기다리다가 얼른 몸을 내밀어 간발의 차이로 아슬아슬하게 손잡이를 잡았다. 그녀는 사람들이 대화에 몰두해서 뒤도 돌아보지 않고 모퉁이를 돌아 사라질 때까지 움직이지 않고 서 있었다.

심장이 두근거렸다. 가브리엘은 문을 열고 어둑어둑하게 불이 켜진 방 안으로 들어섰다. 그녀는 조용히 문을 닫았다.

대학 물리 실험실을 연상시키는 넓은 공간이었다. 컴퓨터, 작업대, 전자 장비 등이 널려 있었다. 눈이 어둠에 익숙해지자 주위에 흩어진 설계도와 수식이 잔뜩 적힌 종이가 보였다. 연구실 안쪽 사무실 문 밑으로 불빛이 새어 나올 뿐 방안은 어두웠다. 가브리엘은 조용히 다가갔다. 문은 닫혀 있었지만, 유리창을 통해 컴퓨터 앞에 앉아 있는 한 남자가 보였다. NASA 기자회견 영상에서 본 사람이었다. 문에 걸린 명찰에는 이렇게 쓰여 있었다.

크리스 하퍼
팀장, PODS

여기까지 오고 나서야 과연 계획대로 할 수 있을지 더럭 겁이 났다. 가브리엘은 크리스 하퍼가 거짓말을 했다고 자신하던 섹스턴의 말을 떠올렸다.

'내 선거운동을 그것에다 걸겠어.'

그는 말했다. 여러 사람이 똑같은 생각을 하고 있고, 그들은 NASA를 압박해서 오늘의 참담한 사건을 조금이라도 만회할 수 있을 만한 진실을 가브리엘이 밝혀내 주기를 바라고 있다. 오늘 오후 텐치와 허니 행정부가 자신을 농락한 걸 생각하면 그녀도 기꺼이 돕고 싶었다.

가브리엘은 손을 들어 문을 두드리려다가 멈칫 했다. 욜랜다의 목소리가 갑자기 머릿속을 스쳤다.

'크리스 하퍼가 PODS에 대해서 세상 사람들에게 거짓말을 했다면, 무엇 때문에 너한테 진실을 털어놓겠니.'

'두려울 테니까.'

가브리엘 자신도 오늘 그로 인해 자칫하면 넘어갈 뻔했다. 그녀에게는 계획이 있었다. 상원의원이 때로 정적에게 겁을 주어 정보를 얻어 내기 위해 사용했던 전술이었다. 가브리엘은 섹스턴 휘하에서 많은 것을 배웠고, 그 모두가 매력적이거나 윤리적인 행동은 아니었다. 그러나 오늘 밤만은 모든 방법을 동원해야 한다. 무슨 이유에서든 거짓말을 했다는 사실을 털어놓도록 크리스 하퍼를 설득하면, 상원의원의 선거운동에는 조금이나마 기회의 문이 열리게 된다. 게다가 섹스턴은 조금의 틈이라도 있으면 아무리 곤란한 상황에서도 빠져나올 수 있는 사람이었다.

가브리엘이 사용할 계획은 섹스턴이 '오버슈팅(Overshooting)'이라고 부르는 전술이었다. 고대 로마인들이 거짓말을 한다고 의심되는 범인에게 자백을 얻어 내기 위해 창안한 신문 기법으로서, 사실상 아주 단순했다.

우선, 자백을 받아 내고 싶은 정보를 들이댄다.

그런 다음 훨씬 더 무거운 혐의를 추궁한다.

상대에게 둘 중에서 덜 악한 것(이번 경우는 진실)을 선택할 기회를 주는 것이 목적이었다.

이 수법이 통하려면 자신감을 발산해야 하는데, 지금 가브리엘에게는 이것이 부족했다. 그녀는 심호흡을 하며 머릿속에서 대사를 점검한 뒤 단호하게 사무실 문을 두드렸다.

"바쁘다고 했잖아!"

귀에 익은 영국식 억양이 들려왔다.

가브리엘은 다시 더 세게 문을 두드렸다.
"안 내려간다니까!"
이번에는 주먹으로 문을 쾅쾅 두드렸다.
크리스 하퍼가 이쪽으로 다가오더니 문을 벌컥 열었다.
"젠장, 도대체 몇 번이나……."
그는 가브리엘을 보더니 놀라서 입을 다물었다.
"하퍼 박사님."
그녀는 목소리에 애써 힘을 주었다.
"여긴 어떻게 올라온 거요?"
가브리엘의 얼굴은 엄숙했다.
"제가 누군지 아세요?"
"당연하지. 당신 상관이 몇 달 동안 내 프로젝트를 욕하고 다녔으니까. 어떻게 들어온 거요?"
"섹스턴 상원의원이 절 보내셨어요."
하퍼의 눈이 가브리엘의 어깨 너머로 연구실을 살폈다.
"누구의 안내를 받은 겁니까?"
"그건 당신이 알 바 아니에요. 상원의원님께는 영향력 있는 인맥이 많아요."
"이 안에도?"
하버는 못 믿겠다는 표정이었다.
"당신은 정직하지 못했어요, 하퍼 박사님. 상원의원께서는 당신의 거짓말을 밝히기 위해 상원 특별 진상 조사를 요청하셨습니다."
하퍼의 얼굴에 그늘이 드리워졌다.
"무슨 소리를 하는 거요?"
"당신처럼 똑똑한 분한테 바보 흉내는 어울리지 않아요, 하퍼 박사님. 당신은 곤경에 처해 있는데, 상원의원께서 협상을 하라고 절 보내셨어요. 의원님의 선거운동은 오늘 심각한 타격을 입었습니다. 이제 잃을 것이 없어요. 어쩔 수 없는 상황이 된다 해도 혼자 죽지는 않으실 겁니다."

"도대체 무슨 소리를 하는 겁니까?"

가브리엘은 심호흡을 하고 대사를 읊었다.

"PODS 이상 감지 소프트웨어에 대해 기자회견을 하면서 거짓말을 하셨죠. 우린 알고 있습니다. 많은 사람들이 알고 있어요. 그게 문제가 아닙니다."

하퍼가 미처 입을 열기도 전에, 가브리엘은 빠르게 말을 이었다.

"당장 당신의 거짓말을 폭로할 수도 있지만, 의원께서는 거기에는 관심이 없으십니다. 더 큰 걸 원하고 계세요. 내가 무슨 말을 하는지 아실 거라고 생각해요."

"아니, 난……."

"상원의원의 제안은 이렇습니다. 당신과 함께 자금을 횡령한 NASA 고위 관료의 이름을 대면 소프트웨어에 대한 거짓말을 눈감아 주시겠다고요."

크리스 하퍼의 눈이 잠시 초점을 잃는 것 같았다.

"뭐요? 난 횡령을 한 적이 없소!"

"말씀을 조심하시는 게 좋을 겁니다. 상원 특별위원회가 몇 달 전부터 자료를 모았으니까요. 정말 두 분이 몰래 빠져나갈 수 있을 거라고 생각하셨나요? PODS 서류를 조작하고 NASA의 자금을 개인계좌에 송금하고도? 사기와 횡령은 구속될 수도 있는 심각한 범죄입니다, 하퍼 박사님."

"난 그런 짓을 한 적이 없다니까!"

"PODS에 대해 거짓말을 한 적이 없다고요?"

"아니, 횡령을 한 적이 없단 말입니다!"

"그렇다면 PODS에 대해서 거짓말을 한 적은 있군요."

하퍼는 할 말이 없는지 멍하니 쳐다보고만 있었다. 가브리엘은 손을 내저었다.

"거짓말은 됐습니다. 섹스턴 상원의원은 당신이 기자회견에서 거짓말을 한 부분에는 관심이 없어요. 그런 건 익숙하니까요. 당신들은 운석을 찾았고, 어떻게 찾았는지는 관심이 없습니다. 의원님이 문제 삼는 건 횡령입니다. 그분은 NASA 고위 임원을 끌어내릴 생각이에요. 당신이 누구랑 손을 잡았는지 이야기만 해 주면, 수사에서 당신은 빼 주겠다고 약속하셨습니다. 그 사람이 누군지 이야기하고 일을 쉽게 끝내든지, 이상 감지 소프트웨어 수리 관련 거짓말까지 연루시켜서 정말 더러운 꼴을 보든지 둘 중 하나를 선택하세요."

"공갈이야. 자금 횡령 같은 건 안 했소."

"거짓말 솜씨가 형편없군요, 하퍼 박사님. 내가 서류를 봤어요. 결정적인 문서에 온통 당신 이름이 올라가 있더군요. 여기저기."

"횡령에 대해서는 아무것도 모른다고 맹세해."

가브리엘은 실망스럽다는 듯 한숨을 내쉬었다.

"내 입장을 생각해 보세요, 하퍼 박사님. 난 두 가지 결론을 내릴 수밖에 없어요. 당신이 기자회견에서 그랬던 것처럼 나한테도 거짓말을 하고 있다, 혹은 당신은 진실을 이야기하고 있는데 NASA 고위층에서 누군가 자신의 잘못을 당신에게 뒤집어씌웠다."

하퍼는 이 말에 잠시 입을 다물었다.

가브리엘은 시계를 보았다.

"상원의원의 제안은 한 시간 동안 유효합니다. 납세자의 돈을 같이 횡령했던 간부의 이름을 불면 당신은 무사해요. 의원님은 당신한테 관심이 없으니까. 그분이 원하는 건 거물이에요. 문제의 인물은 NASA에서 상당한 권력을 가진 사람이 분명합니다. 물증이 되는 서류에서도 자기 이름이 전혀 드러나지 않도록 하고 당신에게 모조리 덮어씌웠으니까요."

하퍼는 고개를 저었다.

"당신은 거짓말을 하고 있어."

"법정에서도 그렇게 말씀하실 건가요?"

"당연하지. 난 모든 걸 부인할 거요."

"선서를 하고도?"

가브리엘은 한심하다는 듯 말했다.

"PODS 소프트웨어에 대해 거짓말을 한 것도 부정하시겠다?"

그녀는 가슴을 두근거리며 박사의 눈을 똑바로 쳐다보았다.

"어떤 선택을 해야 할지 잘 생각하세요, 하퍼 박사. 미국의 교도소는 그리 쾌적한 곳이 아니랍니다."

하퍼는 마주 쏘아보았고, 가브리엘은 물러서지 않고 그를 몰아붙였다. 순간 항복하려는 기미가 떠오른다 싶었지만, 다시 입을 여는 하퍼의 목소리는 강철처럼 단호했다.

"애쉬 씨."

그의 눈빛에는 분노가 타오르고 있었다.

"당신은 넘겨짚고 있어. 당신도 나도 NASA에 횡령 같은 건 없다는 걸 알아. 이 방에서 거짓말을 하는 유일한 사람은 당신이오."

가브리엘의 근육이 굳었다. 박사의 시선은 분노에 가득 차 있었고 날카로웠다. 돌아서서 도망치고 싶었다.

'로켓 과학자에게 공갈을 시도하다니. 도대체 뭘 기대한 거야?'

가브리엘은 억지로 고개를 똑바로 치켜들었다.

"난 결정적인 문서를 봤어요."

그녀는 완벽한 자신감과 상대의 지위에 대해 무관심하다는 태도를 보이려고 애썼다.

"당신과 다른 한 사람이 NASA의 자금을 횡령하고 있다는 확실한 증거였어요. 의원께서 날 오늘 밤 여기로 보내신 이유는 혼자 수사 대상이 되는 대신 공범의 이름을 대라는 단순한 협상안을 제시하기 위해서예요. 전 의원님께 당신이 혼자 재판에 출석하기로 했다고 말씀드리겠습니다. 지금 나한테 했던 말을 법정에서도 그대로 해 보세요. 자금을 횡령하지도 않았고, PODS 소프트웨어에 대해서도 거짓말을 하지 않았다고."

그녀는 냉소적으로 미소 지었다.

"하지만 당신이 2주 전에 했던 그 어설픈 기자회견을 보고 나니 별로 믿음이 가지 않는군요."

가브리엘은 휙 돌아서서 어두운 PODS 연구실을 성큼성큼 가로질렀다. 어쩌면 교도소 구경을 하게 될 사람은 하퍼가 아니라 자신일 거라는 생각이 들었다.

그녀는 하퍼가 불러 주었으면 하는 심정으로 고개를 당당하게 치켜들고 걸어 나갔다. 하지만 정적뿐이었다. 철문을 밀고 복도로 나갔다. 위층 엘리베이터는 아래층처럼 카드키로 작동되는 것이 아니었으면 하는 심정이었다. 가브리엘은 졌다. 최선의 노력에도 불구하고 하퍼는 미끼를 물지 않았다.

'어쩌면 PODS 기자회견에서도 사실을 말한 건지도 몰라.'

가브리엘은 생각했다.

등 뒤에서 철문이 덜컹 열리는 소리가 복도에 메아리쳤다.

"애쉬 씨."

하퍼의 목소리가 불렀다.

"횡령에 대해서는 아무것도 모른다고 맹세할 수 있소. 난 정직한 사람입니다!"

잠시 심장이 멎는 것 같았다. 가브리엘은 계속해서 애써 걸음을 옮겼다. 그녀는 무심하게 어깨만 으쓱하고 어깨 너머로 대꾸했다.

"하지만 기자회견에서는 거짓말을 하셨잖아요."

침묵. 가브리엘은 계속 복도를 걸었다.

"잠깐만!"

하퍼는 소리쳤다. 그는 창백한 얼굴을 한 채 그녀 옆으로 뛰어왔다.

"그 횡령 건 말인데, 누가 나한테 뒤집어씌웠는지 알 것 같습니다."

그는 목소리를 낮추어 말했다.

가브리엘은 자신의 귀를 의심하며 우뚝 멈췄다. 그녀는 최대한 천천히, 무심하게 돌아섰다.

"누가 당신에게 뒤집어씌웠다는 말을 믿으라는 건가요?"

하퍼는 한숨을 쉬었다.

"맹세하지만 횡령에 대해서는 아무것도 모릅니다. 하지만 나를 범인으로 지목하는 증거가 있다면……."

"엄청나게 많죠."

하퍼는 한숨을 쉬었다.

"그렇다면 그건 모두 조작입니다. 필요할 때 날 엮어 넣으려고. 그런 짓을 할 만한 사람은 한 사람뿐입니다."

"누구죠?"

하퍼는 그녀의 눈을 쳐다보았다.

"로렌스 엑스트럼은 날 싫어합니다."

가브리엘은 어안이 벙벙했다.

"NASA 국장이?"

하퍼는 어둡게 고개를 끄덕였다.

"기자회견에서 거짓말을 하도록 강요한 게 바로 그 사람입니다."

88

델타 포스는 오로라 호의 메탄 분사 추진 시스템을 절반만 가동하고도 음속의 세 배에 달하는 시속 3,200킬로미터 이상의 속도로 밤하늘을 가르고 있었다. 기체 뒤에서 들려오는 PDWE 엔진의 규칙적인 진동이 마치 최면을 거는 듯했다. 30미터 아래에서 오로라 호의 진공 궤적이 기체 뒤로 수탉 꼬리 같은 물기둥을 15미터 높이로 솟아 올리고 있었다.

'이게 SR-71 블랙버드가 퇴역한 이유지.'

델타 원은 생각했다.

오로라 호는 아무도 존재를 모르는 것으로 되어 있으나 누구나 알고 있는 그런 기밀 기종 중의 하나였다. 디스커버리 채널은 네바다 주 그룸 호수에서 있었던 오로라 호의 시험 비행을 다루기도 했다. LA까지 들릴 만한 굉음이 반복되어서였는지, 북해 원유 시추공이 우연히 목격해서였는지, 일반에게 공개하는 국방성 예산 내역서에 오로라 호를 우연히 포함시킨 행정업무상의 착오 때문이었는지, 기밀이 누설된 이유는 아무도 몰랐다. 중요하지도 않았다. 어쨌든 소문은 퍼졌다. 미군은 마하 6의 속도로 비행할 수 있는 기체를 보유하고 있으며, 이 비행기는 더 이상 설계 단계가 아니다. 하늘을 날고 있었다.

록히드 사가 제작한 오로라 호는 미국식 풋볼을 납작하게 눌러 놓은 모양이었다. 길이는 33미터, 폭은 18미터이며, 윤곽이 매끈한 외벽은 우주왕복선처럼 방열 타일로 제작되어 있었다. 이 속도는 주로 PDWE 엔진이라는 새로운 추진 시스템의 결과로서, 이 엔진은 깨끗한 액체 수소 분사 연료를 연소시켜 하늘에 특유의 규칙적인 파형 비행운을 만들어 낸다. 그 때문에 오로라는 야간에만 비행한다.

오늘 밤 델타 포스는 이 어마어마한 속도를 누리며 망망대해 상공을 날아 기지로 복귀하는 먼 길을 가고 있었다. 게다가 사냥감을 차츰 따라잡고 있었다. 이런 속도라면 한 시간 뒤, 사냥감보다 두 시간 먼저 동부 해안에 도착하게 된다. 문제의 비행기를 뒤쫓아서 격추시키자는 논의도 있었지만, 감독관은 충격이 레이더에 걸리거나 불에 탄 기체의 잔해가 발견되면 대규모 수사가 시작될 수도 있다고 걱정했다. 그는 비행기가 예정대로 착륙하게 내버려 두는 것이 최선이라는 결론을 내렸다. 목표물이 어디로 착륙하는지 확실해지면, 그때 델타 포스가 진입한다.

오로라가 황량한 래브라도 해협 상공을 날고 있을 때, 델타 원의 크립토크에 수신 신호가 들어왔다. 그는 응답했다.

"상황이 변했다."

전자 음성이 알렸다.

"레이첼 섹스턴과 과학자들이 착륙하기 전에 해결해야 할 목표물이 하나 있다."

'다른 목표물이라.'

델타 원은 직감했다. 상황이 급진전되고 있다. 감독관의 배에 다른 구멍이 생겨서 최대한 빨리 수선해야 하는 상황이었다. 우리가 밀른 빙붕에서 목표물을 제거하는 데 성공했다면 배는 새지 않았을 것이다. 델타 원은 자신이 저지른 실수는 자신이 처리해야 한다는 것을 잘 알고 있었다.

"제4의 인물이 개입했다."

감독관이 말했다.

"누굽니까?"

감독관은 잠시 사이를 둔 뒤 이름을 말했다.

세 사람은 놀란 눈빛을 교환했다. 잘 아는 이름이었다.

'감독관이 꺼리는 것도 당연하군!'

원래 '사상자 제로'를 목표로 시작했던 작전에서 희생자 수와 목표물의 위상이 빠르게 상승하고 있었다. 힘줄이 팽팽해졌다. 감독관은 정확히 어디서 어떻게 이 새로운 인물을 제거해야 하는지 알려 주기 시작했다.

"위험 부담이 상당히 늘어났다. 잘 들어라. 지시는 단 한 번만 내리겠다."

89

G4 제트기는 메인 주 북부 상공에서 워싱턴을 향해 계속 날아가고 있었다. 마이클 톨랜드와 코키 말린슨이 바라보는 가운데, 레이첼 섹스턴은 운석의 퓨전 크러스트 안에 수소 이온이 증가할 수 있는 다른 이유를 설명하고 있었다.

"NASA는 '플럼 브룩 스테이션'이라는 비밀 실험 시설을 갖고 있어요."

자신이 이 이야기를 입 밖에 내고 있다는 것이 믿기지 않았다. 규칙에 어긋나는 기밀 정보 누설은 단 한 번도 해 본 적이 없었으나, 상황을 감안할 때 톨랜드와 코키도 알 권리가 있었다.

"플럼 브룩은 기본적으로 NASA가 가장 혁신적인 엔진 시스템을 실험하는 곳이에요. 2년 전에 난 NASA가 거기서 실험 중인 '익스팬더 사이클 엔진(ECE)'이라는 새로운 설계에 대한 정보 보고서를 작성한 적이 있어요."

코키는 의심스럽다는 듯 그녀를 쳐다보았다.

"익스팬더 사이클 엔진은 아직 이론적인 단계일 뿐인데. 서류상으로만 존재하는. 실제로 실험해 본 사람은 없어요. 아직 몇 십 년은 더 기다려야 할 겁니다."

레이첼은 고개를 저었다.

"미안하지만 NASA에 원형이 있어요. 실험 중이에요."

"뭐라고요? ECE는 우주에서 얼어 버리는 액체 산소와 수소를 연료로 사용하기 때문에 NASA에는 아무 쓸모가 없어요. 연료 동결 문제를 해결하기 전에는 ECE 제작을 시도하지 않겠다고 했는데요."

"해결했어요. 산소를 제거하고 연료를 '액체와 고체가 섞인 수소' 상태로 만들었죠. 반 동결 상태의 순수 수소로 구성된 일종의 극저온 연료예요. 화력이 아주 강하고 깨끗하게 연소되죠. NASA가 화성탐사선을 띄울 경우 추진 시스템에 사용될 연료 후보 중 하나예요."

코키는 놀란 표정이었다.

"그럴 리가 없어요."

"사실이어야 할걸요. 내가 대통령에게 관련 보고서를 올렸으니까요. NASA는 반동결 상태의 수소 연료를 대단한 성공으로 발표하려고 했는데, 제 상관이 노발대발했어요. 피커링은 백악관 쪽에서 NASA가 이 연료를 기밀로 하도록 손을 써 주기를 바랐어요."

"왜요?"

"그건 중요한 게 아니고."

레이첼은 필요 이상의 정보를 공개할 생각은 없었다. 사실 피커링이 이 반동결 수소 연료가 성공했다는 사실을 비밀에 붙이려고 했던 것은 일반인들이 거의 모르는 국가 안보상의 문제가 차츰 커지고 있기 때문이었다. 바로 중국 우주과학의 놀랄 만한 성장이었다. 중국은 현재 입찰 방식으로 임대하는 로켓 발사대를 개발하고 있는데, 입찰자는 대부분 미국의 적국이었다. 이것이 미국 안보에 미치는 영향은 치명적이었다. 다행히 NRO는 중국이 로켓 발사용으로 개발 중인 추진 연료가 실패할 것이 뻔한 모델이라는 것을 알고 있었다. 피커링은 NASA의 성공적인 반동결 수소 연료에 대한 정보를 중국에 알려 줄 생각이 없었다.

톨랜드는 불편한 표정으로 말했다.

"그럼 NASA가 순수한 수소를 연료로 사용하는 깨끗한 연소 추진 시스템을 개발했다는 겁니까?"

레이첼은 고개를 끄덕였다.

"정확한 숫자는 기억나지 않지만, 이 엔진의 연소 온도는 기존의 어떤 모델보다 몇 배나 높다고 알고 있어요. 그래서 NASA는 온갖 종류의 새로운 분사구 소재를 개발하고 있어요."

그녀는 잠시 사이를 두었다.

"이런 수소 엔진 뒤에 커다란 돌을 놓아두면, 수소가 풍부한 불길에 엄청난 고열로 그을릴 수 있어요. 그렇게 하면 퓨전 크러스트 비슷한 모양이 생성되겠죠."

코키가 말했다.

"또 시작이군! 운석이 가짜라는 시나리오로 다시 돌아가는 겁니까?"

톨랜드는 갑자기 흥미를 보였다.

"아니, 사실 그럴듯해. 돌을 우주왕복선이 발사될 때 그 아래 발사대에 올려놓기만 하면 되니까."

"이런. 바보들과 같은 비행기를 타고 있었군."

"코키, 이론적으로 생각할 때, 로켓 추진열로 태운 돌은 대기권을 통과한 운석과 비슷한 연소 형태를 보일 거야. 안 그런가? 한 방향으로 비슷한 줄무늬가 생기고 녹은 부위가 뒤로 흘러 굳은 자국도 나타나겠지."

코키는 마지못해 대꾸했다.

"그렇겠지."

"깨끗하게 연소하는 수소 연료는 화학물질 잔여물을 남기지 않을 거야. 물론 수소는 예외지. 때문에 퓨전 크러스트 안의 수소 이온 비율이 높게 나타난 거야."

코키는 눈을 굴렸다.

"이봐, 그 반 동결 수소 연료를 사용하는 ECE 엔진이 실제 존재한다면 그런 가정이 가능할 수 있겠지. 하지만 그건 너무 지나친 가정이야."

"왜? 방법은 상당히 간단한 것 같은데."

레이첼은 고개를 끄덕였다.

"1억 9천만 년 된 화석이 들어 있는 돌만 있으면 돼요. 그걸 반 동결 수소 엔진 연소열에 태워서 얼음 안에 넣어 두는 거죠. 즉석에서 운석이 만들어지는 거예요."

"관광객 눈에나 그렇지, NASA 과학자들 눈에는 안 그렇죠! 그럼 콘드룰은 어떻게 설명할 겁니까?"

레이첼은 콘드룰이 형성되는 과정에 대해 코키가 설명했던 것을 떠올리려고 애썼다.

"콘드룰은 우주에서 급속한 가열과 냉각 때문에 생기는 거라고 하셨죠."

코키는 한숨을 쉬었다.

"콘드룰은 우주에서 식어 있던 돌이 부분적으로 용해되는 온도까지 갑자기 가열될 때 생깁니다. 섭씨 1,550도 정도로요. 그런 다음 돌이 다시 급속도로 식으면 내부의 액체 방울이 콘드룰이 되는 거죠."

톨랜드는 친구의 얼굴을 보았다.

"그 과정이 땅에서 일어날 수는 없나?"

"불가능해. 지구상에는 그 정도로 급격한 변화를 일으킬 수 있는 온도 차이가 없어. 핵융합 차원의 온도와 우주공간의 절대 영도의 차이 말이야. 이렇게 극단적인 온도는 지구상에 존재하지 않아."

레이첼은 생각해 보았다.

"자연 상태에서는 없겠죠."

코키가 돌아보았다.

"그건 무슨 뜻입니까?"

"그 정도의 가열과 냉각을 지구에서 인공적으로 할 수는 없을까요? 반 동결 수소 엔진으로 태운 돌을 극저온 냉동실에서 식히면 되잖아요."

코키는 그녀를 응시했다.

"콘드룰을 만들어요?"

"그럴 수도 있지 않나 해서요."

"말도 안 돼요."

코키는 운석 샘플을 흔들어 보였다.

"잊으셨는지 모르겠는데, 이 콘드룰이 1억 9천만 년 전에 생성되었다는 것은 확실히 증명된 사실입니다."

그는 마치 어른이 어린아이를 달래듯 차근차근 말했다.

"제가 아는 한, 섹스턴 요원, 1억 9천만 년 전에는 반 동결 수소 엔진도, 극저온 냉동실도 없었어요."

'콘드룰이든 아니든, 증거가 늘어나고 있어.'

톨랜드는 생각했다. 그는 퓨전 크러스트에 대한 레이첼의 새로운 정보를 곰곰이 생각하느라 한참 동안 말이 없었다. 그녀의 가설은 대단히 대담하기는 했지만 온갖 새로운 가능성의 문을 열어 주었고 톨랜드로 하여금 새로운 방향으로 생각하게 해 주었다.

'퓨전 크러스트를 그런 방식으로 설명할 수 있다면 다른 어떤 가능성이 또 있을까?'

"조용하시네요."

레이첼이 그의 옆에서 말했다.

톨랜드는 돌아보았다. 비행기의 어둑어둑한 불빛 속에서, 그는 레이첼의 부드러운 눈빛을 보고 순간 실리아를 연상했다. 그는 추억을 떨치며 피곤한 한숨을 쉬었다.

"아, 그냥 생각을 하느라……."

레이첼은 미소 지었다.

"운석에 대해서요?"

"달리 뭐겠습니까?"

"모든 증거를 재검토하고, 빠진 것이 무엇인지 알아내려고요?"

"그렇죠."

"생각나는 게 있으세요?"

"별로요. 얼음 아래에서 삽입 통로를 발견하고 나니 기존 데이터가 상당 부분 무너지는 것 같아서 놀랍습니다."

"증거의 체계라는 것은 카드로 쌓아 올린 집 같은 거죠. 최초의 가정을 제거하면 전체가 흔들린답니다. 여기서는 운석이 발견된 장소가 최초의 가정이었어요."

'맞는 말이지.'

"내가 밀른에 도착했을 때, NASA 국장은 운석이 300년 된 단단한 얼음 안에서 발견되었고 그 지역의 다른 어떤 돌보다 밀도가 높다고 했습니다. 난 그 사실을 돌이 우주에서 떨어졌다는 논리적인 증거로 받아들였고요."

"우리 모두 다 그랬죠."

"중간 범위의 니켈 함량 역시 설득력은 있지만 결정적인 증거는 아닌 것 같고요."

"거의 비슷하다니까."

코키가 옆에서 듣고 있었는지 끼어들었다.

"하지만 정확하지는 않잖아."

코키는 마지못해 고개를 끄덕였다. 톨랜드는 말을 이었다.

"게다가 전에 본 적이 없는 우주 벌레의 형태도 충격적일 정도로 괴상하기는 하지만, 사실상 아주 오래된 심해 갑각류에 지나지 않을 수도 있어."

레이첼은 고개를 끄덕였다.

"그리고 퓨전 크러스트도······."

"이런 말을 하기는 싫지만······."

톨랜드는 코키 쪽을 바라보았다.

"뭔가 긍정적인 증거보다는 부정적인 증거가 더 많다는 느낌이 들어."

"과학은 육감이 아니야. 증거라고. 이 돌의 콘드룰은 누가 뭐래도 운석에서 나오는 형태야. 우리가 본 모든 것이 대단히 꺼림칙하다는 두 사람 말에는 나도 동의하지만, 이 콘드룰을 무시할 수는 없어. 운석이라는 증거는 결정적이지만, 운석이 아니라는 증거는 정황적일 뿐이야."

레이첼은 미간을 찌푸렸다.

"그럼 이제 결론은 뭐죠?"

코키가 대답했다.

"없죠. 콘드룰은 이게 운석이라는 것을 증명하고 있어요. 유일한 문제는 왜 누군가 이것을 얼음 밑에 집어넣었을까 하는 겁니다."

톨랜드는 친구의 정연한 논리를 믿고 싶었지만 분명 뭔가 이상한 느낌은 가시지 않았다.

"자넨 못 믿겠다는 표정이군, 마이크."

톨랜드는 당혹스러운 얼굴로 한숨을 쉬었다.

"모르겠어. 증거 셋 중 둘이라면 나쁘지 않지. 하지만 이제 남은 건 셋 중 하나뿐이야. 뭔가 우리가 놓친 것이 있다는 생각이 자꾸만 들어."

90

'들켰어.'

크리스 하퍼는 미국의 교도소를 상상하자 소름이 오싹 끼쳤다.

'섹스턴 상원의원은 내가 PODS 소프트웨어에 대해 거짓말을 한 걸 알고 있어.'

PODS 팀장은 가브리엘 애쉬를 사무실로 데려가서 문을 닫았다. NASA 국장에 대한 미움이 시시각각 커져 가는 것을 느낄 수 있었다. 오늘 밤 하퍼는 국장의 거짓말이 얼마나 용의주도했는지 깨달았다. 하퍼에게 PODS 소프트웨어를 수리했다고 거짓말을 시킨 것으로도 모자라, 그가 혹시 겁을 먹고 배신할 경우를 대비해서 보험까지 들어 놓았던 것이다.

'횡령의 증거라니 아주 교활한 협박이로군.'

횡령을 저지른 범인이 미국 우주과학 역사상 최고의 위대한 순간에 의혹을 제기한다면 누가 그 말을 믿겠는가? NASA 국장이 미국 우주과학기관을 살리기 위해 어떤 일까지 저지를 수 있는지 익히 목격했고, 화석이 든 운석을 발표까지 했으니 이제 더욱 많은 것이 걸려 있는 셈이다.

하퍼는 PODS 위성의 모형이 놓인 넓은 탁자 주위를 잠시 서성거렸다. 모형은 반사막 뒤에 안테나와 렌즈가 달린 길쭉하고 각이 있는 기둥 형태였다. 가브리엘은 의자에 앉아서 검은 눈으로 그를 바라보며 기다렸다. 속이 메슥거렸다. 하퍼는 그 악명 높은 기자회견 때 자신이 어떤 기분이었는지 기억할 수 있었다. 그는 그날 밤 형편없이 연기했고, 모든 사람들이 어떻게 된 일이냐고 물었다. 아파서 제정신이 아니었다고 다시 거짓말을 할 수밖에 없었다. 동료들과 언론은 그 시시한 발표에는 별 관심을 두지 않고 곧 잊어버렸다.

한데 그 거짓말이 부메랑으로 되돌아온 것이다.

가브리엘 애쉬의 표정이 약간 누그러졌다.

"하퍼 박사님, 국장님이 당신의 적이라면 당신에겐 강력한 아군이 필요할 거예요. 섹스턴 상원의원은 지금 이 시점에서 당신의 친구가 되어 줄 수 있는 유일한 사람입니다. PODS 소프트웨어에 대한 거짓말부터 시작해 보죠. 어떻게 된 일인지 말해 주세요."

하퍼는 한숨을 쉬었다. 진실을 말할 때가 되었다는 것을 알고 있었다.

'처음부터 사실대로 말했어야 하는데!'

"PODS 발사는 문제없이 잘됐습니다. 위성은 계획대로 완벽한 북극 궤도에 진입했죠."

가브리엘 애쉬는 지루한 듯했다. 모두 다 안다는 표정이었다.

"계속하세요."

"그러다 문제가 생겼습니다. 얼음의 밀도 이상 측정을 시작하려고 하는데, 위성에 탑재된 이상 감지 소프트웨어가 작동하지 않았습니다."

"네."

하퍼의 말은 좀 더 빨라졌다.

"소프트웨어는 수천 제곱킬로미터의 데이터를 빠른 속도로 검사해서 정상적인 얼음 밀도 범위에서 벗어나는 지역을 찾아내도록 되어 있습니다. 주로 지구온난화의 지표로서 얼음이 물러진 부분을 찾게 되는데, 다른 이유로 밀도에 이상이 있는 지점에서도 역시 신호를 보내도록 설계되었습니다. PODS로 북극권을 몇 주 동안 조사해서 지구온난화 정도를 파악하는 데 사용할 수 있는 모든 밀도 이상을 알아낼 계획이었지요."

가브리엘이 말을 받았다.

"한데 소프트웨어가 작동하지 않으면 PODS는 쓸모가 없지요. NASA가 북극 땅덩어리를 하나도 빼놓지 않고 육안으로 확인해서 문제의 지점을 찾아내야 하니까요."

하퍼는 악몽 같았던 프로그래밍 실수를 떠올리며 고개를 끄덕였다.

"수십 년이 걸리겠지요. 끔찍한 상황이었습니다. 제 프로그래밍의 오류로 인해 PODS가 무용지물이 되었으니까요. 선거는 다가오고 섹스턴 의원은 NASA에 대해 비판을 퍼붓고……."

그는 한숨을 쉬었다.

"당신의 실수는 NASA와 대통령에게 치명적이었어요."

"시기가 그렇게 안 좋을 수가 없었습니다. 국장은 노발대발했지요. 나는 다음 우주왕복선을 발사할 때 문제를 해결하겠다고 약속했습니다. PODS 소프트웨어 시스템이 들어 있는 칩만 바꾸면 되는 간단한 일이니까요. 하지만 너무 늦었습니다. 국장은 내게 기회를 주었지만, 사실상 해고된 거나 마찬가지였습니다. 그게 한 달 전의 일입니다."

"한데 2주 전에는 텔레비전에 출연해서 해결 방법을 찾았다고 했잖아요."

하퍼는 어깨를 축 늘어뜨렸다.

"끔찍한 실수였지요. 국장에게서 급한 전화를 받은 날이었습니다.

뭔가 일이 생겼다, 만회할 기회를 주겠다고 하더군요. 난 즉시 사무실로 가서 국장을 만났습니다. 내게 기자회견을 열어서 PODS 소프트웨어 문제를 해결할 방법을 찾았다, 몇 주 뒤에 데이터를 전송받을 수 있다고 발표하라고 하더군요. 이유는 나중에 설명하겠다고 했습니다."

"그래서 그렇게 하겠다고 했고요."

"아뇨, 거절했습니다! 한데 한 시간 뒤에 국장이 내 사무실로 다시 찾아왔습니다. 백악관 수석 보좌관과 함께요!"

"뭐라고요!"

가브리엘은 자신의 귀를 의심했다.

"마저리 텐치랑 같이?"

'끔찍하게 못생긴 여자였지.'

하퍼는 고개를 끄덕였다.

"국장과 그 여자가 날 앞혀 놓고 내 실수 때문에 NASA와 대통령이 완전히 무너지기 직전이라고 이야기했습니다. 텐치가 섹스턴 상원의원은 NASA를 민영화하려는 계획을 가지고 있다고 하더군요. 내가 책임지고 일을 바로잡아서 대통령과 NASA에 진 빚을 갚아야 한다고 했습니다. 그 방법도 알려 줬죠."

가브리엘은 몸을 앞으로 내밀었다.

"계속하세요."

"마저리 텐치는 백악관이 운 좋게 거대한 운석이 밀른 빙붕에 묻혀 있다는 강력한 지질학적 증거를 감청했다고 하더군요. 사상 최대의 운석이라고 했습니다. 이 정도 크기의 운석이라면 NASA로서도 대단한 발견이지요."

가브리엘은 놀란 것 같았다.

"잠깐, 그러면 PODS가 발견하기도 전에 운석이 거기 있다는 것을 이미 알고 있었다는 말인가요?"

"네. PODS는 운석 발견과는 아무 상관이 없습니다. 국장은 운석이 있다는 걸 알고 있었습니다. 내게 좌표를 알려 주고 PODS를 빙붕 상공으로 이동시켜서 PODS가 발견한 것처럼 하라고 하더군요."

"말도 안 돼요."

"그들이 나한테 사기극에 가담하라고 했을 때 나도 그렇게 말했습니다. 운석을 어떻게 발견했는지는 설명하지 않더군요. 텐치는 그건 중요한 문제가 아니다, 어쨌든 PODS에 대한 나의 실수를 만회할 좋은 기회라고 했습니다. PODS 위성이 운석을 발견한 것처럼 하면, NASA는 PODS의 성공을 자랑할 수 있고 대통령도 선거를 앞두고 지지율을 끌어 올릴 수 있으니까요."

가브리엘은 아연실색했다.

"당신이 PODS의 이상 감지 소프트웨어가 제대로 작동하고 있다고 발표를 해 줘야, PODS가 운석을 발견했다고 주장할 수 있었던 거고요."

하퍼는 고개를 끄덕였다.

"그래서 기자회견에서 거짓말을 했던 겁니다. 어쩔 수 없었어요. 텐치와 국장은 인정사정없었습니다. 내가 모든 사람들을 실망시켰다고 했어요. 대통령은 내 PODS 프로젝트에 예산을 지원했고, NASA는 몇 년이라는 시간을 투자했는데, 내가 그 모든 것을 사소한 프로그래밍 실수로 망친 겁니다."

"그래서 돕겠다고 했군요."

"선택의 여지가 없었습니다. 거절하면 내 경력 자체가 끝장이었으니까요. 사실 내가 소프트웨어만 망치지 않았어도 PODS는 알아서 운석을 발견했을 겁니다. 그러니 당시에는 사소한 거짓말처럼 보였죠. 난 몇 달 뒤 우주왕복선이 발사되면 어차피 소프트웨어를 고칠 테니까 조금 더 일찍 발표하는 것뿐이라고 스스로 합리화했습니다."

가브리엘은 휘파람을 불었다.

"운석이라는 기회를 유리하게 이용하기 위해 작은 거짓말을 한 거라고요?"

하퍼는 말하는 것조차 곤혹스러운 것 같았다.

"그래서…… 그렇게 했습니다. 국장의 지시대로 기자회견을 열어서 이상 감지 소프트웨어의 문제를 해결했다고 발표한 뒤, 며칠 있다가 국장이 말한 운석의 좌표로 PODS의 위치를 조정했습니다. 그런 다음 적절한 보고 체계를 따라 EOS 부장에게 PODS가 밀른 빙붕에서 밀도가 높은 이상 지점을 발견했다고 보고했습니다. 부장에게 좌표를 알리면서 단단한 정도로 볼 때 운석으로 보인다고 했습니다. NASA는 신이 나서 소규모 연구팀을 밀른에 보내 코어 샘플을 채취하게 했습니다. 그때부터는 일이 아주 조용하게 진행되었죠."

"그럼 오늘 밤 기자회견 전까지 운석 안에 화석이 있다는 건 전혀 모르고 계셨나요?"

"NASA 직원 그 누구도 몰랐습니다. 모두 정말 놀랐죠. 다들 나를 외계 생명체의 증거를 찾아낸 영웅이라고 부르는데, 도대체 뭐라고 해야 할지 모르겠어요."

가브리엘은 엄격한 검은 눈으로 하퍼를 바라보며 한참 동안 침묵을 지켰다.

"얼음 안에서 운석을 발견한 것이 PODS가 아니라면, 국장은 운석이 거기 있다는 걸 어떻게 알았을까요?"

"다른 사람이 먼저 찾았습니다."

"다른 사람? 누구요?"

하퍼는 한숨을 쉬었다.

"찰스 브로피라는 캐나다 지질학자입니다. 엘즈미어 섬 연구가죠. 밀른 빙붕에서 얼음을 관측하다가 우연히 얼음 안에서 운석으로 보이는 거대한 돌을 발견한 것 같더군요. 그는 무전으로 이 사실을 알렸는데, NASA가 교신을 엿들었습니다."

가브리엘은 그를 응시했다.

"그 캐나다 과학자는 NASA가 운석을 발견했다고 주장하는 것에 이의를 제기하지 않았나요?"

"네."

하퍼는 오싹하는 한기를 느끼며 말했다.

"다행히도, 죽었거든요."

91

마이클 톨랜드는 눈을 감고 G4 제트 엔진 소음에 귀를 기울였다. 워싱턴으로 돌아갈 때까지 더 이상 운석에 대해 생각하는 것은 포기하기로 했다. 코키에 따르면, 콘드룰은 결정적인 증거다. 밀른 빙붕의 돌은 운석일 수밖에 없다. 레이첼은 착륙할 때까지 확실한 해답을 발견해서 윌리엄 피커링에게 보고하고 싶었지만, 사고의 흐름은 콘드룰에서 막다른 골목에 도착했다. 증거는 의심스러웠지만, 운석은 운석인 것 같았다.

'일단 그렇다고 치자.'

레이첼은 바다에서 겪은 일 때문에 아직도 충격을 떨치지 못한 것 같았다. 그러나 톨랜드는 그녀의 강한 회복력에 감탄했다. 그녀는 이제 당면한 문제에 집중해서 운석이 진짜인지 가짜인지 확인할 수 있는 방법을 찾고 있었고, 누가 그들을 죽이려고 했는지 추리하고 있었다.

여행 내내 레이첼은 톨랜드 옆자리에 앉아 있었다. 힘든 상황이었지만, 톨랜드는 그녀와 이야기하는 것이 즐거웠다. 몇 분 전 레이첼은 화장실에 가느라 자리를 비웠고, 톨랜드는 그녀가 옆에 없는 것이 허전하다는 것을 느끼고 놀랐다. 실리아 외에 다른 여자의 존재를 그리워한 것이 얼마만인지 새삼스러웠다.

"톨랜드 씨?"

톨랜드는 고개를 들었다.

조종사가 객실 안으로 고개를 내밀고 있었다.

"선생님의 배가 통화권 안에 들어오면 말해 달라고 하셨지요? 원하시면 지금 연결해 드리겠습니다."

"고맙습니다."

톨랜드는 복도를 따라 앞쪽으로 나갔다.

조종실 안에서 톨랜드는 팀원들에게 전화를 걸었다. 돌아가는 일정이 하루 이틀 정도 늦어진다고 알리고 싶었다. 물론 그가 어떤 일을 겪었는지 알릴 생각은 없었다.

신호가 여러 번 울렸다. 톨랜드는 신콤 2100 통신 시스템 자동응답기로 연결되는 것을 듣고 놀랐다. 평소와 같은 업무적인 인사 대신 톨랜드의 승무원 중 농담꾼으로 알려져 있는 사람의 떠들썩한 목소리가 흘러나왔다.

"안녕, 안녕, 여기는 고야 호. 미안하지만 지금은 아무도 없어요. 아주 커다란 이한테 납치됐어요! 실은 마이크의 대단한 성공을 축하하기 위해 모두 잠시 육지로 나갔습니다. 이야, 정말 자랑스럽네요! 성함과 전화번호를 남겨 주시면 내일쯤 술 깨고 나서 연락드리죠. 그럼 안녕! ET 만세!"

톨랜드는 웃었다. 벌써 동료들이 그리웠다. 기자회견을 본 모양이었다. 한잔하러 육지로 나갔다는 소식이 반가웠다. 그가 대통령의 전화를 받은 뒤 갑자기 떠났기 때문에, 할 일 없이 바다에 있는 것이 지겨웠을 것이다. 메시지에서는 모두 육지로 나갔다고 했지만, 지금 정박해 있는 지점의 강력한 물살을 감안한다면 배를 완전히 비웠을 리는 없었다.

톨랜드는 승무원들이 남긴 내선전화 음성메시지를 확인하기 위해 비밀번호를 눌렀다. 신호음이 한번 울렸다. 메시지가 하나 와 있었다. 아까와 똑같은 떠들썩한 목소리였다.

"안녕, 마이크. 대단한 쇼였어! 어디 거나한 백악관 파티 같은 데 가서 우리가 잘 있나 확인하고 있겠지? 미안하지만 우린 배를 비웠어. 맨정신으로 축하할 수 있는 날이 아니잖아. 걱정 마. 닻은 잘 내려놨고, 갑판에 등도 켜 놨으니까. 솔직히 해적이 털어가서 NBC한테 새로 사내라고 했으면 좋겠지만! 농담이야. 걱정 마. 자비아가 배에 남아서 지키기로 했으니까. 거나하게 취한 어부들하고 노는 것보다는 혼자 있는 게 좋다네? 믿어져?"

톨랜드는 누군가 배를 지키고 있다는 소식에 마음을 놓으며 웃었다. 책임감이 강한 자비아는 파티를 즐기는 유형이 아니었다. 존경받는 해양지질학자인 자비아는 신랄할 정도로 솔직하게 자기 생각을 말하는 성품으로 유명했다.

"어쨌든 마이크. 오늘 밤은 대단했어. 과학자라는 사실에 자부심이 느껴지지 않나? 다들 이번 일이 NASA에 얼마나 좋은 일인지 떠들어대지만, NASA 따위 집어 치워! 우리한테 좋은 일이야! 〈놀라운 바다〉 시청률은 오늘 밤 몇 백만 배나 더 올랐을걸. 자넨 스타야. 진짜 스타라고. 축하해. 잘했어."

전화선 너머에서 낮은 목소리로 이야기를 주고받는 소리가 들리더니 목소리가 다시 돌아왔다.

"아, 그리고 자비아 말인데, 자네가 너무 잘난 체할까 봐 몇 마디 잔소리를 좀 하시겠다네. 바꿔 줄게."

자비아의 면도날 같은 음성이 흘러나왔다.

"마이크, 자비아예요. 그래, 당신은 신이에요. 맞아요, 맞아. 당신을 너무나 사랑하는 나머지 내가 이 구닥다리 노아의 방주를 지키기로 했어요. 솔직히 자칭 과학자라는 저 건달들한테서 떨어져 있게 된 게 기쁘죠. 어쨌든 저 친구들이 나한테 부탁했는데, 배를 지키는 김에 당신이 자만에 가득 차서 건방져지지 못하도록 우리 배 공식 마녀로서 할 수 있는 모든 일을 다 하라는데요. 오늘 밤 이후로는 솔직히 힘든 일이지만, 우선 당신이 그 다큐멘터리에서 실수했다는 걸 내가 제일 먼저 알려야겠어요. 네, 맞아요. 마이클 톨랜드의 머리가 드물게 실수를 하신 거죠. 걱정 마세요. 그걸 알아차릴 사람은 지구상에 세 명밖에 안 되고, 전부 유머감각이라고는 없는 해양지질학자들이니까. 나랑 비슷한 사람들 말예요. 사람들이 우리 지질학자들한테 뭐라고 하는지 알아요? 늘 잘못(fault, 단층)만 찾아다닌대요!"

그녀는 웃었다.

"어쨌든 별일 아니고 운석 암석학과 관련된 아주 사소한 부분이에요. 당신 기분을 망치려고 오늘 밤 이야기하는 건데요, 혹시라도 전화가 걸려 올 수도 있으니까, 전화받고 바보인 거 들통나지 말라고 미리 알려 주는 거예요."

그녀는 다시 웃었다.

"난 어차피 파티도 좋아하지 않으니까 배에 남기로 했어요. 전화는 하지 말아요. 빌어먹을 기자들이 밤새도록 전화할까 봐 수화기를 내려놓을 거예요. 실수는 했지만 오늘 밤 당신은 진짜 스타였어요. 어쨌든 돌아오면 자세히 알려 줄게요. 안녕!"

전화는 끊겼다.

톨랜드는 미간을 찌푸렸다.

'내 다큐멘터리에 실수가 있었다고?'

레이첼 섹스턴은 G4의 화장실 거울 앞에 서서 거울에 비친 자신의 얼굴을 바라보았다. 창백했고 생각했던 것보다 더 약해 보였다. 오늘 밤 겪었던 공포 때문에 충격이 컸던 듯했다. 언제쯤이면 이 떨림이 그치고 다시 바다 가까이 갈 수 있을까? 그녀는 미해군 샬럿 호 모자를 벗고 머리카락을 내려뜨렸다.

'좀 낫군.'

아까보다 더 원래대로 돌아온 것 같았다.

레이첼은 자신의 눈 속에서 깊은 피로감을 느꼈다. 그러나 그 속에는 결의가 있었다. 그녀는 이것이 어머니의 유산임을 알고 있었다.

'아무도 너에게 이래라 저래라 할 수 없단다.'

'오늘 밤 있었던 일을 어머니는 보셨을까? 누군가 나를 죽이려고 했어, 엄마. 누군가 우리 모두를 죽이려고 했어……'

벌써 몇 시간 동안 그랬듯, 레이첼의 두뇌는 여러 사람의 이름을 훑어 내려가고 있었다.

로렌스 엑스트럼, 마저리 텐치, 잭 허니 대통령. 모두 나름의 동기가 있었다. 더욱 오싹한 것은 모두 일을 저지를 수단을 가지고 있다는 점이었다.

'대통령은 개입하지 않았어.'

레이첼은 자신이 아버지보다 더 존경했던 대통령만은 이 수수께끼의 사건에서 결백한 방관자이기를 간절히 바랐다.

'아직 우리는 아무것도 몰라. 누가 그랬는지…… 과연 그랬는지…… 왜 그랬는지.'

윌리엄 피커링에게 보고할 해답을 얻고 싶었지만, 지금까지는 더 많은 의문만 쌓였을 뿐이었다.

화장실을 나선 레이첼은 마이클 톨랜드가 자리에 없는 것을 보고 놀랐다. 코키는 옆에서 졸고 있었다. 주위를 둘러보는데, 마이클이 조종실에서 나왔고 그 뒤로 조종사가 무전기를 끄고 있었다. 커다랗게 뜬 그의 눈빛에는 걱정이 가득했다.

"무슨 일이에요?"

톨랜드는 무거운 목소리로 전화 내용을 알려 주었다.

'다큐멘터리에 실수가?'

레이첼은 톨랜드가 과민반응을 하는 거라고 생각했다.

"별일 아닐 거예요. 구체적으로 무슨 실수라고 말 안 하던가요?"

"운석 암석학에 관련된 거라고 했어요."

"암석 구조요?"

"네. 그 실수를 알아차릴 수 있는 사람은 다른 몇몇 지질학자밖에 없을 거라고 하더군요. 무슨 실수인지는 몰라도 운석 구성 성분과 관계된 것 같아요."

레이첼은 그제야 이해하고 숨을 들이쉬었다.

"콘드룰?"

"모르겠어요. 하지만 딱 맞아떨어지는 건 사실이죠."

레이첼도 동의했다. 지금 운석이 진짜라는 NASA의 주장을 뒷받침해 줄 수 있는 유일한 증거는 콘드룰뿐이었다.

코키가 눈을 비비며 다가왔다.

"무슨 일이야?"

톨랜드는 그에게 상황을 알렸다. 코키는 얼굴을 찌푸리며 고개를 저었다.

"그건 콘드룰 문제가 아니야. 그럴 리가 없어. 자네 데이터는 모두 NASA하고 나한테서 나온 거야. 완벽해."

"내가 저지를 만한 다른 암석학적 실수는 없나?"

"누가 알아? 게다가 해양지질학자가 콘드룰에 대해 뭘 안다고."

"모르지. 하지만 정말 영리한 여자야."

"상황을 감안할 때, 피커링 국장과 이야기하기 전에 그 여자분과 먼저 이야기를 해 보는 게 좋겠어요."

레이첼의 말에 톨랜드는 어깨를 으쓱했다.

"네 번이나 전화를 걸었지만 자동응답기가 받더군요. 아마 해중 실험실에 있어서 아무 소리도 안 들릴 겁니다. 내일 아침이나 돼야 메시지를 받을 거예요."

톨랜드는 시계를 보며 잠시 말을 멈췄다.

"한데……"

"뭐요?"

톨랜드는 강렬한 눈빛으로 그녀를 보았다.

"국장과 이야기하기 전에 자비아와 이야기를 하는 게 중요합니까?"

"콘드룰에 대해 뭔가 할 말이 있다면 극히 중요하죠. 마이크, 지금 우리가 갖고 있는 데이터는 온통 모순투성이에요. 윌리엄 피커링은 분명한 해답에 익숙한 사람이고요. 국장님을 만나면 뭔가 행동에 옮길 수 있는 확실한 사실을 전해 주고 싶어요."

"그럼 잠깐 들렀다 가죠."

"당신 배에요?"

"배는 지금 뉴저지 해안에 있습니다. 우리가 워싱턴으로 가는 길목이죠. 자비아와 이야기를 해서 뭘 알고 있는지 물어봅시다. 코키가 아직 운석 샘플을 가지고 있으니, 혹시 지질학 실험을 해 보고 싶다면 적당한 장비를 갖춘 실험실도 있어요. 한 시간 정도면 뭔가 확실한 해답을 얻을 수 있을 겁니다."

초조한 기분에 맥박이 빨라졌다. 이렇게 빨리 다시 바다를 접해야 한다고 생각하니 두려웠다.

'확실한 해답을 얻을 수도 있어. 피커링은 분명 해답을 원할 거야.'

레이첼은 자신을 설득했다.

92

 델타 원은 다시 단단한 땅을 밟게 된 것이 기뻤다.
 오로라 비행기는 절반의 출력으로 바다 쪽으로 빙 둘러 왔지만 두 시간 이내에 여행을 마쳤다. 덕분에 델타 포스는 감독관이 지시한 살인을 준비하고 대기할 시간을 넉넉하게 확보할 수 있었다.
 이제 워싱턴 외곽의 기밀 군기지 활주로에서, 델타 포스는 오로라를 뒤로하고 새로운 수송기에 탑승했다. OH-58D 카이오와 워리어 헬기였다.
 '이번에도 감독관이 최고를 준비했군.'
 델타 원은 생각했다.
 애당초 가벼운 정찰용으로 설계된 카이오와 워리어는 '확장 및 개선'을 거쳐 미군의 최신 공격용 헬기로 탈바꿈했다. 카이오와는 적외선 열 감지 영상 기능을 가지고 있어서, 공대공 스팅어 미사일이나 AGM-1148 헬파이어 미사일 시스템 등 초정밀 무기의 레이저 추적기나 거리 측정기가 자동으로 목표물을 추적할 수 있도록 해 준다. 또한 초고속 디지털 신호처리기가 있어서 동시에 최대 여섯 개까지 목표물을 추적할 수 있다. 카이오와가 근거리에서 포착한 적은 살아남아 목격담을 남긴 예가 거의 없었다.

카이오와 조종석에 앉아 안전벨트를 매자 익숙한 힘이 솟아오르는 것이 느껴졌다. 델타 원은 이 기종으로 훈련을 받았고 세 건의 기밀 작전을 수행했다. 그러나 저명한 '미국인' 관료를 목표물로 삼은 적은 한 번도 없었다. 카이오와는 이번 임무에 완벽한 기종이었다. 롤스로이스 앨리슨 엔진과 반경식 쌍날개는 소음이 전혀 없기 때문에, 지상의 목표물은 헬기가 머리 위에 올 때까지 전혀 소리를 듣지 못한다. 카이오와 워리어는 불을 끄고 비행할 수 있고 동체는 검은색이며 꼬리번호도 반사되지 않기 때문에, 레이더 없이는 사실상 전혀 눈에 띄지 않았다.

'소리 없는 검은 헬기지.'

음모 이론가들은 이 헬기에 열광하고 있었다. 어떤 이는 소리 없는 검은 헬기가 UN이 '새로운 세계 질서를 위한 돌격대'를 보유하고 있는 증거라고 주장하기도 했다. 소리 없는 외계인 탐사선이라는 주장도 있었다. 어떤 이는 야간에 밀집편대 비행을 하는 카이오와를 보고 수직비행이 가능한 훨씬 큰 비행접시 한 대에 달린 야간 항행등 불빛이라고 생각하기도 했다.

모두 틀린 생각이었다. 하지만 군은 이런 눈속임을 좋아했다.

최근 기밀 작전에서 델타 원은 미군의 신기술 중에서도 가장 최신 극비 무기를 장착한 카이오와에 탑승한 적이 있었다. S&M이라는 이름의 독창적인 홀로그래픽 무기였다. 사도마조히즘을 연상시키는 약자는 원래 적국 영토 상공 위에 홀로그래픽 이미지를 투영시킨다는 뜻에서 '연기와 거울(Smoke and Mirrors)'이라는 이름이었다. 카이오와는 S&M 기술을 이용하여 적의 대공기지 상공에 미군 전투기의 홀로그램을 투영시켰다. 놀란 대공기지 포수들은 허공을 맴도는 유령을 향해 포를 쏘아 댔다. 상대의 실탄이 다 떨어진 뒤에 미국은 진짜 전투기를 투입시켰다.

동료들과 함께 활주로를 이륙하는 동안, 델타 원은 아직도 감독관의 목소리가 들리는 듯한 착각에 빠졌다.

'다른 목표물이 하나 더 있다.'

새로운 목표물의 신원을 감안하면 너무나 밋밋한 표현이었다. 그러나 델타 원은 자신이 의문을 제기할 입장이 아니라는 점을 떠올렸다. 델타 포스는 명령을 받았고, 지시대로 정확한 방식으로 임무를 수행해야 한다. 그 방식이 아무리 충격적이더라도.

'감독관이 부디 올바른 판단을 내렸기만 바랄 뿐이지.'

카이오와가 활주로를 이륙하자, 델타 원은 남서쪽으로 기수를 돌렸다. 프랭클린 루스벨트 기념관은 두 번 본 적이 있었지만, 상공에서 보는 것은 오늘 밤이 처음이었다.

93

"운석을 처음 발견한 것이 캐나다 지질학자라고요?"

가브리엘 애쉬는 놀란 눈으로 크리스 하퍼를 바라보았다.

"그 캐나다인은 죽었고요?"

하퍼는 어둡게 고개를 끄덕였다.

"당신은 이걸 언제 알았어요?"

"몇 주 전에 들었습니다. 국장과 마저리 텐치는 내가 기자회견에서 한 말을 뒤집을 수 없다는 걸 알고 있었습니다. 그래서 기자회견 뒤에 운석을 발견한 실제 경위에 대해 알려 주더군요."

'PODS가 운석을 발견한 게 아니라니!'

이 모든 정보가 어떤 결론으로 이어질지는 알 수 없었지만, 충격적인 것만은 사실이었다. 텐치에게는 좋지 않은 소식이었고, 상원의원에게는 희소식이었다.

하퍼는 우울한 표정으로 말을 이었다.

"아까도 말했지만, 운석이 발견되었다는 사실을 알게 된 것은 무선

통신 감청 덕분이었습니다. INSPIRE라는 프로그램을 알고 계십니까? 'NASA 우주물리부 전리층 인터액티브 무선 실험' 의 약자입니다."

언젠가 얼핏 들은 적이 있었다.

"기본적으로 북극 근처에서 지구의 소리를 감지하는 저주파수 무선 수신 설비를 뜻합니다. 북극광에서 방출되는 플라스마 파동과 번개 폭풍의 광대역 파동 같은 것을 듣는 거지요."

"계속하세요."

"몇 주 전에 INSPIRE 무선 수신기가 엘즈미어 섬에서 우연히 통신문 하나를 수신했습니다. 캐나다 지질학자 한 사람이 이례적으로 낮은 주파수로 도움을 요청하고 있었습니다."

하퍼는 잠시 사이를 두었다가 말을 이었다.

"NASA의 초장파 수신기 말고는 아무도 감지할 수 없을 정도로 낮은 주파수였지요. 우리는 캐나다인이 장파를 날리는 거라고 생각했습니다."

"그건 무슨 뜻인가요?"

"전파를 최대한 멀리까지 보내기 위해서 최대한 낮은 주파수로 통신을 보냈다는 뜻입니다. 그는 아주 외딴 곳에 있었지요. 일반적인 통신 주파수로는 사람이 있는 곳까지 통신을 보낼 수 없었을 겁니다."

"통신 내용은 뭐였나요?"

"짧았습니다. '밀른 빙붕에서 얼음 관측을 하다가 얼음 안에서 고밀도 이상 지역을 감지했는데 거대한 운석으로 추측된다, 구체적으로 측량을 하던 도중에 폭풍에 갇혔다' 고 했습니다. 자신의 좌표를 알리고 구조대를 요청한 뒤 통신을 끊었지요. NASA 감청실은 그를 구출하려고 튤레 공군기지에서 비행기를 보냈습니다. 몇 시간 동안 수색한 끝에 원래 진로에서 몇 킬로미터나 이탈한 채 크레바스 밑바닥에 개와 썰매와 함께 떨어져 죽어 있는 것을 발견했습니다. 아마 폭설을 피하려다시야를 잃고 진로를 이탈해서 크레바스에 떨어졌던 것 같습니다."

가브리엘은 잠시 이 흥미로운 정보를 생각해 보았다.

"NASA는 아무도 모르는 운석에 대한 정보를 느닷없이 손에 넣게 된 거로군요."

"맞습니다. 하지만 내 소프트웨어가 제대로 작동하기만 했으면 PODS 위성이 똑같은 운석을 찾아냈을 겁니다. 캐나다인보다 일주일 전에요."

이 우연의 일치가 가브리엘의 주의를 끌었다.

"300년 동안 묻혀 있던 운석이 같은 주에 우연히 두 번이나 발견됐을 거라고요?"

"압니다. 좀 이상하지만, 과학에서는 그런 일이 생기기도 합니다. 정보가 갑자기 쏟아지거나 아예 없거나 하지요. 어쨌거나 국장은 우리가 먼저 운석을 발견한 거나 마찬가지라고 생각했습니다. 캐나다인이 죽었으니 그가 구조 신호에서 전송했던 좌표로 PODS를 옮겨 놓기만 하면 된다고 하더군요. 그리고 내가 운석을 처음 발견한 것처럼 해 주면 체면 떨어지는 실수를 좀 만회할 수 있을 거라고 했습니다."

"그래서 그렇게 했군요."

"말씀드렸지만 선택의 여지가 없었습니다. 제가 임무를 망쳤으니까요."

그는 잠시 사이를 두었다.

"한데 오늘 밤 대통령의 기자회견에서 내가 발견했다고 꾸몄던 운석 안에 화석이 들어 있다는 이야기를 들으니……."

"놀라셨겠군요."

"어안이 벙벙했죠!"

"국장은 PODS가 운석을 발견한 것처럼 해 달라고 당신에게 요청하기 전부터 운석 안에 화석이 들어 있다는 걸 알았을까요?"

"그럴 리가 있겠습니까. 운석은 최초로 NASA 탐사팀이 도착할 때까지 아무도 손대지 않은 채 그대로 묻혀 있었습니다. 아마 탐사팀을 보내서 코어를 뚫고 엑스선 영상을 촬영할 때까지는 NASA도 자기들이 뭘 발견했는지 모르지 않았을까 싶습니다. 큰 운석을 하나 발견했으니 그럭저럭 성공이라고 생각하고 PODS에 대해서 거짓말을 해 달라고 했겠지요. 한데 직접 가서 본 다음, 얼마나 엄청난 발견인지 알게 된 겁니다."

가브리엘의 호흡이 흥분으로 가빠졌다.

"하퍼 박사님, NASA와 백악관이 PODS 소프트웨어에 대해 거짓말을 하도록 강요했다고 증언해 줄 수 있나요?"

"모르겠습니다. 이 일이 NASA에…… 이번 발견에 얼마나 큰 타격을 줄지 모르겠어요."

하퍼는 겁을 먹은 듯했다.

"하퍼 박사님, 어떻게 발견했건 상관없이 이 운석이 대단한 발견이라는 건 당신도 나도 알아요. 문제는 당신이 미국 국민에게 거짓말을 했다는 사실이에요. 미국인들은 PODS가 NASA가 선전하는 그 정도가 아니라는 것을 알 권리가 있어요."

"모르겠습니다. 난 국장을 경멸하지만, 동료들은…… 동료들은 좋은 사람들입니다."

"그들도 자기들이 속고 있다는 걸 알 권리가 있죠."

"그럼 내가 횡령을 했다는 증거는?"

"그건 잊어버리세요."

가브리엘은 자신이 꾸민 거짓말조차 거의 잊고 있었다.

"상원의원님께 당신은 횡령에 대해 아무것도 모른다고 말씀드릴게요. 당신은 PODS에 대한 진실을 말하지 못하도록 국장이 꾸민 계략에 걸려든 것뿐이에요."

"상원의원이 날 보호해 줄 수 있습니까?"

"그럼요. 당신은 잘못한 게 전혀 없어요. 그저 명령을 따랐을 뿐이죠. 방금 말씀하신 캐나다 지질학자에 대한 정보라면, 의원님이 굳이 횡령 건을 들고 나설 필요도 없어요. PODS와 운석에 대한 NASA의 거짓 정보에만 초점을 맞추면 됩니다. 의원님이 캐나다 지질학자에 대한 정보를 터뜨리면, NASA는 거짓말을 했다고 당신을 감히 비난할 수조차 없을 거예요."

하퍼는 그래도 걱정스러운 얼굴이었다. 그는 음울한 얼굴로 저울질을 하며 생각에 잠겼다. 가브리엘은 잠시 시간을 주었다. 그녀는 이번 사건과 관련하여 마음에 걸리는 우연의 일치가 한 가지 더 있다는 것을 깨달았다. 그 이야기는 꺼내지 않을 생각이었지만, 하퍼 박사에게는 마지막 압박이 필요할 것 같았다.

"개 키우세요, 하퍼 박사님?"

그는 눈을 들었다.

"네?"

"이상하다는 생각이 들어서요. 캐나다 지질학자가 운석의 위치를 무전으로 알린 직후 썰매 끄는 개가 크레바스로 떨어졌다고 하셨죠?"

"폭풍이었습니다. 진로를 이탈한 상태였고요."

가브리엘은 못 믿겠다는 듯 어깨를 으쓱했다.

"아…… 네."

하퍼는 그녀가 망설이는 태도를 눈치챈 모양이었다.

"무슨 말씀을 하시려는 겁니까?"

"글쎄요. 이번 발견에는 우연의 일치가 너무 많아요. 캐나다 지질학자가 하필 NASA만 들을 수 있는 주파수로 운석의 좌표를 알렸다고요? 그런 다음 썰매 끄는 개까지 방향을 잃고 낭떠러지로 추락하고 말이죠?"

그녀는 잠시 사이를 두었다.

"결국 그 지질학자가 죽은 덕분에 이 모든 NASA의 승리가 가능했던 거예요."

하퍼의 얼굴에서 핏기가 가셨다.

"국장이 운석 때문에 살인을 했단 말입니까?"

'거기에는 엄청난 돈과 권력이 달려 있지.'

가브리엘은 생각했다.

"상원의원님과 이야기를 해 본 다음에 다시 연락드리죠. 혹시 여기서 나가는 뒷문이 있나요?"

가브리엘 애쉬는 하얗게 질린 크리스 하퍼를 뒤로하고 비상계단을 통해 사람이 없는 NASA 뒷골목으로 나왔다. 그녀는 막 NASA 축하객을 내려 주는 택시를 잡아탔다.

"웨스트브룩 플레이스 럭셔리 아파트요."

가브리엘은 섹스턴 상원의원에게 한시라도 빨리 이 기쁜 소식을 알려야겠다고 생각했다.

94

'내가 대체 무슨 제안을 받아들인 거지?'

레이첼은 조종사가 통화 내용을 엿듣지 못하도록 G4 조종석 입구 근처에 서서 무선수신기 케이블을 객실로 잡아당겼다. 코키와 톨랜드가 지켜보고 있었다. 원래는 워싱턴 외곽 볼링 공군기지에 도착할 때까지 무선통신을 자제할 계획이었지만, 피커링은 분명 이 새로운 정보를 즉각 듣고 싶어 할 것이었다. 레이첼은 국장이 늘 가지고 다니는 보안 휴대전화로 전화를 걸었다.

윌리엄 피커링은 사무적인 목소리로 전화를 받았다.

"조심해서 말씀하십시오. 이 통화는 안전을 보장할 수 없습니다."

레이첼은 이해했다. NRO의 현장 전화기 대부분이 그렇듯 피커링의 휴대전화에는 발신자 전화의 통신 보안을 감지하는 기능이 있었다. 레이첼이 무선전화를 사용하고 있으니 피커링의 전화에 경고가 들어갔을 것이다. 모호하게 대화할 필요가 있었다. 이름이나 위치를 밝혀서는 안 된다.

"제 목소리로 신원을 확인하시기 바랍니다."

레이첼은 이런 상황에서 표준으로 사용하게 되어 있는 인사말을 건넸다. 위험을 무릅쓰고 전화를 건 것을 불쾌해할 거라고 생각했지만, 피커링은 긍정적인 반응을 보였다.

"안 그래도 방금 자네한테 연락하려고 했네. 목적지를 변경해야 해. 누군가 자네들을 맞이하러 나올지도 몰라."

갑자기 불안감이 스쳤다.

'누군가 우릴 지켜보고 있어.'

그녀는 피커링의 목소리에서 위험을 감지할 수 있었다.

'목적지를 변경하라.'

비록 이유는 다르지만, 레이첼이 똑같은 요구를 하기 위해 전화를 걸었다는 것을 알면 국장도 반가워할 것이다.

"저희는 진위 여부 문제에 대해 이야기를 했습니다. 그 점을 확실하게 입증할 수 있는 방법이 있을 것 같습니다."

"잘됐군. 상황에 진전이 있으면 내가 대응 방식을 결정할 근거가 생길지도 모르겠군."

"증거를 확인하려면 잠깐 어디 들러야 합니다. 우리 중 한 사람이 어느 연구 시설에 출입할······."

"정확한 위치는 말하지 말게. 자네의 안전을 위해서."

레이첼도 이 통신선으로 자신의 계획을 광고할 생각은 없었다.

"GAS-AC에 착륙 허가를 내 주시겠습니까?"

피커링은 잠시 말이 없었다. 레이첼은 그가 약자의 뜻을 해석하고 있음을 알 수 있었다. GAS-AC란 애틀랜틱시티 해안경비대 비행장을 뜻하는, NRO 정보 보고 속기용 약어였다.

'국장이 알고 있어야 할 텐데.'

"좋아."

마침내 국장이 말했다.

"그렇게 조치하지. 그곳이 최종 목적지인가?"

"아뇨. 헬기 수송편을 준비해 주십시오."

"비행기가 기다리고 있을 걸세."

"감사합니다."

"상황을 좀 더 확실하게 알게 될 때까지 극도로 조심하는 것이 좋을 거야. 아무하고도 이야기하지 말게. 자네가 제기한 의혹이 고위층에 깊은 근심을 불러일으켰어."

'텐치군. 대통령과 직접 연락을 취할 수 있다면 좋았을 텐데.'

"나는 지금 내 차를 타고 문제의 여자를 만나러 가는 중이네. 그 여자가 중립적인 장소에서 비밀 회동을 제의했어. 많은 것이 밝혀질 걸세."

'피커링이 텐치를 만나러 차를 타고 간다고?'

국장에게 전화로 알리는 것을 거부했다면, 뭔지는 몰라도 중요한 이야기일 것이다.

"최종 좌표는 절대 아무에게도 말하지 말게. 무선통신도 더 이상 쓰지 마. 알겠나?"

"알겠습니다. 한 시간 뒤에 GAS-AC에 도착할 수 있습니다."

"수송편을 준비해 놓겠어. 최종 목적지에 도착하면 더 안전한 회선을 통해 연락하게."

국장은 잠시 사이를 두었다.

"자네의 안전을 위해 기밀을 유지하는 것이 극도로 중요하다는 점을 다시 강조하겠네. 오늘 밤 강력한 적이 자네를 노리고 있어. 적절한 주의를 유지하도록."

피커링은 전화를 끊었다.

레이첼은 잔뜩 굳은 채 전화를 끊고 톨랜드와 코키에게 돌아섰다.

"목적지가 바뀌었나요?"

톨랜드는 얼른 듣고 싶은 표정으로 물었다. 레이첼은 내키지 않는 기분으로 고개를 끄덕였다.

"고야 호로 가요."

코키는 한숨을 쉬며 손에 쥔 운석 샘플을 내려다보았다.

"NASA가 그런 짓을 했으리라고는 도저히……."

그 역시 시시각각 근심이 늘어 가는지 말끝을 흐렸다.

'곧 알게 될 거야.'

레이첼은 생각했다.

그녀는 조종석으로 들어가서 무선통신기를 돌려주었다. 유리창을 통해 달빛에 젖은 몽글몽글한 고원 같은 구름이 발아래로 스쳐 가는 광경을 지켜보고 있으니, 톨랜드의 배에서 확인하게 될 진실이 그리 유쾌하지 않을 거라는 불길한 예감이 들었다.

95

자신의 세단을 몰고 리스버그 파이크를 달리던 윌리엄 피커링은 유난히 외로운 기분이 들었다. 거의 새벽 2시였고, 도로는 텅 비어 있었다. 이렇게 늦은 시간에 차를 모는 것은 정말 오랜만이었다.

마저리 텐치의 쉰 목소리가 아직도 신경을 건드리고 있었다.

'프랭클린 루스벨트 기념관에서 만나요.'

피커링은 마지막으로 마저리 텐치를 직접 대면했을 때의 기억을 떠올렸다. 유쾌한 경험은 아니었다. 두 달 전, 백악관에서였다. 국가 안보 회의와 합참, CIA, 허니 대통령, NASA 국장이 긴 참나무 탁자를 사이에 놓고 둘러앉아 있었고, 텐치는 피커링의 맞은편에 자리를 잡았다.

CIA 국장은 마저리 텐치를 빤히 쳐다보며 말했다.

"신사 여러분, NASA의 거듭되는 보안 위기상황에 행정부가 손을 써야 한다는 생각에서 제가 다시 나섰습니다."

아무도 이 선언에 놀라지 않았다. NASA의 보안 문제는 정보계에서는 지겹도록 거론된 내용이었다. 이틀 전 NASA 지구 관찰 위성이 찍은 고해상도 위성사진 300장이 NASA 데이터베이스에서 해커에 의해 유출되었다. 북아프리카에 위치한 미군 비밀 훈련 기지가 우연히 찍힌 이 사진들은 암시장을 통해 중동 정보 기관에 팔렸다.

CIA 국장은 피곤한 목소리로 말했다.

"그럴 의도가 없었음에도 불구하고, NASA는 계속해서 국가 안보에 위협을 초래하고 있습니다. 간단히 말해서 NASA는 스스로 개발한 데이터와 정보를 보호할 능력이 없다는 뜻입니다."

대통령이 대답했다.

"부주의한 사례가 있었다는 것은 알고 있습니다. 타격이 큰 정보 유출이지요. 저도 깊이 염려하고 있습니다."

대통령은 테이블 건너 NASA 국장 로렌스 엑스트럼의 심각한 얼굴을 가리켰다.

"우리는 NASA의 보안을 강화할 방법을 찾고 있는 중입니다."

CIA 국장이 말했다.

"죄송한 말씀이지만, NASA의 운영이 미 정보 기관의 통제 밖에서 이루어지는 한 NASA가 동원하는 어떠한 보안 체제 변화도 큰 효과를 거두지 못할 겁니다."

이 말에 좌중은 불편한 듯 잠시 웅성거렸다. 모두 그가 무슨 말을 하려는지 알고 있었다.

CIA 국장은 한층 날카로운 목소리로 말을 이었다.

"아시다시피 군, CIA, NSA, NRO 등 민감한 정보를 다루는 모든 정부 기관은 엄격한 기밀 유지 원칙을 따라야 하며, 엄중한 법률에 따라 스스로 수집한 데이터와 개발한 기술을 통제해야 합니다. 여러분 모두에게 다시 묻겠습니다. 군과 정보 기관이 사용하는 최첨단 우주선, 영상 기술, 비행기, 소프트웨어, 정찰, 통신 기술의 대부분을 생산하고 있는 NASA는 왜 이러한 통제를 벗어나 있는 겁니까?"

대통령은 무거운 한숨을 쉬었다. 제안은 분명했다. NASA가 미군 정보 기관 밑에 들어가도록 구조 개편을 하라는 것이었다. 예전에도 다른 기관에 대해 비슷한 구조 개편이 이루어진 적은 있었지만, 허니는 NASA를 국방성이나 CIA, NRO, 여타 군사 기관 산하에 두는 방안에 반대하는 입장이었다. 국가 안보 회의 내부에서도 이 문제에 대해 의견이 갈렸지만, 대부분은 정보 기관 편이었다.

로렌스 엑스트럼은 이런 회의에 기분 좋은 표정으로 참석하는 일이 없었고, 이날도 예외는 아니었다. 그는 CIA 국장을 신랄하게 노려보았다.

"계속 이런 말을 되풀이하게 되어 유감입니다만, NASA가 개발하는 기술은 군과 상관없는 학술용입니다. 정보 기관이 NASA의 우주망원경을 이용해서 중국을 바라보고 싶다면, 그건 그쪽의 선택입니다만."

CIA 국장은 금방이라도 폭발할 것 같은 표정이었다. 피커링이 엑스트럼과 눈을 마주치며 끼어들었다.

"래리."

그는 신중하게 평정한 말투로 말했다.

"NASA는 매년 의회에 무릎을 꿇고 돈을 구걸하고 있습니다. 당신은 턱없이 부족한 예산으로 기관을 운영하고, 실패에 대한 대가를 치르고 있지요. 우리가 NASA를 정보 기관 안에 통합시키면, NASA는 의회에 도움을 요청할 필요가 없게 됩니다. 비밀 예산의 지원을 훨씬 많이 받을 수 있으니까요. 서로 도움이 되는 상황입니다. NASA는 조직을 제대로 운영하는 데 필요한 돈을 받아서 좋고, 정보 기관은 NASA가 보유한 기술을 보호할 수 있어서 마음을 놓을 수 있으니까요."

엑스트럼은 고개를 저었다.

"원칙적으로 나는 NASA를 그렇게 분류하는 것을 인정할 수 없습니다. NASA는 우주과학을 담당하는 기관입니다. 국가 안보와는 아무 상관이 없어요."

CIA 국장은 벌떡 일어났다. 대통령이 참석한 자리에서 있을 수 없는 일이었다. 아무도 그를 막지 않았다. 그는 NASA 국장을 내려다보았다.

"과학이 국가 안보와 관계가 없다니? 래리, 과학과 국가 안보는 동의어요, 빌어먹을! 우리의 안전을 지켜 주는 것은 미국의 과학 기술력이고, 당신이 원하든 말든 NASA는 그런 기술 개발에 점점 더 큰 역할을 담당하고 있소. 불행히도 NASA는 정보를 줄줄 흘리면서 NASA의 보안이야말로 급선무라는 점을 끊임없이 증명하고 있잖소!"

방 안이 조용해졌다.

NASA 국장은 일어나서 상대의 눈을 똑바로 마주 보았다.

"그래서 2만 명이나 되는 NASA 과학자들을 숨 막히는 군 기밀 연구실에 가두고 당신네 밑에서 일하게 하자는 거요? 우주를 보다 깊이 이해하고자 하는 과학자들의 개인적인 욕망이 없었다면 NASA의 최신 우주망원경이 가능했을 거라고 생각하는 거요? NASA가 놀라운 성과를 거두는 이유는 단 한 가지, 우리 직원들이 우주를 보다 깊이 이해하고 싶어 하기 때문이오. 그들은 별이 총총한 하늘을 바라보며 저 위에 무엇이 있을까 의문을 가지며 자라난 몽상가들입니다. NASA의 혁신을 이끄는 것은 열정과 호기심이지 군사적 우월함의 보장이 아니란 말입니다."

피커링은 헛기침을 하고 좌중을 다독이기 위해 보다 부드러운 목소리로 말했다.

"래리, 국장은 NASA 과학자들에게 군용 위성을 개발시키자는 게 아닙니다. NASA의 대의는 변하지 않아요. 예전대로 운영하되 예산을 넉넉하게 쓰고 보안을 강화하자는 겁니다."

피커링은 대통령을 돌아보았다.

"보안에는 돈이 듭니다. 이 방에 있는 모든 분들은 NASA의 기밀 유출이 자금 부족 때문이라는 것을 알고 계십니다. 그 때문에 NASA는 자기선전을 할 수밖에 없고 보안 대책을 부실하게 실행하며 예산을 분담하기 위해 다른 나라와 공동 연구를 진행할 수밖에 없는 겁니다. 제가 제안하는 방안은 NASA가 현재대로 탁월한 비 군사 과학기관으로 남되 보다 많은 예산을 확보하고 약간의 신중을 기하자는 겁니다."

몇몇 사람들이 동의한다는 뜻으로 조용히 고개를 끄덕였다.

허니 대통령은 천천히 일어나며 윌리엄 피커링의 눈을 똑바로 쳐다보았다. 피커링이 분위기를 주도하는 것을 달가워하지 않는 태도가 역력했다.

"빌, 한 가지 물어봅시다. NASA는 앞으로 10년 이내에 화성에 갈 계획을 가지고 있소. 기밀 예산의 상당 부분을 국가 안보와 직접적인 연관이 없는 화성탐사선에 할애해야 한다면 정보 기관은 어떤 기분이겠소?"

"NASA는 원하는 대로 할 수 있을 겁니다."

"헛소리."

허니는 잘라 말했다. 모든 사람의 시선이 일제히 위로 향했다. 허니 대통령은 욕설을 하는 일이 거의 없었다.

"내가 대통령으로서 배운 한 가지가 있다면, 돈을 움직일 수 있는 사람들이 국가 운영의 방향을 결정짓는다는 사실이오. 나는 NASA의 대의를 공유하지 않는 사람들의 손에 NASA의 돈줄을 넘겨주자는 제안을 거부합니다. 군이 NASA의 임무를 결정하게 되면 얼마나 많은 순수과학이 사라지게 될지 충분히 짐작할 수 있으니까요."

허니의 시선이 방을 둘러보았다. 그는 천천히, 단호하게 다시 윌리엄 피커링을 돌아보았다.

"빌, NASA가 외국 우주기관과 공동 연구를 수행하는 것을 못마땅하게 생각하시는 것은 지나친 단견입니다. 최소한 누군가는 중국이나 러시아와 건설적으로 일하고 있지 않습니까. 지구의 평화는 군사력으로 유지할 수 없습니다. 정부의 입장 차이에도 불구하고 서로 손을 잡을 수 있는 사람들이 평화를 만들어 나가는 겁니다. 제가 볼 때 NASA의 공동 연구는 그 어떤 수십억 달러짜리 첩보 위성보다 국가 안보에 도움이 되며 미래에 더 큰 희망을 안겨 줍니다."

피커링의 가슴 깊은 곳에서 분노가 솟아올랐다.

'일개 정치가가 감히 나에게 이런 식으로 말하다니!'

허니의 이상주의는 회의실에서는 그럴듯할지 몰라도, 현실에서는 사람들의 목숨을 빼앗을 뿐이다.

"빌."

피커링이 금방이라도 폭발할 것 같은 기미를 감지했는지, 마저리 텐치가 끼어들었다.

"우리는 당신이 딸을 잃은 걸 알고 있어요. 이것이 당신에게는 개인적인 문제라는 것도 알고 있습니다."

아랫사람을 달래는 말투로밖에 들리지 않았다. 텐치는 말을 이었다.

"하지만 명심하세요. 백악관은 현재 우주를 민간기업에 개방하자는 투자자들의 요구를 간신히 막고 있습니다. NASA는 많은 실수를 저지르긴 했지만 정보 기관의 좋은 친구입니다. NASA의 존재가 여러분에게 얼마나 많은 도움이 되는지 아셔야 합니다."

고속도로 갓길의 요철이 바퀴 밑으로 덜컹 지나면서 피커링은 퍼뜩 현실로 돌아왔다. 고속도로 출구가 다가오고 있었다. 워싱턴으로 빠지는 출구로 향하는 도중, 그는 길가에 죽어 있는 피투성이 사슴 한 마리를 지나쳤다. 묘한 망설임이 일었다. 하지만 그는 계속 차를 몰았다.

지켜야 할 약속이 있었다.

96

　프랭클린 델라노 루즈벨트 기념관은 미국 최대의 기념관 중 하나다. 공원과 폭포, 동상, 정자, 연못이 딸린 기념관은 루즈벨트 대통령의 임기별로 네 개의 전시실로 이루어져 있었다.
　기념관에서 1.5킬로미터 떨어진 곳에서 카이오와 워리어 한 대가 야간 항행등을 끈 채 워싱턴 상공을 높이 날아 들어오고 있었다. 워싱턴처럼 수많은 거물과 언론인들이 있는 도시에서는 남쪽으로 날아가는 새만큼이나 헬기를 흔히 볼 수 있다. 델타 원은 비행이 금지된 백악관 주위의 영공에서 거리를 유지하기만 하면 아무도 주목하지 않는다는 걸 알고 있었다. 오래 있지도 않을 것이다.
　카이오와는 640미터 상공에서 속도를 낮추어 프랭클린 루스벨트 기념관 바로 위를 피해 옆쪽으로 접근했다. 델타 원은 잠시 공중에서 선회하며 위치를 확인했다. 왼쪽에서는 델타 투가 야간 투시망원경을 조작하고 있었다. 비디오 화면에 기념관 입구의 진입로 영상이 녹색으로 떴다. 근처에는 아무도 없었다.

이제 기다리면 된다.

은밀한 살인으로 마무리할 수는 없었다. 조용히 죽일 수 없는 인물도 있는 법이다. 어떤 방법을 쓰든 반향은 피할 수 없다. 수사, 청문회가 벌어질 것이다. 이런 경우 최선의 은폐 방법은 시끄럽게 소리를 내는 것이다. 폭발, 화재, 연기가 나면 일단 자기주장을 관철하려는 외국 테러리스트의 소행이라는 생각부터 하게 된다. 특히 목표물이 고위 공직자일 경우는 더욱 그렇다.

델타 원은 야간투시망원경을 통해 나무가 우거진 기념관을 둘러보았다. 주차장과 진입로는 비어 있었다.

'얼마 안 남았어.'

도시 한복판이었지만 이 시간에는 다행히 사람이 없었다. 델타 원은 화면에서 눈을 돌려 무기 조종간으로 시선을 돌렸다.

오늘 밤 사용할 무기는 헬파이어 시스템이었다. 레이저 유도 대전차 미사일인 헬파이어는 자동 유도 능력을 가지고 있기 때문에, 지상 관측자나 다른 비행기, 혹은 발사 비행기에서 레이저로 조준한 지점에 정확히 명중시킬 수 있다. 오늘 밤 미사일은 기체 구동축의 조준기에 장착된 레이저 표적지시기를 통해 자동으로 유도된다. 카이오와의 표적지시기가 일단 목표물에 레이저로 '색칠'을 하면, 헬파이어 미사일은 스스로 방향을 찾는다. 헬파이어는 공중과 지상 양쪽에서 발사할 수 있기 때문에, 오늘 밤 헬파이어 미사일이 꼭 비행기에서 발사되었다고 추정되지는 않을 것이다. 게다가 헬파이어는 암시장 무기상들 사이에서 인기가 있으니 분명 테러리스트의 소행이라고 추정될 것이다.

"세단이다."

델타 투가 말했다.

델타 원은 전송된 화면을 바라보았다. 특징이 없는 검은 고급 세단이 정확한 시간에 진입로로 접근하고 있었다. 대형 정부 기관에서 관용차로 사용하는 전형적인 자동차였다. 운전자는 전조등을 끄고 기념관에 들어왔다. 차는 몇 바퀴를 돌더니 나무 숲 근처에 멈춰 섰다. 델타 투는 야간 망원경의 초점을 운전석 옆 유리창에 맞추었다. 잠시 후 운전자의 얼굴이 화면에 들어왔다.

델타 원은 숨을 혹 들이쉬었다. 파트너가 말했다.

"목표물 확인."

델타 원은 십자가 모양의 과녁이 그려진 야간 투시경 화면을 뚫어지게 쳐다보았다. 왕족을 조준하는 저격수가 된 기분이었다.

'목표물 확인.'

델타 투는 조종간 왼쪽 편으로 몸을 돌려 레이저 표적지시기를 작동시켰다. 그가 조준을 하자 600미터 아래의 세단 지붕 위에 미세한 광점이 나타났다. 탑승자의 눈에 띄지 않는 지점이었다.

"목표물 조준."

델타 원은 심호흡을 한 뒤 발사했다.

기체 아래에서 날카로운 쉿 소리가 났고, 이어 희미한 불빛이 땅을 향해 돌진했다. 잠시 후 주차장에 있던 차는 눈부신 화염을 내뿜으며 폭발했다. 구부러진 금속 조각이 사방으로 날았다. 불타는 타이어가 숲 속으로 굴러갔다.

"작전 완료."

델타 원은 이미 그 지점을 벗어나고 있었다.

"감독관을 연결해."

3킬로미터도 채 떨어지지 않은 곳에서, 잭 허니 대통령은 침대에 들 준비를 하고 있었다. 침실의 렉산 방탄 유리창은 두께가 1인치나 되는 것이어서, 허니는 폭발음을 듣지 못했다.

97

애틀랜틱시티 해양경비대 비행장은 애틀랜틱시티 국제공항에 위치한 윌리엄 J. 휴즈 연방항공국 기술센터 기밀 구역 안에 있었다. 해양경비대의 관할 구역은 대서양 연안 애즈베리 파크에서 케이프 메이까지였다.

레이첼 섹스턴은 거대한 창고 사이로 뻗은 활주로에 바퀴가 내려앉는 마찰음과 충격 때문에 퍼뜩 잠에서 깼다. 자기도 모르게 잠든 데 놀라며, 그녀는 몽롱하게 시계를 확인했다.

'새벽 2시 13분.'

며칠 동안 잔 기분이었다.

따뜻한 기내 담요가 몸을 꼼꼼하게 덮어 주고 있었다. 옆에서 마이클 톨랜드도 잠에서 깨어났다. 그는 그녀에게 피곤한 미소를 보냈다.

코키가 비틀거리며 복도를 걸어오더니 그들을 보며 눈살을 찌푸렸.

"젠장, 아직도 여기 있나? 일어나면 오늘 밤 일이 모두 악몽이길 바랐는데."

레이첼은 그의 기분을 정확히 알 것 같았다.

'다시 바다로 나가야 해.'

비행기는 멈춰 섰고, 레이첼 일행은 삭막한 활주로에 내렸다. 밤이었지만 해안의 공기는 무겁고 따뜻했다. 엘즈미어와 비교하면, 뉴저지는 열대지방 같았다.

"이쪽으로 오십시오!"

목소리가 불렀다.

돌아서 보니 해양경비대의 전통적인 헬기인 진홍색 HH-65 돌핀 헬기가 근처에서 대기하고 있었다. 꼬리날개의 눈부신 흰 줄무늬 앞에서 비행복을 완전히 갖춰 입은 조종사가 이쪽으로 오라고 손짓했다.

톨랜드는 레이첼에게 대단하다는 듯 고개를 끄덕였다.

"당신 국장은 일처리를 확실하게 하는군요."

'이건 약과지.'

레이첼은 생각했다.

코키는 어깨를 축 늘어뜨렸다.

"벌써? 저녁도 안 먹고?"

조종사는 그들을 환영한 뒤 헬기에 탑승하는 것을 도와주었다. 그는 이름을 묻지 않고 인사말만 한 뒤 안전 수칙을 알려 주었다. 피커링이 해양경비대에 은밀하게 임무를 수행해 달라고 한 것이 분명했다. 하지만 신원이 밝혀지는 것도 시간문제일 것 같았다. 조종사는 유명한 텔레비전 해설자 마이클 톨랜드를 보더니 눈을 커다랗게 뜨며 놀란 기색을 숨기지 못했던 것이다.

레이첼은 톨랜드 옆에서 안전벨트를 착용할 때부터 이미 긴장해 있었다. 머리 위에서 에로스페이셜 엔진이 웅웅거리며 돌아가기 시작했고, 아래쪽으로 경사진 12미터 길이의 회전날개가 회전하며 은색 덩어리로 변했다. 웅웅거리는 소리가 점점 커지면서 기체는 활주로를 이륙해서 밤하늘로 날아올랐다.

조종사는 조종석에서 고개를 돌려 큰 소리로 말했다.

"목적지는 이륙 후에 직접 들으라는 지시를 받았습니다."

톨랜드는 조종사에게 현재 지점에서 50킬로미터 정도 남동쪽으로 떨어진 해안의 좌표를 알려 주었다.

'배가 해안에서 20킬로미터나 떨어져 있군.'

레이첼은 몸서리를 치며 생각했다.

조종사는 항법장치에 좌표를 입력했다. 그런 다음 자세를 바로잡고 엔진 출력을 높였다. 헬기는 앞으로 기울더니 남동쪽으로 향했다.

어두운 뉴저지 해안이 기체 아래로 미끄러지듯 지나가자, 레이첼은 발아래에 펼쳐진 검은 대양을 외면했다. 다시 물 위로 가야 한다는 두려움이 있기는 했지만, 그래도 바다와 평생 친구처럼 지낸 사람이 동행한다는 데서 위안을 찾으려고 애썼다. 톨랜드와 레이첼은 좁은 기체 안에서 엉덩이와 어깨가 맞닿을 정도로 옆에 딱 붙어 앉아 있었지만 두 사람 다 자세를 고쳐 앉지 않았다.

"이런 말을 해서는 안 된다는 건 압니다만."

조종사가 갑자기 들뜬 목소리로 말을 꺼냈다.

"마이클 톨랜드 씨가 아니십니까? 이야, 오늘 밤 내내 당신들을 텔레비전에서 봤어요! 운석이라니! 정말 놀랍습니다! 정말 감격하셨겠어요!"

톨랜드는 참을성 있게 고개를 끄덕였다.

"말문이 막힐 지경이지요."

"다큐멘터리는 정말 훌륭했습니다! 텔레비전에서 몇 번이나 계속 틀어 주더군요. 텔레비전을 보느라 당직 조종사들 중 누구도 이번 임무를 맡지 않으려고 해서, 제가 제비뽑기로 걸렸습니다. 믿기세요! 제비뽑기로 걸렸다고요! 한데 이런 일이라니! 제가 당신들을 태웠다는 걸 알면 그 친구들은······."

레이첼이 말을 끊었다.
"태워 주셔서 감사합니다만, 우리를 태웠다는 건 비밀로 해 주셔야 합니다. 아무에게도 알려서는 안 돼요."
"그럼요. 확실하게 명령을 받았습니다."
조종사는 잠시 망설이더니 다시 얼굴이 밝아졌다.
"한데 혹시 우리가 지금 고야 호로 가는 겁니까?"
톨랜드는 마지못해 고개를 끄덕였다.
"네."
"이런 젠장! 죄송합니다. 한데 당신 프로그램에서 그 배를 봤어요. 쌍동선, 괴상하게 생긴 배요! 쌍동선에는 한 번도 타 본 적이 없는데, 저의 첫 번째 쌍동선이 당신 배가 될 줄은 꿈에도 몰랐습니다!"
레이첼은 바다로 다시 나간다는 불안감 때문에 조종사의 말도 귀에 들리지 않았다.
톨랜드가 그녀를 돌아보았다.
"괜찮습니까? 그냥 육지에 계시는 게 좋았을 텐데. 내가 그러라고 했잖아요."
'육지에 있었어야 했어.'
레이첼은 생각했다. 하지만 자존심 때문에 절대 그럴 수 없다는 것도 알고 있었다.
"아뇨, 괜찮아요."
톨랜드는 미소 지었다.
"내가 계속 지켜보고 있겠습니다."
"고마워요."
레이첼은 그의 따뜻한 목소리에 훨씬 마음이 놓이는 것을 느끼고 놀랐다.
"텔레비전에서 고야 호를 보셨죠?"

그녀는 고개를 끄덕였다.

"음…… 흥미롭게 생긴 배더군요."

톨랜드는 웃었다.

"네. 전성기에는 정말 혁신적인 모델이었는데, 디자인이 별로 인기를 얻지 못했습니다."

"왜 그랬는지 모르겠네요."

레이첼은 배의 괴상한 윤곽을 떠올리며 농담을 던졌다.

"NBC는 새 배를 구하라고 압력을 넣고 있어요. 뭔가, 글쎄, 좀 더 화려하고 섹시한 놈으로요. 한두 시즌 방송을 더 하면 아마 작별하게 될 것 같습니다."

톨랜드는 섭섭한 목소리로 말했다.

"새로운 배가 좋지 않나요?"

"글쎄요……. 고야 호에는 추억이 많아서요."

레이첼은 부드럽게 미소 지었다.

"우리 어머니는 늘 그러셨죠. 누구나 언젠가는 과거와 작별해야 한다고."

톨랜드의 시선이 그녀의 눈을 한참 쳐다보았다.

"네. 알고 있습니다."

98

"젠장."

택시 운전사는 어깨 너머로 가브리엘을 돌아보며 말했다.

"앞에 사고가 난 것 같습니다. 우린 갇혔어요. 한동안 꼼짝 못 하겠는데요."

차창 밖을 내다보니 빙글빙글 도는 구급차 경광등 불빛이 밤거리를 밝히고 있었다. 여러 명의 경찰이 도로에 서서 몰 근처의 교통을 통제하고 있었다.

"엄청난 사고 같은데요."

운전사는 프랭클린 루스벨트 기념관 쪽에서 솟구치는 화염을 가리켰다.

가브리엘은 흔들리는 불빛을 보며 얼굴을 찌푸렸다.

'하필이면 이런 때! 빨리 섹스턴 의원에게 PODS와 캐나다 지질학자에 대한 정보를 전달해야 하는데.'

운석을 발견한 경위에 대해 NASA가 거짓말을 한 것이 과연 섹스턴의 선거운동을 다시 살릴 수 있을 정도로 큰 스캔들이 될 것인지 궁금했다.

'대부분의 정치인이라면 불가능하겠지.'

레이첼은 생각했다. 하지만 세지윅 섹스턴은 타인의 실수를 부각시키는 전략으로 선거운동을 해 온 사람이었다.

가브리엘은 상대의 정치적 불운을 윤리적 문제로 제기하는 상원의원의 전략을 자랑스럽게 생각하지는 않았지만, 효과적인 것만은 사실이었다. 은근한 암시로 모욕을 주는 데 도가 튼 섹스턴의 능력이라면 이런 사소한 NASA의 거짓말도 우주항공국 전체, 나아가 대통령의 도덕성 문제로 비화시킬 수 있을지 모른다.

창밖에서는 프랭클린 루스벨트 기념관의 화염이 더욱 높이 치솟고 있었다. 가까운 나무에도 불이 붙었고, 소방차들이 물을 뿌리고 있었다. 택시 운전사는 라디오를 켜고 채널을 돌리기 시작했다.

가브리엘은 한숨을 쉬며 눈을 감았다. 피로가 파도처럼 몰려오는 것 같았다. 워싱턴에 처음 왔을 때만 해도 평생 정계에서 일하면서 언젠가 백악관에 입성하고 싶다는 꿈을 꾸었다. 그러나 지금으로서는 정치 따위는 평생 거들떠보기도 싫은 심정이었다. 마저리 텐치와의 대결, 그녀와 상원의원의 노골적인 사진, NASA의 거짓말······.

라디오에서는 뉴스캐스터가 자동차 폭발 사건과 테러 가능성을 보도하고 있었다.

'이 도시를 떠나야겠어.'

워싱턴에 온 이래 가브리엘은 처음으로 이렇게 생각했다.

99

 감독관은 피로를 모르는 사람이었지만, 오늘은 그도 피곤했다. 예상했던 대로 진행된 일이 없었다. 얼음 아래 삽입 통로의 비극적인 발견, 정보를 비밀로 유지하는 어려움, 그리고 늘어 가는 희생자.
 '아무도 죽지 않는다. 캐나다인 외에는.'
 원래 계획에서는 가장 어려웠던 기술적인 부분이 가장 쉽게 풀렸다는 사실을 생각해 보면 씁쓸했다. 몇 달 전 얼음을 삽입하는 작업은 아무 문제 없이 끝났다. 밀도 이상 지점이 그렇게 설정된 뒤에는 북극 궤도 밀도 관찰 위성이 발사되기만 기다리면 된다고 생각했다. PODS가 광대한 북극권을 샅샅이 관찰하다가 얼마 후 이상 감지 소프트웨어를 통해 운석을 발견하면, NASA는 어마어마한 발견을 하게 되는 것이다.
 한데 빌어먹을 소프트웨어가 작동하지 않았다.
 이상 감지 소프트웨어에 이상이 있고 선거가 끝날 때까지 수정되지 못한다는 사실을 알았을 때, 계획은 위기에 처했다. PODS가 없다면 운석을 발견할 수가 없다. 감독관은 운석의 존재를 NASA 내부의 누군가에게 비밀리에 알릴 방법을 찾아야 했다. 해결책은 운석을 넣어 둔 지점 근처에서 캐나다 지질학자로 하여금 긴급 무선통신을 하게 하는 것이었다. 당연히 지질학자는 곧장 죽어야 했고, 사고로 위장해야 했다. 무고한 지질학자를 헬기에서 떨어뜨린 것이 시작이었다. 이제 상황은 빠르게 악화되고 있었다.

웨일리 밍, 노라 맹거. 둘 다 죽었다.

방금 프랭클린 루스벨트 기념관에서 있었던 대담한 살인.

곧 레이첼 섹스턴, 마이클 톨랜드, 말린슨 박사도 희생자 명단에 추가될 것이다.

'다른 방법이 없어.'

감독관은 차츰 커지는 죄책감을 억누르려고 애쓰며 생각했다.

'너무 많은 것이 걸려 있어.'

100

해양경비대 돌핀 호는 고야 호까지 3킬로미터를 남겨두고 900미터 높이로 비행하고 있었다. 톨랜드는 조종사에게 소리쳤다.

"혹시 나이트사이트가 있습니까?"

조종사는 고개를 끄덕였다.

"제 업무가 구조 작업입니다."

톨랜드가 예상한 대로였다. 나이트사이트란 레이시온 사의 해양 열 감지 시스템으로서 조난당한 사람을 어둠 속에서 찾아낼 수 있었다. 바다에 떠 있는 사람의 머리에서 나오는 체온이 검은 바다 위에 빨간 점으로 표시된다.

"켜 주세요."

톨랜드가 말했다. 조종사는 어리둥절했다.

"왜요? 누가 실종됐습니까?"

"아뇨. 보여 드릴 게 있습니다."

"원유가 유출되어 불타고 있지 않은 이상 이렇게 높은 고도에서는 감지를 못 합니다."

"그냥 켜 보세요."

조종사는 이상하다는 눈길로 톨랜드를 본 뒤 다이얼을 조정해서 헬기 아래 장착된 열 감지 렌즈로 전방 5킬로미터 안의 바다를 살폈다. 계기반의 LCD 화면에 불이 들어오면서 영상이 잡혔다.

"맙소사!"

조종사가 화면을 보고 흠칫 놀라는 바람에 헬기가 기우뚱하다가 다시 균형을 잡았다.

레이첼과 코키도 몸을 내밀어서 놀란 눈으로 화면을 바라보았다. 검은 바다를 배경으로 거대한 붉은색 소용돌이가 진동하고 있었다.

레이첼은 불안한 얼굴로 톨랜드를 돌아보았다.

"사이클론 같은데요."

"맞습니다. 난류 사이클론이죠. 직경이 800미터쯤 되겠군요."

해양경비대 조종사는 놀랍다는 듯 웃음을 터뜨렸다.

"정말 큰 놈이네요. 우리도 가끔 봅니다만, 이렇게 큰 걸 봤다는 얘긴 들어 보지도 못했는데요."

"지난주에 나타났어요. 아마 며칠 안에 사라질 겁니다."

"원인이 뭐죠?"

레이첼은 바다 한가운데에서 휘감기고 있는 거대한 소용돌이에 놀란 기색이 역력했다. 조종사가 대답했다.

"마그마 돔입니다."

레이첼은 걱정스러운 얼굴로 톨랜드를 돌아보았다.

"화산인가요?"

"아뇨. 동부 해안에는 활화산이 없습니다만, 가끔 이렇게 마그마 덩어리가 해저 밑바닥에서 분출하면서 열섬을 만드는 경우가 있습니다. 열섬은 수온 구조를 역으로 뒤집어 놓아서 바닥에 난류가, 수면에 한

류가 흐르게 됩니다. 그 결과 거대한 소용돌이가 생성되죠. 이걸 메가플럼이라고 합니다. 몇 주 동안 소용돌이치다가 사라지지요."

조종사는 LCD 화면을 통해 고동치는 소용돌이를 바라보았다.

"이놈은 아직 강력한 것 같은데요."

그는 고야 호의 좌표를 확인하고 놀란 얼굴로 뒤돌아보았다.

"톨랜드 씨, 당신 배가 소용돌이 한복판 근처에 있는 것 같습니다."

톨랜드는 고개를 끄덕였다.

"소용돌이의 눈 근처에서는 해류 속도가 약간 느립니다. 18노트 정도죠. 빠르게 흐르는 강물에 정박하는 것과 비슷합니다. 이번 주는 케이블이 아주 거센 힘을 받고 있어요."

"맙소사, 해류 속도가 18노트라고요? 떨어지면 끝장이겠군요!"

조종사는 웃었지만 레이첼은 웃지 않았다.

"마이크, 메가플럼이니 마그마 돔이니, 뜨거운 해류 같은 게 있다는 말은 안 했잖아요."

그는 안심하라는 듯 레이첼의 무릎을 짚었다.

"절대 안전하니까 걱정 마세요."

레이첼은 얼굴을 찌푸렸다.

"그럼 당신이 여기서 만들고 있는 다큐멘터리는 이 마그마 돔 현상에 대한 건가요?"

"메가플럼과 스피르나 모카란에 대한 겁니다."

"맞아요. 아까 그 말씀을 하셨죠."

톨랜드는 겸연쩍은 듯 웃었다.

"스피르나 모카란은 따뜻한 물을 좋아하는데, 지금 반경 160킬로미터 내에 있는 스피르나 모카란은 한 마리도 빠지지 않고 이 난류 안에 모여 있을 겁니다."

"그렇군요."

레이첼은 불편하게 고개를 끄덕였다.

"한데 스피르나 모카란이란 건 뭐죠?"

"바다에서 가장 못생긴 물고기죠."

"넙치요?"

톨랜드는 웃었다.

"큰귀상어입니다."

레이첼의 몸이 굳었다.

"귀상어가 당신 배 주위를 돌아다닌다고요?"

톨랜드는 윙크했다.

"괜찮아요. 위험하지 않습니다."

"전혀 위험하지 않으면 그렇게 말하지 않겠죠."

톨랜드는 웃었다.

"그 말은 맞군요."

그는 쾌활하게 조종사를 불렀다.

"귀상어에게 습격당한 사람을 마지막으로 구조한 게 언젭니까?"

조종사는 어깨를 으쓱했다.

"휴. 수십 년 동안 귀상어에게 습격당한 사람을 구해 본 적은 없어요."

톨랜드는 레이첼을 돌아보았다.

"이것 보세요. 수십 년이라잖아요. 걱정 안 해도 됩니다."

조종사가 덧붙였다.

"지난달에 바보 같은 스킨스쿠버 다이버가 돌아다니다가 공격을 받았는데……."

"잠깐만요! 수십 년 동안 구한 사람이 없었다면서요?"

레이첼의 말에 조종사가 대꾸했다.

"네. 구한 사람은 없죠. 그놈들은 눈 깜짝할 사이에 사람을 죽이거든요."

101

 수평선 저쪽에서 깜빡이는 고야 호의 윤곽이 보였다. 1.5킬로미터 떨어진 지점에서도, 톨랜드는 자비아가 켜 놓은 눈부신 갑판 불빛을 알아볼 수 있었다. 불빛을 보자 피곤한 여행을 마치고 집으로 들어서는 기분이 들었다.
 "배에는 한 사람만 있다고 했잖아요."
 레이첼이 환한 불빛을 보고 놀라서 물었다.
 "집에 혼자 있을 때 불을 모두 켜 두지 않나요?"
 "하나만 켜 두죠. 집 전체를 밝히지는 않아요."
 톨랜드는 미소 지었다. 레이첼은 분위기를 가볍게 하려고 노력하고 있었지만, 바다에 다시 나오게 된 것을 극도로 두려워하고 있다는 것을 눈치챌 수 있었다. 그녀의 어깨에 팔을 두르고 안심시켜 주고 싶었지만, 해 줄 말이 없었다.
 "불은 안전을 위해 켜 둔 겁니다. 배에 사람이 많은 것처럼 보이게 하려고요."

코키가 킬킬 웃었다.

"해적이라도 찾아올까 봐?"

"아니. 바다에서 가장 위험한 건 레이더를 읽을 줄 모르는 바보들이야. 다른 배와 충돌을 막는 최선의 방법은 모든 사람의 눈에 잘 띄게 하는 거지."

코키는 눈을 가늘게 뜨고 반짝이는 배를 내려다보았다.

"보이나? 새해 전야에 출항하는 카니발 유람선 같군. 전기요금은 NBC에서 내 주는 모양이지?"

해양경비대 헬기는 속도를 늦추고 불을 밝힌 거대한 배 주위를 선회했다. 조종사는 선미 갑판 위에 있는 헬기 이착륙장을 향해 기수를 돌렸다. 공중에서 내려다보아도 선미 버팀대를 맹렬한 기세로 잡아당기는 해류를 알아볼 수 있었다. 선미 쪽에서 거대한 닻을 내린 고야 호는 사슬에 묶인 채 해류 쪽으로 가려고 애쓰는 짐승 같았다.

"아름답군요."

조종사가 웃으며 말했다.

톨랜드는 이 말이 반어법이라는 것을 알고 있었다. 고야 호는 추했다. 실제로 한 텔레비전 평론가는 '추물이다'라고 평했다. 역사상 열일곱 척밖에 건조되지 않은 스와스 쌍동선 중의 하나인 고야 호의 최소 수면 이중선체에는 매력이라고는 없었다.

배는 플로트가 달려 있는 네 개의 거대한 받침대 위에 거대한 수평 갑판을 10미터 높이로 올려놓은 형태였다. 멀리서 보면 낮은 원유 시추대 같았고, 가까이서 보면 지주로 떠받친 바지선과 비슷했다. 꼭대기에 층층이 쌓인 구조물 안에 선실과 연구실, 항해실이 자리 잡고 있었다. 마치 아무렇게나 쌓아 올린 다단계 건물을 거대한 커피 탁자로 떠받친 모양 같기도 했다.

유선형이라고 할 수 없는 모양에도 불구하고, 고야 호는 수면과 접하는 부위를 확연히 줄인 설계 덕분에 안정성이 높았다. 공중에 떠 있는 수평 갑판 때문에 촬영과 실험이 더 쉬웠고 멀미를 하는 과학자도 적었다. NBC에서는 새 배를 사 주겠다고 여러 차례 권유했지만, 톨랜드는 거절했다. 물론 보다 안정성이 높고 보다 좋은 배도 많았지만, 고야 호는 거의 10년 가까이 그가 살아온 집이었다. 실리아가 죽은 뒤 원래 생활을 찾기 위해 몸부림쳤던 곳도 바로 이 배였다. 아직도 밤이면 갑판 위로 불어 가는 바람결에 아내의 목소리를 들을 때가 있었다. 톨랜드는 혹시 그녀의 영혼이 사라지는 날이 온다면 다른 배를 생각해 볼 생각이었다.

아직은 아니었다.

헬기는 마침내 고야 호의 선미 갑판에 착륙했지만, 레이첼은 마음이 완전히 놓이지 않았다. 더 이상 바다 위를 날지 않게 된 것은 다행이었지만, 이제 바다 위에 서 있는 것이다. 레이첼은 후들거리는 다리를 진정시키려고 애쓰며 갑판에 올라 주위를 둘러보았다. 헬기까지 내려앉아 있으니 갑판은 놀랄 정도로 비좁았다. 그녀는 뱃머리 쪽으로 눈길을 돌려 배의 대부분을 층층이 차지하고 있는 흉물스러운 구조물을 바라보았다.

톨랜드가 옆으로 다가섰다.

"알아요."

그는 거세게 몰아치는 해류 소리 위로 목소리를 높였다.

"텔레비전에서는 더 크게 보이죠."

레이첼은 고개를 끄덕였다.

"더 안정적으로 보이기도 하고요."

"이건 바다에서 가장 안전한 배 중의 하나입니다. 약속해요."

톨랜드는 그녀의 어깨에 한 손을 얹고 갑판으로 안내했다.

따뜻한 손길이 어떤 말보다 레이첼의 신경을 진정시켜 주었다. 그럼에도 불구하고 배 뒤쪽을 돌아보니, 등 뒤로 소용돌이치며 흘러가는 해류 때문에 마치 배가 전속력으로 항해하고 있는 기분이 들었다.

'여긴 메가플럼 바로 위야.'

레이첼은 생각했다.

선미 갑판 앞쪽에 눈에 익은 1인용 트리톤 잠수정이 거대한 윈치에 매달려 있었다. 그리스신화에 나오는 바다의 신 이름을 딴 트리톤은 외벽이 철로 된 이전 모델 앨빈과는 모양이 전혀 달랐다. 앞면에 반구형 아크릴 돔이 붙어 있어서 잠수정이라기보다는 거대한 어항 같았다. 레이첼은 얼굴과 바다 사이에 투명한 아크릴 판 단 한 장만 두고 수십 미터 안으로 잠수하는 것보다 더 무서운 일은 상상할 수조차 없었다. 톨랜드의 말에 따르면, 트리톤을 탈 때 유일하게 불쾌한 순간은 고야호 갑판에 설치된 구멍을 통해 잠수정이 수면 10미터 위에서 진자처럼 흔들리며 천천히 바다로 내려가는 순간이라고 했다.

"자비아는 해중실험실에 있을 겁니다. 이쪽으로 오세요."

톨랜드는 갑판을 가로지르며 말했다. 레이첼과 코키는 그를 따라 선미 갑판을 가로질렀다. 해안경비대 조종사는 무전기를 사용하지 말라는 엄격한 지시를 받고 헬기 안에 남았다.

"이걸 보세요."

톨랜드가 선미 난간에 멈춰 서며 말했다.

레이첼은 망설이며 난간으로 다가갔다. 난간은 아주 높았다. 물은 10미터 정도 아래에 있었지만, 물에서 올라오는 후끈한 열기를 느낄 수 있었다.

"수온은 따뜻한 목욕물 정도 됩니다."

톨랜드는 해류 소리 위로 목소리를 높여 말했다. 그는 난간에 붙은 스위치 박스로 손을 뻗었다.

"보세요."

그가 스위치를 올리자, 불빛이 넓게 원을 그리며 배 뒤쪽 물속으로 퍼져 나가 마치 수영장처럼 바다를 환히 밝혔다. 레이첼과 코키는 동시에 탄성을 질렀다.

배 주위의 바다는 유령 같은 그림자로 가득 차 있었다. 번들거리는 검은 물체가 불을 밝힌 수면 바로 아래에서 떼를 지어 나란히 해류를 거슬러 헤엄치고 있었다. 망치처럼 생긴 특유의 대가리가 선사시대의 리듬에 맞추어 춤추듯 앞뒤로 까딱거렸다.

코키가 더듬거리며 말했다.

"맙소사, 마이크. 보여 줘서 정말 고맙군."

레이첼의 몸이 굳었다. 난간에서 물러나고 싶었지만, 움직일 수가 없었다. 그녀의 시선은 무시무시한 광경에 못박여 있었다.

"놀랍지 않습니까?"

톨랜드는 안심하라는 듯 그녀의 어깨에 다시 손을 올려놓았다.

"이놈들은 몇 주 동안 따뜻한 해류를 따라 헤엄칠 겁니다. 바다에서 최고의 코를 가졌죠. 종뇌후엽이 발달했습니다. 1.5킬로미터 떨어진 곳에서도 피 냄새를 맡을 수 있죠."

코키는 못 믿겠다는 표정이었다.

"종뇌후엽이 발달했다고?"

"못 믿겠나?"

톨랜드는 옆에 있는 알루미늄 상자를 뒤지기 시작했다. 잠시 후 그는 죽은 생선 한 마리를 꺼냈다.

"완벽하군."

그는 냉장고에서 칼을 꺼내 축 늘어진 생선에 칼집을 냈다. 피가 흐르기 시작했다.

"마이크, 맙소사. 역겨워."

톨랜드는 피투성이의 물고기를 배 밖으로 던졌다. 물고기는 10미터 아래 수면으로 떨어졌다. 생선이 물에 닿자마자 예닐곱 마리의 상어가 은빛의 가지런한 이를 드러내고 무시무시하게 앞다투어 돌진했다. 눈 깜짝할 사이에 생선은 온데간데없이 사라졌다.

아연실색한 레이첼은 돌아서서 톨랜드를 바라보았다. 그는 벌써 다른 생선을 집어 들고 있었다. 크기와 종류가 같은 물고기였다.

"이번에는 피를 내지 않은 걸로."

그는 생선을 자르지 않고 그대로 물에 던졌다. 생선이 첨벙 하고 떨어졌지만 아무 일도 일어나지 않았다. 귀상어들은 눈치도 못 챈 것 같았다. 미끼는 해류를 따라 무심하게 떠내려갔다.

"이놈들은 후각에만 의존해서 공격을 합니다."

톨랜드는 일행을 이끌고 난간에서 물러섰다.

"여기서 수영을 해도 안전해요. 몸에 상처만 없으면."

코키는 뺨에 꿰맨 자국을 가리켰다. 톨랜드는 미간을 찌푸렸다.

"맞아. 자넨 수영 금지야."

102

가브리엘 애쉬가 탄 택시는 움직이지 않았다.
가브리엘은 프랭클린 루스벨트 기념관 근처 바리케이드 앞에 앉은 채 저 멀리 구급차량을 바라보았다. 도시 위에 초현실적인 안개가 내려앉은 느낌이 들었다. 라디오에서는 폭발한 차량에 정부 고위 관리가 타고 있었던 것으로 보인다는 보도가 흘러나오고 있었다.
그녀는 휴대전화를 꺼내 상원의원에게 전화를 걸었다. 왜 이렇게 오래 걸리는지 궁금해하고 있을 것이다.
통화 중이었다.
가브리엘은 계속 올라가는 택시의 요금계를 바라보며 눈살을 찌푸렸다. 여기 갇힌 다른 차들은 인도로 우회해서 다른 길을 찾고 있었다.
운전사는 어깨 너머를 돌아보았다.
"계속 기다릴까요? 요금은 계속 올라갑니다."
가브리엘은 더 많은 정부 차량이 속속 도착하는 것을 보았다.
"아뇨. 차를 돌려 주세요."

운전사는 알겠다고 툴툴거리며 여러 번 후진을 반복해서 차를 돌리기 시작했다. 차가 인도로 올라가는 순간, 가브리엘은 섹스턴에게 다시 전화를 걸었다.

여전히 통화 중이었다.

몇 분 뒤, 택시는 인근을 빙 돌아 C 스트리트를 올라가고 있었다. 저 멀리 필립 A. 하트 상원의원 회관이 보였다. 원래는 상원의원의 집으로 곧장 갈 생각이었지만 사무실이 이렇게 가깝다면…….

"세워 주세요."

가브리엘은 불쑥 운전사에게 말했다.

"바로 저기요. 고맙습니다."

택시는 멈췄다.

가브리엘은 요금계대로 요금을 지불하고 10달러를 더했다.

"10분만 기다려 주시겠어요?"

운전사는 돈을 보고 시계를 흘끗 들여다보았다.

"1분이라도 늦으면 그냥 갑니다."

가브리엘은 급히 떠났다.

'5분 안에 나올 거야.'

인적이 없는 상원의원 회관의 대리석 복도가 이 시간에는 거의 묘지 같은 느낌을 주었다. 가브리엘은 긴장한 걸음걸이로 3층 복도에 줄지어 늘어선 근엄한 동상들 앞을 서둘러 지나쳤다. 돌로 된 눈들이 마치 소리 없는 보초처럼 그녀를 뒤쫓고 있는 듯했다.

섹스턴 상원의원의 방 다섯 개짜리 사무실 문에 도착한 가브리엘은 카드 열쇠로 문을 열었다. 비서실에는 희미하게 불이 켜져 있었다. 가브리엘은 현관을 가로질러 자기 사무실로 들어간 뒤 형광등을 켜고 곧장 서류함 쪽으로 다가갔다.

그녀는 PODS를 포함한 NASA의 지구관측시스템 예산에 관한 파일

전부를 가지고 있었다. 하퍼에게서 알아낸 정보를 알려 주면 분명 섹스턴은 PODS에 대해 구할 수 있는 모든 자료를 요청할 것이다.

'NASA는 PODS에 대해 거짓말을 했어.'

바쁘 손가락으로 파일을 넘기는데, 휴대전화가 울렸다.

"의원님?"

"아니, 가브리엘. 욜랜다야."

그녀답지 않게 날카로운 음성이었다.

"아직 NASA에 있니?"

"아뇨, 사무실에요."

"NASA에 대해서 뭘 좀 알아냈어?"

'당신은 상상도 못 할 거야.'

섹스턴에게 보고하기 전에 욜랜다에게 먼저 말할 수는 없었다. 상원 의원이라면 이 정보를 어떻게 다루는 것이 가장 좋을지 구체적으로 판단할 것이다.

"의원님께 말씀드린 뒤에 전부 이야기할게요. 지금 의원님 아파트로 가는 중이에요."

욜랜다는 잠시 사이를 두었다.

"가브리엘, 섹스턴의 선거자금과 SFF 문제 말인데."

"그건 아까 내가 틀렸다고 했……."

"방금 우주항공업계를 담당하는 우리 기자 두 명이 비슷한 취재를 했다는 걸 알았어."

가브리엘은 놀랐다.

"무슨 뜻이죠?"

"몰라. 어쨌든 솜씨 좋은 기자들인데, 이 친구들은 섹스턴이 SFF에서 뇌물을 받고 있다고 확신하는 것 같아. 그래서 너한테 전화해야겠다고 생각했어. 아까는 말도 안 되는 이야기라고 했지. 정보원이 마저리 텐치라는 점이 미심쩍어서였는데, 이 기자들은…… 모르겠어. 네가 상원의원을 만나기 전에 기자들과 이야기해 보고 싶어 할 것 같아서."

"그렇게 확신한다면 왜 곧바로 기사를 쓰지 않았어요?"

생각보다 훨씬 방어적인 말투가 튀어나왔다.

"확실한 증거가 없어. 상원의원이 워낙 흔적을 잘 감추고 있는 모양이야."

'대부분의 정치인들이 그렇지.'

"거긴 아무것도 없어요, 욜랜다. 의원님은 SFF의 기부금을 받았다는 걸 인정했지만 모두 법정한도액 이하였다고요."

"너한테는 그렇게 말했겠지, 가브리엘. 내가 뭐가 진실이고 거짓인지 안다는 게 아니야. 그냥 너한테 마저리 텐치를 믿지 말라고 했는데, 알고 보니 텐치 외에도 의원이 뇌물을 받고 있다고 생각하는 다른 사람들이 있기에 이야기를 해 줘야 할 것 같아서 전화한 거야. 그뿐이야."

"그 기자들이 누구죠?"

예상치 못했던 분노가 끓어올랐다.

"이름은 안 돼. 하지만 만남을 주선할 수는 있어. 영리한 기자들이야. 선거자금 관련법도 잘 알고 있고……."

욜랜다는 잠시 망설였다.

"이 친구들은 섹스턴에게 현금이 없다고 생각해. 심지어 파산했을 수도 있다고."

사무실의 정적 속에서 텐치의 쇳소리가 다시 들려오는 듯했다.

'부인이 죽은 뒤, 의원님은 부인의 유산 대부분을 잘못된 투자와 유흥으로 탕진하고 예비선거에서 확실한 승리를 거두기 위해 다 써 버렸습니다. 의원은 6개월 전 파산했어요.'

"그 기자들도 너랑 이야기하고 싶어 할 거야."

욜랜다는 말했다.

'당연히 그렇겠지.'
"나중에 다시 전화할게요."
"화난 것 같구나."
"당신한테 화난 건 아니에요. 욜랜다. 절대로. 고마워요."
가브리엘은 전화를 끊었다.

섹스턴의 웨스트브룩 아파트 바깥 복도 의자에서 졸던 경호원은 휴대전화 소리에 퍼뜩 놀라 잠에서 깼다. 그는 허리를 펴고 눈을 비비며 재킷 주머니에서 전화를 꺼냈다.
"네?"
"오웬, 가브리엘이에요."
경호원은 그녀의 목소리를 알아들었다.
"아, 안녕하세요."
"의원님과 이야기해야겠어요. 나대신 알려 주시겠어요? 계속 통화 중이네요."
"시간이 좀 늦었습니다만."
"주무시진 않아요. 확실해요."
가브리엘은 초조한 목소리였다.
"긴급한 일이에요."
"이번에도요?"
"같은 일이에요. 그냥 전화를 받으라고 해 주세요, 오웬. 급히 여쭤 봐야 할 게 있어요."
경호원은 한숨을 쉬며 의자에서 일어섰다.
"알겠어요, 내가 노크를 해 보죠."
그는 몸을 죽 펴고 현관문 쪽으로 향했다.
"의원님이 아까 당신을 들여보낸 걸 잘했다고 하셔서 해 드리는 겁니다."

그는 노크를 하려고 주먹을 들어 올렸다.

"방금 뭐라고 하셨어요?"

가브리엘이 물었다. 경호원의 주먹이 허공에서 멈췄다.

"의원님이 아까 당신을 들여보낸 걸 잘했다고 하셨다고요. 당신 말이 맞았습니다. 아무 문제 없었어요."

"의원님과 그 이야기를 했다고요?"

가브리엘은 놀란 음성이었다.

"네. 왜요?"

"아뇨, 난 그냥……."

"한데 좀 이상하긴 했습니다. 당신이 들어갔던 걸 기억조차 못 하시는 것 같았거든요. 술을 꽤 하셨나 보다 했지요."

"의원님과 언제 이야기했어요, 오웬?"

"당신이 나가고 얼마 안 돼서요. 뭐가 잘못됐습니까?"

잠시 침묵이 흘렀다.

"아뇨…… 아니에요. 아무 문제 없어요. 저기, 다시 생각해 보니 지금은 의원님을 방해하지 않는 게 좋을 것 같아요. 제가 계속 전화를 걸어 보죠. 그래도 통화가 안 되면 다시 전화해서 부탁드릴게요."

경호원은 눈동자를 굴렸다.

"알아서 하세요, 애쉬 씨."

"고마워요, 오웬. 귀찮게 해서 미안해요."

"괜찮습니다."

경호원은 전화를 끊고 의자로 돌아가서 다시 잠들었다.

가브리엘은 전화를 끊지 않은 채 몇 초 동안 꼼짝도 하지 않고 사무실에 혼자 서 있었다.

'섹스턴은 내가 아파트에 들어갔던 걸 알고 있었어. 그런데 나한테

는 내색하지 않다니?'

 오늘 밤의 이상한 일들은 점점 더 모호해지기만 했다. 가브리엘은 ABC에 있을 때 걸려 온 섹스턴의 전화를 떠올려 보았다. 의원은 우주 항공사와 만나고 돈을 받은 일에 대해 선선히 털어놓아서 그녀를 놀라게 했다. 그 정직함 때문에 가브리엘은 다시 그의 편이 되었다. 부끄럽기까지 했다. 한데 이제 보니 그의 고백은 정직한 동기에서 나온 것이 아닌 듯했다.

 '얼마 안 되는 돈이야. 완전히 합법적이고.'

 갑자기 섹스턴 상원의원에 대해 느꼈던 모든 막연한 의혹이 한꺼번에 되살아났다.

 바깥에서는 택시가 경적을 울리고 있었다.

103

 고야 호의 선교는 주 갑판에서 두 층 위에 위치한 플렉시글라스 관이었다. 여기서는 어두운 바다를 360도 방향으로 둘러볼 수 있었다. 레이첼은 불안하기만 한 풍경을 흘끗 쳐다본 뒤 신경을 끊고 당면한 일에 주의를 집중했다.
 톨랜드와 코키가 자비아를 찾으러 간 사이, 레이첼은 피커링에게 전화를 걸 준비를 했다. 도착하면 연락하겠다고 국장에게 약속하기도 했고, 마저리 텐치와의 만남에서 무엇을 알아냈는지도 어서 듣고 싶었다.
 고야 호의 신콤 2100 디지털 통신 시스템은 레이첼에게도 익숙한 장비였다. 통화를 짧게 끝내면 보안이 유지된다.
 피커링의 개인 전화번호를 누른 뒤, 그녀는 수신기를 귀에 대고 기다렸다. 처음 신호가 가면 곧장 받을 거라고 생각했다. 그러나 신호는 계속 울렸다.
 여섯 번, 일곱 번, 여덟 번…….
 레이첼은 어두운 바다를 응시했다. 국장에게 연결되지 않는 초조함이 바다 위에 떠 있다는 불안감을 부채질했다.

아홉 번, 열 번.

'좀 받아!'

레이첼은 서성거리며 기다렸다.

'무슨 일이지?'

피커링은 언제나 전화를 가지고 다니는 사람이었고, 도착하면 전화하라고 분명히 지시했다.

열다섯 번 신호음이 울린 뒤, 그녀는 전화를 끊었다.

점점 불안해지는 마음에 그녀는 신콤 수신기를 집어 들고 다시 전화를 걸었다.

네 번, 다섯 번.

'어디 있는 거야?'

마침내 연결이 되었다. 안도감이 밀려왔지만, 그것도 잠시였다. 아무도 응답하지 않았다. 정적만 흘렀다.

"여보세요? 국장님?"

딸깍 소리가 세 번 짧게 들렸다.

"여보세요?"

느닷없이 지직거리는 잡음이 고막을 찢을 듯 흘러나왔다. 레이첼은 귀가 아파 얼른 수신기를 뗐다. 잡음이 갑자기 멈췄다. 이번에는 0.5초 간격으로 빠르게 진동하는 소리가 들리기 시작했다. 혼란스럽던 레이첼은 문득 깨달았다. 공포가 엄습했다.

"젠장!"

그녀는 선교 제어장치 쪽으로 휙 돌아서며 수화기를 쾅 내려놓았다. 너무 늦게 끊은 건 아닌지, 그녀는 한참 동안 아연실색한 채 서 있었다.

두 층 아래 선체 중앙부에 위치한 고야 호의 해중 실험실은 길고 짧은 작업대로 나뉜 넓은 공간이었다. 안에는 해저탐사기, 해류분석기, 싱크대, 후드, 표본 냉장실, 컴퓨터, 연구 자료 상자, 비상용 기기 등 온갖 전자제품이 가득 들어차 있었다.

톨랜드와 코키가 들어섰을 때, 지질학자 자비아는 시끄러운 텔레비전 앞에 비스듬히 앉아 있었다. 그녀는 돌아보지도 않았다.

"술값이 다 떨어졌어요?"

자비아는 동료들이 돌아온 것으로 생각했는지 어깨 너머로 물었다. 톨랜드가 말했다.

"자비아, 마이크요."

지질학자는 씹고 있던 샌드위치를 삼키며 휙 돌아보았다.

"마이크?"

그녀는 놀란 듯 말을 더듬었다. 그녀는 일어서서 텔레비전 소리를 낮추더니 입안에 남아 있는 샌드위치를 씹으며 다가왔다.

"술집에 간 친구들이 돌아온 줄 알았어요. 여기서 뭐 하는 거예요?"

자비아는 뚱뚱하고 피부가 검었으며 목소리는 날카로웠고 무뚝뚝한 분위기를 풍기는 여자였다. 그녀는 톨랜드의 운석 현장 다큐멘터리가 흘러나오는 텔레비전을 가리켰다.

"빙붕에 오래 머물지는 않은 모양이네요?"

'일이 생겼지.'

톨랜드는 생각했다.

"자비아, 코키 말린슨 박사는 알 겁니다."

자비아는 고개를 끄덕였다.

"영광이에요."

코키는 그녀가 들고 있는 샌드위치를 바라보았다.

"맛있어 보이네요."

자비아는 이상하다는 눈으로 그를 쳐다보았다. 톨랜드가 말했다.

"메시지를 들었습니다. 내 다큐멘터리에 실수가 있었다고 했죠? 그 이야기를 하고 싶어서 왔어요."

지질학자는 톨랜드를 빤히 쳐다보더니 커다랗게 웃었다.

"그래서 돌아온 거예요? 아, 세상에, 마이크. 말했잖아요, 별거 아니라고. 그냥 곯려 주고 싶었는데. NASA가 당신한테 오래된 데이터를 주었을 거예요. 사소한 거죠. 전 세계에서 해양지질학자 서너 명 정도나 눈치챌까."

톨랜드는 숨을 들이쉬었다.

"혹시 콘드룰과 관계가 있는 겁니까?"

자비아의 얼굴이 놀라서 멍해졌다.

"세상에. 그 지질학자 중 한 사람이 벌써 당신한테 전화했군요?"

몸에서 힘이 빠졌다.

'콘드룰까지.'

톨랜드는 코키를 흘끗 본 뒤 다시 자비아를 돌아보았다.

"자비아, 그 콘드룰에 대해서 아는 대로 전부 다 이야기해 줘요. 내가 한 실수가 뭡니까?"

자비아는 그제야 톨랜드가 심각하다는 것을 느끼고 그를 응시했다.

"마이크, 정말 별거 아니에요. 얼마 전에 지질학 잡지에서 작은 기사를 하나 읽었어요. 한데 당신이 왜 그렇게 걱정하는지 모르겠군요."

톨랜드는 한숨을 쉬었다.

"자비아, 이상하게 들리겠지만, 오늘 밤에는 모르면 모를수록 좋아요. 그냥 콘드룰에 대해서 아는 걸 이야기해 주고, 우리가 갖고 있는 암석 샘플을 검사해 줬으면 해요."

자비아는 어리둥절해하면서도 자기만 모르는 비밀이 있다는 것이 약간 꺼림칙한 표정이었다.

"좋아요. 그 기사를 가져올게요. 내 사무실에 있어요."

그녀는 샌드위치를 내려놓고 문으로 향했다. 코키가 얼른 목소리를 높였다.

"내가 마저 먹어도 될까요?"

자비아는 멈춰 서서 믿기지 않는다는 듯 물었다.

"내 샌드위치를 먹겠다고요?"

"아, 혹시 다 안 드실 거면……"

"새로 꺼내 드세요."

자비아는 나갔다. 톨랜드는 연구실 반대편 표본 냉장실을 가리켰다.

"맨 아랫칸이야, 코키. 삼부카 럼과 오징어 사이에 있어."

바깥 갑판에서 레이첼은 가파른 계단을 통해 선교에서 내려와 헬기 쪽으로 향했다. 졸고 있던 해양경비대 조종사는 레이첼이 조종간을 두드리자 퍼뜩 깨어났다.

"벌써 끝났습니까? 빠르네요."

레이첼은 잔뜩 긴장해서 고개를 저었다.

"지상 레이더와 공중 레이더 둘 다 작동할 수 있나요?"

"네. 반경 16킬로미터까지요."

"켜 주세요."

조종사는 어리둥절한 얼굴로 스위치 몇 개를 올렸다. 레이더 화면이 켜졌다. 바늘이 원을 그리며 느릿느릿 돌기 시작했다.

"뭐가 잡히나요?"

조종사는 바늘이 몇 바퀴 돌 때까지 지켜보았다. 그는 조종 장치 몇 개를 움직인 뒤 다시 보았다. 깨끗했다.

"반경 너머에 작은 배가 몇 척 있지만 반대쪽으로 멀어지고 있네요. 깨끗합니다. 사방 몇 킬로미터에 바다뿐입니다."

레이첼 섹스턴은 한숨을 쉬었지만, 마음이 놓이지는 않았다.

"부탁이 있는데요, 배, 비행기, 뭐든지 접근하는 물체가 보이면 곧바로 알려 주시겠어요?"

"그러죠. 괜찮습니까?"

"네. 혹시라도 추적하는 사람이 있나 걱정돼서요."

조종사는 어깨를 으쓱했다.

"제가 레이더를 계속 보고 있겠습니다. 뭐가 나타나면 곧바로 알려 드리죠."

해중 실험실로 향하는 동안에도 불안한 예감은 가시지 않았다. 레이첼이 들어섰을 때, 코키와 톨랜드는 컴퓨터 모니터 앞에 서서 샌드위치를 씹고 있었다.

코키가 입에 샌드위치를 가득 문 채 불렀다.

"뭘로 하시겠어요? 생선 맛 닭, 생선 맛 볼로냐, 생선 맛 달걀 샐러드가 있는데요."

104

 톨랜드는 해중 실험실을 서성거리며 레이첼과 코키와 함께 자비아가 돌아오기를 기다렸다. 콘드룰에 대한 소식도 그랬지만, 레이첼이 피커링과 교신을 시도했을 때 있었던 일 역시 마음에 걸렸다.
 국장이 전화를 받지 않았고, 누군가 고야 호의 위치를 탐지하려 했다.
 "긴장하지 마세요."
 톨랜드는 일행에게 말했다.
 "우리는 안전합니다. 해양경비대 조종사가 레이더를 보고 있잖아요. 누군가 접근하면 미리 알려 줄 겁니다."
 레이첼은 고개를 끄덕였지만, 그래도 불안감을 떨치지 못하는 표정이었다.
 "마이크, 이건 또 뭐야?"
 코키가 스파크 컴퓨터 모니터를 가리켰다. 음산하고 환각적인 이미지가 마치 살아 있는 듯 고동치며 움직이고 있었다.
 "음향 도플러 해류측정기야. 배 아래쪽 바다의 해류와 수온의 단면을 나타내고 있지."

레이첼은 영상을 보았다.

"우리가 저 위에 닻을 내린 건가요?"

톨랜드는 이미지가 무시무시해 보인다는 것을 인정하지 않을 수 없었다. 수면은 푸르스름한 녹색으로 소용돌이치고 있었지만, 아래로 내려갈수록 수온이 올라가면서 위협적인 주홍색으로 변했다. 수심이 1.5킬로미터 정도 되는 바다 근처에는 핏빛의 사이클론 소용돌이가 휘몰아치고 있었다.

"저게 메가플럼입니다."

코키가 투덜거렸다.

"해저 토네이도 같군."

"같은 원리야. 바닷물은 보통 해저 밑바닥 근처에서 밀도가 높고 온도는 낮은데, 여기서는 그 반대지. 심해가 더 뜨겁고 가벼워서 위로 올라오는 거야. 더 무거운 수면의 물은 심해의 빈 공간을 채우기 위해 거대한 소용돌이를 일으키며 아래로 가라앉지. 그래서 이렇게 배수현상 같은 해류가 생겨."

"저기 바닥에 커다랗게 튀어나온 언덕은 뭐야?"

코키는 평평하고 넓은 해저에 마치 물방울처럼 솟아 있는 돔 모양의 거대한 언덕을 가리켰다. 바로 그 위에서 소용돌이가 휘몰아치고 있었다.

"저게 마그마 돔이야. 용암이 해저 아래에서 올라오는 지점이지."

코키는 고개를 끄덕였다.

"거대한 여드름 같군."

"어떤 면에서는 맞아."

"저게 터지면?"

톨랜드는 1986년 후안 드 푸카 해령에서 있었던 유명한 메가플럼 사건을 떠올리고 미간을 찌푸렸다. 섭씨 1,200도에 달하는 마그마 수천 톤이 한꺼번에 바다로 배출되면서 플룸의 강도가 한순간에 치솟았다. 그다음 발생한 사건을 오늘 밤 코키와 레이첼에게 알려 주고 싶지는 않았다.

"대서양의 마그마 돔은 잘 터지지 않아. 언덕 위에서 순환하는 차가운 해류가 계속 지각을 냉각시키고 굳게 하기 때문에 두꺼운 암석층이 마그마를 덮고 있거든. 결국 아래의 용암도 식고 소용돌이는 사라지지. 메가플룸은 대개 위험하지 않아."

코키는 컴퓨터 옆의 너덜너덜한 잡지를 가리켰다.

"그럼 《사이언티픽 아메리칸》이 소설을 썼다는 거야?"

톨랜드는 표지를 보고 눈살을 찌푸렸다. 누군가 고야 호의 오래된 잡지를 꺼내 본 모양이었다. 1999년 2월호였다. 표지에는 거대한 깔때기 모양의 바다 위에서 통제력을 잃고 소용돌이에 휩쓸린 초대형 유조선의 그림이 그려져 있었다. 기사 제목은 다음과 같았다.

'메가플룸—심해의 거대한 살인마?'

톨랜드는 웃어 넘겼다.

"절대 말이 안 돼. 이 기사는 지진대의 메가플룸을 다룬 거야. 버뮤다 삼각지대에서 배가 자꾸 사라지는 현상을 설명하기 위해 몇 년 전 자주 거론되던 가설이었지. 이 근방에는 그런 일이 없지만, 이론적으로 해저 밑바닥에서 지각변동이 발생하면 돔이 폭발하고 소용돌이가 커져서…… 뭐, 다음은 어떻게 될지 알겠지."

"아니, 모르겠는데."

코키의 대꾸에 톨랜드는 어깨를 으쓱했다.

"해수면까지 올라오는 거지."

"멋지군. 우릴 이 배에 태워 줘서 고마워."

자비아가 서류 몇 개를 들고 돌아왔다.

"메가플럼 감상 중인가요?"

"아, 네."

코키가 냉소적으로 말했다.

"마이크가 방금 이 조그마한 언덕이 폭발하면 우리 모두 거대한 배수구로 흘러 들어갈 거라고 했습니다."

"흘러 들어가요?"

자비아는 차갑게 픽 웃었다.

"세상에서 가장 큰 변기에 씻겨 내려간다고 해야죠."

고야 호의 갑판에서 해양경비대 조종사는 EMS 레이더 스크린을 열심히 들여다보고 있었다. 구조 담당 조종사인 그는 사람들의 눈에 어린 공포를 수없이 목격했다. 아까 고야 호에 예기치 않은 손님이 접근하면 곧 알려 달라고 부탁했을 때 레이첼 섹스턴은 분명 겁에 질려 있었다.

'도대체 어떤 손님을 예상하는 걸까?'

16킬로미터 반경 안의 바다와 공중에 평소와 달라 보이는 것이라고는 전혀 없었다. 12킬로미터 떨어진 지점에 어선 한 척. 가끔 비행기 한 대가 레이더 망 가장자리를 스치듯 나타나서 다시 미지의 목적지를 향해 사라지기도 했다.

조종사는 한숨을 쉬며 배 주위에서 빠르게 흐르고 있는 바닷물을 응시했다. 혼란스러웠다. 닻을 내리고 있는데도 전속력으로 항해하는 기분이 들었다.

그는 다시 레이더 화면에 시선을 주고 열심히 바라보기 시작했다.

105

고야 호에서 톨랜드는 자비아와 레이첼을 인사시켰다. 지질학자는 해중 실험실에 유명인사가 늘어나는 이 상황이 점점 당황스러운 모양이었다. 게다가 레이첼이 최대한 빨리 실험을 마치고 배를 떠나고 싶어 하자 더욱 불안한 것 같았다.

"천천히 해요, 자비아. 모든 걸 알아야 하니까."

톨랜드는 자비아를 안심시켰다.

자비아는 딱딱한 목소리로 말했다.

"마이크, 다큐멘터리에서 당신은 이 작은 금속성 함유물이 우주에서만 형성될 수 있다고 설명했잖아요."

톨랜드는 이 말을 듣자마자 불길한 예감이 들었다.

'콘드룰은 우주에서만 형성된다고, NASA는 분명 내게 그렇게 말했는데.'

자비아는 서류를 펼쳐서 들어 보였다.

"한데 이 자료에 따르면 그건 사실이 아니에요."

"사실입니다!"

코키가 그녀를 노려보았다. 자비아는 코키를 향해 얼굴을 찡그리고 자료를 흔들었다.

"작년에 드루 대학 출신의 리 폴락이라는 젊은 지질학자가 새로운 해양 로봇으로 마리아나 해구에서 태평양 심해저 지각 샘플을 채취했어요. 그러다가 이전에 본 적이 없는 무른 암석을 발견했죠. 이 암석은 콘드룰과 너무나 비슷한 특징을 가지고 있었어요. 폴락은 이 돌을 '사장석 압축 함유물'이라고 불렀어요. 미세한 물방울 같은 금속이 심해의 여압 작용 과정에서 재균질화한 것으로 추정되었죠. 폴락 박사는 해양 암석에서 금속성 기포가 나온 데 놀랐고, 이 현상을 설명하기 위해 독특한 이론을 만들어 냈어요."

코키는 투덜거렸다.

"안 그럴 수 없었겠지."

자비아는 그를 무시했다.

"폴락 박사는 기존의 돌이 심해저 해양 환경에서 극한의 압력으로 변성되는 과정에서 외부 금속이 녹아든 것이라고 설명했어요."

톨랜드는 생각에 잠겼다. 수심이 11킬로미터에 달하는 마리아나 해구는 지구상에서 아직까지 탐사되지 않고 남아 있는 몇 안 되는 곳 중 하나다. 로봇이 몇 차례 들어가긴 했지만, 밑바닥까지 도착하기 전에 대부분 찌그러졌다. 해구 안의 수압은 어마어마했다. 해수면의 압력이 제곱인치당 6킬로그램인 데 비해 해구는 무려 8천 킬로그램에 달한다. 해양학자들은 지금까지도 가장 깊은 해저에서 작용하는 지질학적 힘에 대해 거의 알아낸 것이 없었다.

"그럼 그 폴락이라는 사람은 마리아나 해구에서 콘드룰 같은 구조가 형성될 수 있다고 생각하는군요?"

"극히 모호한 이론이에요. 공식적으로 발표된 것도 아니고요. 지난

달에 메가플럼 방송 준비 때문에 유체-암석 상호작용에 대한 자료를 찾다가 인터넷에서 우연히 폴락의 개인적인 기록을 발견했어요. 안 그랬으면 나도 이런 이론이 존재하는지 몰랐겠죠."

코키가 말했다.

"말도 안 되는 이론이니까 정식으로 발표가 안 된 거죠. 콘드룰이 형성되려면 열이 필요합니다. 수압이 돌의 결정구조를 변형시킬 수는 없어요."

"압력은 지구상에서 지질학적 변화를 이끌어 내는 최대 요인이에요. 지질학개론 시간에 변성암이라고 못 들어 보셨나요?"

코키는 얼굴을 찌푸렸다.

톨랜드는 자비아의 말에 일리가 있다는 것을 깨달았다. 열도 변성암이 생성되는 요인이 되기는 하지만, 대부분의 변성암은 극도의 압력에 의해 형성된다. 놀랍게도 암석은 지구 지각 깊은 곳에서 고압을 받으면 탄성을 갖게 되고 화학 성분의 변화를 겪으면서 단단한 돌보다는 뻑뻑한 당밀에 더 가까운 특성을 보인다. 하지만 폴락 박사의 이론은 지나친 억측인 것 같았다.

"자비아, 수압 하나만으로 암석의 화학 성분이 변할 수 있다는 이야기는 처음 들어요. 지질학자로서 당신 생각은 어떻습니까?"

자비아는 서류를 넘기며 말했다.

"음, 수압이 유일한 원인은 아닌 것 같아요."

그녀는 폴락의 기록을 그대로 읽기 시작했다.

"이미 어마어마한 유체정역학적(流體靜力學的) 압력을 받고 있는 마리아나 해구의 해양 지각은 인근 섭입대(攝入帶)의 구조지질적 힘에 의해 추가 압력을 받을 수도 있다."

'물론이지.'

톨랜드는 생각했다. 11킬로미터 두께의 바닷물에 눌려 있는 마리아나 해구는 섭입대, 즉 태평양 판과 인도양 판이 서로 접근해서 충돌하는 선에 속한다. 두 가지 압력이 합쳐지면 해구 안의 압력은 어마어마할 것이다. 워낙 깊고 연구하기 위험한 지역이기 때문에 콘드룰이 있다 해도 알아내기가 어렵다.

자비아는 계속 읽어 내려갔다.

"유체정역학적 압력과 지각변동 압력이 합쳐지면 지각은 탄성을 갖거나 반유체 상태가 되어 비교적 가벼운 물질은 우주에서만 생성된다고 알려져 있는 콘드룰과 유사한 구조로 융합될 가능성이 있다."

코키는 눈동자를 굴렸다.

"불가능해."

톨랜드는 코키를 돌아보았다.

"폴락 박사가 발견한 해양 암석 내부의 콘드룰을 달리 설명할 방법이 있나?"

"간단해. 폴락은 실제 운석을 발견한 거야. 운석은 늘 바다에 떨어지지. 퓨전 크러스트가 물속에서 부식되어서 보통 암석처럼 보였기 때문에 운석이 아닐까 의심하지 못했던 거야."

코키는 자비아를 돌아보았다.

"폴락 박사가 미처 니켈 함량을 측정할 생각은 못 했겠지요?"

"했어요."

자비아는 다시 서류를 넘기며 대꾸했다.

"이렇게 썼군요. 이 암석이 보통 지구의 암석에서 볼 수 없는 중간 범위의 니켈 함량을 보인다는 사실은 특히 놀랍다."

톨랜드와 레이첼은 놀란 눈빛을 교환했다. 자비아는 계속 읽었다.

"니켈 함량이 일반적으로 인정되는 운석 계보의 중위 값에 속하지는 않지만, 놀랄 정도로 가깝다."

레이첼은 걱정스럽게 물었다.

"얼마나 가까운가요? 이 해양 암석을 운석으로 착각할 가능성이 있나요?"

자비아는 고개를 저었다.

"난 화학암석학자는 아니지만, 내가 아는 한 폴락이 발견한 암석과 실제 운석 사이에는 다양한 화학적 차이점이 있어요."

"그게 뭐죠?"

톨랜드가 물었다. 자비아는 기록 안의 그래프를 확인했다.

"이 그래프에 따르면, 한 가지 차이는 콘드룰 자체의 화학적 구조예요. 티타늄 대 지르코늄의 비율이 다른 것 같아요. 해양 암석의 콘드룰에서 티타늄 대 지르코늄의 비율을 보면 지르코늄이 극히 적어요. 100만 분의 2밖에 안 돼요."

"2ppm라고요? 운석은 그보다 수천 배는 더 많아요!"

코키가 말했다. 자비아가 대답했다.

"그거예요. 폴락이 이 콘드룰이 우주에서 온 것이 아니라고 생각한 게 그 때문이죠."

톨랜드는 코키 쪽으로 몸을 기울여서 속삭였다.

"NASA가 혹시 밀른 빙붕 암석에서 티타늄 대 지르코늄의 비율을 측정했나?"

"안 했지. 누가 그런 걸 측정해? 자동차를 보고 타이어 고무의 함량을 측정해야 차라는 걸 증명할 수 있다는 격인데."

톨랜드는 한숨을 쉬고 자비아를 돌아보았다.

"콘드룰이 함유된 암석 샘플이 있다면, 이 콘드룰이 운석성인지 폴락이 발견한 심해압력성인지 지금 실험을 해 볼 수 있습니까?"

자비아는 어깨를 으쓱했다.

"네. 여기 있는 전자측정기의 정밀도로도 아마 그 정도는 가능할 거예요. 한데 대체 이게 다 무슨 일이에요?"

톨랜드는 코키를 돌아보았다.

"돌을 줘."

코키는 마지못해 운석 샘플을 주머니에서 꺼내 자비아에게 건넸다.

자비아는 이마에 주름을 잡으며 디스크 모양의 돌을 받았다. 그녀는 퓨전 크러스트를 살펴보고 안에 들어 있는 화석을 확인했다.

"맙소사!"

그녀는 고개를 들었다.

"이게 설마……."

톨랜드가 대답했다.

"네. 불행히도 그렇습니다."

106

가브리엘 애쉬는 사무실 창가에 서서 이제 어떻게 할 것인지 고민하고 있었다. 흥분에 가득 차서 크리스 하퍼의 PODS 사기 사건을 상원 의원에게 알리겠다고 NASA를 나선 지 채 한 시간도 지나지 않았다.

한데 지금은 확신할 수가 없었다.

욜랜다의 말에 따르면, ABC 기자 두 사람이 섹스턴이 SFF에게서 뇌물을 받았다고 의심하고 있었다.

'게다가 SFF 회의 도중 내가 자기 집에 들어왔다는 사실을 알고도 전혀 내색하지 않다니?'

가브리엘은 한숨을 쉬었다. 택시는 오래전에 떠났다. 몇 분 뒤에 다른 택시를 부를 생각이었지만, 그보다 먼저 해야 할 일이 있었다.

'내가 정말 이렇게까지 해야 하나?'

가브리엘은 선택의 여지가 없다는 것을 알고 얼굴을 찌푸렸다. 더이상 믿을 사람이 없었다.

그녀는 사무실을 나와서 비서실을 지나 반대편 넓은 복도로 들어섰다. 저쪽 끝에는 섹스턴의 사무실로 이어지는 육중한 참나무 문이 있었고, 양쪽에 깃발 두 개가 걸려 있었다. 오른쪽은 성조기, 왼쪽은 델라웨어 주기였다. 문은 건물 안의 다른 의원실과 마찬가지로 철로 되어 있었고 일반 열쇠와 전자 키패드 입력, 경보 장치가 달려 있었다.

몇 분이라도 안에 들어갈 수 있다면 모든 해답을 얻을 수 있을 것이다. 엄중한 보안 시스템이 달려 있는 문으로 다가가고 있었지만, 가브리엘은 그 문을 통과할 수 있다는 환상은 품지 않았다. 그녀에게는 다른 계획이 있었다.

가브리엘은 섹스턴의 사무실에서 3미터쯤 떨어진 지점에서 오른쪽으로 꺾어 여자 화장실로 들어갔다. 형광등이 자동으로 켜지면서 흰 타일이 눈부시게 빛났다. 시력이 빛에 적응되자, 가브리엘은 멈춰 서서 거울 안의 자신을 보았다. 언제나 그렇듯 생각보다 너무 부드러워 보이는 얼굴이었다. 연약해 보일 정도였다. 그러나 그녀는 늘 자신이 보기보다 강하다고 느꼈다.

'정말 할 수 있겠어?'

가브리엘은 섹스턴이 PODS 상황을 완벽하게 파악하고자 그녀를 애타게 기다리고 있다는 걸 알고 있었다. 하지만 섹스턴이 오늘 밤 자신을 능숙하게 조종했다는 것도 알고 있었다. 가브리엘 애쉬는 조종당하는 것을 좋아하지 않았다. 상원의원은 오늘 밤 그녀에게 숨긴 것이 많았다. 문제는 얼마나 많이 숨겼느냐 하는 점이었다. 해답은 그의 사무실 안에 있다. 바로 이 화장실 벽 반대편에.

"5분이면 돼."

가브리엘은 결의를 다지기 위해 소리 내어 말했다.

화장실 사물함으로 다가간 그녀는 손을 들어 문짝 위를 훑었다. 바닥에 열쇠가 쟁그랑 하고 떨어졌다. 필립 A. 하트 빌딩의 청소부들은 연방공무원이라 파업이 있을 때마다 증발해 버려서 몇 주 동안 화장실에 휴지나 생리대 같은 용품이 떨어지는 일이 비일비재했다. 바지를 내린 채 오도가도 못 하는 상황에 지친 섹스턴 사무실 여직원들은 직접 문제를 해결하기로 했다. 바로 '긴급 상황'에 대비해서 여벌의 비품실 열쇠를 숨겨 놓았던 것이다.

'오늘 밤이 바로 긴급 상황이지.'

가브리엘은 벽장을 열었다.

세제, 대걸레, 휴지가 가득 찬 선반 등으로 내부는 비좁았다. 한 달 전 가브리엘은 여기서 휴지를 찾다가 이상한 것을 발견했다. 맨 위 선반에 있는 휴지에 손이 닿지 않아서 대걸레 끝으로 살살 밀어 휴지를 떨어뜨리려고 하던 참이었다. 그러다 우연히 천장 타일 하나를 떨어뜨렸는데, 타일을 도로 끼우려고 위로 올라간 그녀는 섹스턴 상원의원의 목소리를 듣고 깜짝 놀랐다.

아주 또렷한 목소리였다.

목소리가 울리는 것으로 보아 의원은 사무실 안의 개인 화장실에서 혼잣말을 하고 있는 것 같았다. 의원 전용 화장실과 이 비품실 사이에는 탈착이 가능한 파이버보드 천장 타일 한 겹만 있는 것이 분명했다.

오늘 밤 가브리엘은 휴지보다 훨씬 중요한 것을 얻기 위해 벽장으로 들어왔다. 그녀는 신발을 벗고 선반을 기어오른 뒤 파이버보드 천장 타일을 떼어 내고 위로 올라갔다.

'국가 안보 상태가 이 정도밖에 안 되다니.'

그녀는 자신이 얼마나 많은 연방법과 주법을 위반하고 있는지 궁금했다.

섹스턴의 개인 화장실 천장을 통해 안으로 들어간 가브리엘은 스타킹을 신은 발을 차가운 도자기 세면대에 올린 뒤 바닥에 내려섰다. 그리고 숨을 죽이며 섹스턴의 개인 사무실로 들어갔다.

동양풍 양탄자의 부드럽고 따뜻한 촉감이 발밑으로 느껴졌다.

107

 검정 카이오와 전투용 헬기는 50킬로미터 떨어진 델라웨어 북부의 소나무 숲 상공을 가르고 있었다. 델타 원은 자동항법장치에 저장된 좌표를 확인했다.
 레이첼이 배에서 사용한 무선통신 장비와 피커링의 휴대전화는 통화 내용을 보호하기 위해 암호화되어 있었지만, 델타 포스가 레이첼의 통신을 추적한 것은 통화 내용을 도청하기 위한 것이 아니었다. 발신자의 위치를 알아내는 것이 목적이었다. GPS와 컴퓨터 삼각 측량으로 발신자의 좌표를 정확히 알아내는 것은 암호화된 통화 내용을 해독하는 것보다 훨씬 쉬웠다.
 델타 원은 정부 기관이 마음만 먹으면 전화를 걸 때마다 지구상 어디든지 3미터 오차로 위치를 추적할 수 있다는 사실을 대부분의 휴대전화 사용자들이 모르고 있다는 점이 신기했다. 통신사에서 홍보하지 않는 사소한 단점이었다. 일단 윌리엄 피커링의 휴대전화 수신 주파수를 알아내고 나니 쉽게 발신자 좌표를 추적할 수 있었다.

목표물을 향해 직선비행을 하던 델타 원은 30킬로미터 거리까지 접근했다.

"엄브렐라 준비됐나?"

그는 레이더와 무기 시스템을 조종하는 델타 투에게 물었다.

"준비됐다. 8킬로미터 사거리 대기 중."

'8킬로미터라.'

카이오와 무기 시스템의 사정거리로는 목표물의 레이더 반경 안으로 한참 들어가야 한다. 고야 호에서도 누군가 초조하게 하늘을 감시하고 있을 거라는 점은 분명했다. 델타 포스의 현재 임무는 구조 신호를 보낼 기회를 주지 않고 목표물을 제거하는 것이었기 때문에, 상대를 놀라게 하지 않고 접근해야 했다.

아직 레이더 반경에 미치지 않은 20킬로미터 지점에서, 델타 원은 카이오와의 기수를 갑자기 서쪽으로 35도가량 틀었다. 그리고 소형 비행기의 한계 고도인 900미터 상공까지 올라가서 속도를 110노트로 조정했다.

16킬로미터 반경 안에 새로운 물체가 들어오자, 고야 호 갑판에 있는 해양경비대 헬기의 레이더계가 한 번 울렸다. 조종사는 허리를 펴고 화면을 관찰했다. 물체는 해안을 따라 서쪽으로 향하는 작은 화물 수송기 같았다.

'뉴어크 공항으로 가는 모양이지.'

이 비행기가 현재 항로대로 비행한다면 고야 호에서 6킬로미터 떨어진 지점까지 접근하겠지만, 어쩌다가 우연히 이렇게 지나치게 된 것 같았다. 하지만 해양경비대 조종사는 경계를 늦추지 않고 레이더 오른쪽에서 110노트로 천천히 비행하는 깜빡이는 점을 지켜보았다. 최고로 근접한 비행기는 서쪽으로 6킬로미터 지점까지 들어왔다. 예상대로 비행기는 계속 항로를 따라 멀어지기 시작했다.

6.1킬로미터, 6.2킬로미터.

조종사는 긴장을 풀고 숨을 내쉬었다.

그때 정말 이상한 일이 일어났다.

"엄브렐라 발사 준비 끝."

델타 투가 카이오와 전투기 좌측 무기 조종석에서 엄지를 들어 올렸다.

"탄막, 변조 잡음, 교란 전파 모두 작동 개시."

신호를 받은 델타 원은 헬기를 오른쪽으로 급격히 틀어서 고야 호를 향해 일직선으로 비행하기 시작했다. 이제 이 경로 변경은 고야 호의 레이더에 나타나지 않을 것이다.

"은박지 투하 시작!"

델타 투가 외쳤다. 델타 원도 동의했다. 레이더 교란은 제2차 세계대전 당시 어느 영리한 영국 조종사가 폭격 시에 은박지에 싼 건초 뭉치를 비행기에서 던진 데서 처음 발명되었다. 독일군은 너무 많은 반사 물체가 레이더에 나타나자 무엇을 쏘아야 할지 알 수 없었다. 이후 이 기법은 대폭 발전했다.

카이오와가 탑재한 '엄브렐라' 레이더 교란 시스템은 군이 보유한 가장 치명적인 전자식 전투 무기 중 하나다. 주어진 지상 좌표 상공에 우산처럼 소음을 발산해서 상대의 눈과 귀, 목소리를 지워 버리는 것이다. 이제 고야 호의 모든 레이더 화면은 꺼졌을 것이고, 구조 신호를 보내야 한다는 것을 깨달아도 통신을 쓸 수 없을 것이다. 배 위의 모든 통신 장비는 무선이거나 초단파 장비다. 유선전화는 없다. 카이오와가 가까이 다가가면 눈부신 헤드라이트처럼 눈에 보이지 않게 전방을 비추는 열 소음 방송이 송출 신호를 지워 버려서 고야 호의 모든 통신 시스템이 작동을 멈추게 된다.

'완벽한 고립이지. 방어 수단이 없어.'

델타 원은 목표물이 밀른 빙붕에서는 머리를 써서 운 좋게 탈출했지만, 두 번 다시 그런 행운은 없을 거라고 생각했다. 육지를 떠난 것은 레이첼 섹스턴과 마이클 톨랜드의 실수였다. 이번 일이 그들의 마지막 실수가 될 것이다.

백악관 안에서 잭 허니는 멍한 얼굴로 수화기를 들고 침대에서 일어나 앉아 있었다.

"지금? 엑스트럼이 지금 나와 통화하고 싶다고?"

허니는 침대 옆의 시계를 보았다. 새벽 3시 17분이었다.

통신 보좌관이 말했다.

"네. 긴급 상황이라고 했습니다."

108

 코키와 자비아가 전자 미량분석기로 콘드룰의 지르코늄 함량을 조사하는 동안, 레이첼은 톨랜드를 따라 실험실 옆방으로 향했다. 톨랜드는 여기서 다른 컴퓨터를 켰다. 확인하고 싶은 것이 하나 더 있는 모양이었다.
 컴퓨터가 켜지자, 톨랜드는 뭐라 말하려는 듯 레이첼을 돌아보았다. 하지만 머뭇거렸다.
 "이게 뭐죠?"
 레이첼은 이런 혼란스러운 상황에서도 그에게 육체적으로 이끌리는 자신에게 놀라며 물었다. 모든 것을 차단하고 1분이라도 같이 있고 싶었다.
 "사과할 게 있습니다."
 톨랜드는 미안한 듯 말했다.
 "뭘요?"
 "갑판에서요. 귀상어 말입니다. 제가 너무 들떴어요. 가끔 난 많은 사람들이 바다를 무서워할 수도 있다는 걸 잊어버려요."

새 남자친구와 문지방을 사이에 두고 마주 보고 서 있는 10대 소녀가 된 기분이었다.

"괜찮아요. 정말 별거 아니에요."

레이첼은 톨랜드가 자신에게 키스하고 싶어 한다고 느꼈다.

잠시 후 그는 수줍게 돌아섰다.

"압니다. 얼른 육지로 돌아가고 싶으시지요. 얼른 일을 시작합시다."

"지금은요."

레이첼은 부드럽게 미소 지었다.

"지금은."

톨랜드도 컴퓨터 앞에 앉으며 말했다.

레이첼은 숨을 내쉬고 작은 연구실의 은밀한 분위기를 음미하며 그의 등 뒤에 바싹 붙어 섰다. 톨랜드는 새로운 파일을 뒤지고 있었다.

"뭘 하려는 거예요?"

"거대 바다 이에 대한 자료를 찾고 있어요. NASA 운석에서 봤던 것과 비슷한 선사시대의 해양 화석이 있는지 확인하고 싶습니다."

그는 맨 위에 대문자로 '프로젝트 다이버시타스'라고 적혀 있는 검색 페이지를 열었다. 그리고 메뉴를 훑어보며 설명했다.

"다이버시타스는 끊임없이 업데이트되는 해양 생물데이터 목록입니다. 해양 생물학자가 새로운 해양 생물 종이나 화석을 발견하면 자랑도 하고 정보도 공유할 겸 여기에 데이터와 사진을 업로드해서 중앙 데이터베이스로 전송합니다. 매주 발견되는 새로운 데이터가 워낙 많기 때문에, 이게 최신 정보를 얻을 수 있는 유일한 방법이지요."

레이첼은 톨랜드가 메뉴를 훑어보는 모습을 지켜보았다.

"그럼 지금 인터넷에 접속한 건가요?"

"아뇨. 바다에서는 인터넷 접속이 까다로워요. 우린 모든 데이터를 옆방에 있는 대용량 광드라이브에 저장해 놨습니다. 항구에 들어갈 때마다 프로젝트 다이버시타스에 접속해서 우리 데이터뱅크를 업데이트하지요. 이런 식으로 하면 바다에서도 인터넷 접속 없이 정보를 찾아 볼 수 있고, 업데이트도 한두 달 이상 지연되지 않아요."

톨랜드는 컴퓨터에 검색어를 입력하면서 웃었다.

"냅스터라고 논란이 많은 음악 파일 공유 프로그램에 대해 들어 보셨죠?"

레이첼은 고개를 끄덕였다.

"다이버시타스도 해양 생물학계의 냅스터라고 보면 됩니다. 그래서 랍스터(LOBSTER)라고 불리기도 하죠. '외로운 해양 생물학자들이 공유하는 완전 괴상한 연구자료들(Lonely Oceanic Biologists Sharing Totally Eccentric Research)'의 약자입니다."

레이첼은 웃었다. 이렇게 긴장된 상황에서도 마이클 톨랜드가 발산하는 유머는 그녀의 두려움을 덜어 주었다. 그녀는 최근 자신의 생활에 웃음이 너무 없었다는 사실을 깨닫고 있었다.

톨랜드는 검색어 입력을 끝내며 말했다.

"우리 데이터베이스는 어마어마합니다. 사진과 설명이 10테라바이트가 넘죠. 이 안에는 아무도 본 적이 없고 앞으로도 보지 못할 정보가 있습니다. 해양 생물의 종은 너무 많거든요."

그는 '검색' 버튼을 눌렀다.

"자, 이제 우리의 우주 화석과 비슷한 해양 화석이 발견된 적이 있는지 한번 보죠."

몇 초 뒤 화면에 네 개의 동물 화석이 나타났다. 톨랜드는 하나씩 항목을 눌러 보고 사진을 검토했다. 밀른 운석 안의 화석과 조금이라도 닮은 동물은 없었다.

톨랜드는 미간을 찌푸렸다.

"다른 검색어를 넣어 볼까."

그는 '화석'이라는 단어를 제외하고 다시 검색 버튼을 눌렀다.

"살아 있는 종을 모두 검색할 겁니다. 밀른 화석과 생리학적으로 비슷한 특성을 지닌 생명의 후손이 있을지도 몰라요."

화면이 새로 떴다.

이번에도 톨랜드는 얼굴을 찌푸렸다. 이번에는 수백 개의 항목이 떴던 것이다. 그는 수염이 까칠하게 자란 턱을 쓰다듬었다.

"흠, 이건 너무 많군요. 검색 범위를 다시 좁혀 봅시다."

레이첼은 그가 드롭다운 메뉴 중에서 '서식지' 항목에 접속하는 것을 지켜보았다. 선택 항목은 끝이 없었다. 조수 웅덩이, 늪, 석호, 사주, 해저산맥, 유황구. 톨랜드는 화면을 아래로 내려 '판의 섭입대/해구'라는 항목을 선택했다.

'탁월한 선택이군.'

레이첼은 생각했다. 톨랜드는 콘드룰과 유사한 구조가 생성된다고 가정할 수 있는 환경 근처에 사는 생물들만 선택한 것이다.

화면이 다시 바뀌었다. 이번에는 톨랜드도 미소 지었다.

"좋아. 세 개뿐이네요."

레이첼은 첫 이름을 읽었다. '리물루스 폴리'라는 이름이었다.

톨랜드는 그 항목을 클릭했다. 사진이 떴다. 꼬리가 없는 거대한 투구게 비슷한 모양이었다.

"아니군."

톨랜드는 이전 화면으로 돌아왔다.

레이첼은 두 번째 이름을 읽었다.

'쉬림푸스 어글리우스 프롬 헬루스(Schrimpus Uglius From Hellus).'

그녀는 어리둥절했다.

"이게 진짜 학명인가요?"

톨랜드는 킬킬 웃었다.

"아뇨. 아직 분류되지 않은 새로운 종입니다. 유머감각이 있는 친구가 발견했네요. '지옥에서 온 못난이 새우'라는 이름을 공식학명으로 제안한 겁니다."

그는 사진을 열었다. 수염과 형광 분홍색 더듬이가 달린, 정말 못생긴, 새우를 닮은 종이었다.

"어울리는 이름이군요. 하지만 우리의 우주 곤충은 아닙니다."

그는 다시 목록 화면으로 돌아왔다.

"마지막 항목은……."

그는 세 번째 항목을 눌렀다. 화면이 떴다.

"바시노모스 자이간테우스."

톨랜드가 텍스트를 소리 내어 읽었다. 뒤늦게 사진이 떴다. 커다란 컬러사진이었다.

레이첼은 깜짝 놀랐다.

"맙소사!"

그녀를 노려보고 있는 생물을 보자 소름이 끼쳤다. 톨랜드는 나지막이 한숨을 쉬었다.

"이런. 낯익은 놈인데요."

레이첼은 할 말을 잃고 고개만 끄덕였다. 바시노모스 자이간테우스. 헤엄치는 거대한 이를 닮은 생물이었다. NASA의 암석에 있었던 화석과도 아주 비슷해 보였다.

"미묘한 차이점이 있습니다만."

톨랜드는 화면을 내려 해부도와 스케치를 살펴보았다.

"아주 가깝습니다. 특히 1억 9천만 년이라는 시간 동안 진화했다는 점을 감안하면요."

'정말 가깝군, 너무 가까워.'

레이첼은 생각했다.

톨랜드는 생물 설명을 읽었다.

"해양에서 가장 오래된 종 중의 하나로 추정되는 바시노모스 자이간테우스는 쥐며느리와 유사하게 생긴 심해 청소부 등각류로서 최근에 분류된 희귀종이다. 길이는 60센티미터 정도이며, 머리, 가슴, 배로 나누어진 키틴질의 외골격을 가졌다. 육지에 사는 곤충처럼 쌍으로 된 발, 더듬이, 겹눈을 가지고 있다. 해저에 사는 이 포식자는 아직 알려진 천적이 없으며, 먹이가 없어서 이전에는 생물이 살지 않는다고 추정되었던 심해 대양저에서 서식한다."

톨랜드는 고개를 들었다.

"샘플에 다른 화석이 없었던 것도 설명이 되는군요!"

레이첼은 화면에 떠 있는 생물을 바라보았다. 흥분되었지만 이 모든 것이 무엇을 뜻하는지 완전히 알 수는 없었다. 톨랜드가 들뜬 음성으로 설명했다.

"1억 9천만 년 전 이 바시노무스의 서식처가 심해에서 진흙 사태에 매몰되었다고 생각해 보세요. 진흙은 굳어서 암석이 되고, 생물은 화석이 됩니다. 동시에 해저는 컨베이어 벨트처럼 천천히 해구를 향해 움직여서 화석을 고압력지대로 가져가고, 거기서 콘드룰이 생성된 거예요!"

톨랜드의 말이 빨라졌다.

"콘드룰과 화석이 있는 지각의 일부가 부서져서 섭입대 위쪽 부가대로 밀려 올라오는 건 드물지 않은 일이니까요, 그랬다면 충분히 발견될 수 있는 위치죠!"

"하지만 NASA는…… 이게 모두 거짓말이었다면, NASA도 이 화석을 닮은 해양 생물이 존재한다는 것이 언제라도 밝혀질 수 있다고 충분히 짐작했을 텐데요. 우리가 이렇게 발견했잖아요!"

톨랜드는 바시노모스의 사진을 레이저 프린터로 출력하기 시작했다.
"모르겠어요. 누군가 나서서 그 화석과 현존하는 바다 이의 유사성을 지적했다 해도, 생리학적 특성이 정확히 똑같지는 않으니까요. 오히려 NASA의 발견을 더욱 확실하게 뒷받침해 줬을 겁니다."
그때 레이첼은 문득 깨달았다.
"범종설."
우주에서 날아온 씨앗에 의해 지구에 생명이 생겨났다는 가설이었다.
"맞습니다. 우주생물과 지구생물 사이의 유사성은 과학적으로 충분히 설명 가능하니까요. 이 바다 이가 사실상 NASA의 주장을 더욱 확고하게 해 주는 거예요."
"운석의 진위만 문제되지 않는다면요."
톨랜드는 고개를 끄덕였다.
"일단 운석이 문제되면 모든 것이 무너집니다. 바다 이는 NASA의 친구에서 적으로 돌변하겠죠."
레이첼은 바시노모스 사진이 프린터에서 나오는 것을 조용히 지켜보았다. 이 모든 것이 NASA가 선의로 저지른 실수일 거라고 자신을 납득시키고 싶었지만, 그렇지 않다는 것은 알고 있었다. 선의로 실수를 한 사람이 살인을 할 리가 없다.
갑자기 연구실에서 코키의 코맹맹이 소리가 들려왔다.
"말도 안 돼!"
톨랜드와 레이첼은 그쪽을 돌아보았다.
"빌어먹을! 비율을 다시 재 봐요! 이건 말이 안 돼!"
자비아가 컴퓨터 출력물을 손에 들고 급히 들어왔다. 얼굴이 납빛이었다.
"마이크, 어떻게 말해야 할지 모르겠는데……."
목소리가 갈라졌다.

"이 샘플의 티타늄 대 지르코늄 비율 말인데요."

그녀는 헛기침을 했다.

"NASA가 엄청난 실수를 한 게 확실한 것 같아요. 이 운석은 해양 암석이에요."

톨랜드와 레이첼은 서로 얼굴을 마주 보고 아무 말도 하지 않았다. 그들도 알고 있었다. 그 모든 의혹과 의문이 파도처럼 부풀어 이제 해안에 무너지기 직전이었다.

톨랜드는 서글픈 눈빛으로 고개를 끄덕였다.

"네, 고마워요, 자비아."

"하지만 이해가 안 돼요. 퓨전 크러스트와 이것이 발견된 얼음 속 위치라든지."

"그건 가는 길에 설명할게요. 자, 떠납시다."

레이첼은 얼른 지금까지 찾아낸 모든 서류와 증거를 모았다. 충격적일 정도로 결정적인 증거였다. 밀른 빙붕 아래의 삽입 통로를 뚜렷이 보여 주는 GPR 출력물, NASA의 화석을 닮은 현존하는 바다 이 사진, 폴락 박사의 해양성 콘드룰에 관한 기록, 지르코늄 비율이 극소량밖에 되지 않는 미량분석기 자료.

부정할 수 없는 결론이었다.

'사기였어.'

톨랜드는 레이첼이 들고 있는 종이 다발을 보더니 우울하게 한숨을 내쉬었다.

"음, 어쨌든 윌리엄 피커링에게 증거는 넘겨줄 수 있겠군요."

레이첼은 고개를 끄덕였다.

'그런데 국장님은 왜 전화를 받지 않는 걸까?'

톨랜드는 옆에 있는 전화 수화기를 집어 들고 그녀에게 내밀었다.

"지금 여기서 전화할 겁니까?"

"아뇨. 빨리 출발해요. 헬기에서 연락하는 게 좋겠어요."

레이첼은 피커링과 계속 연락이 안 된다면 그대로 해양경비대 헬기를 타고 300킬로미터밖에 떨어져 있지 않은 NRO까지 곧장 날아갈 생각이었다.

톨랜드는 수화기를 놓으려다 주춤했다. 그는 어리둥절해서 수화기에 귀를 기울였다.

"이상하네요. 신호음이 안 들려요."

"무슨 뜻이에요?"

레이첼은 잔뜩 긴장했다.

"이상하군. 콤샛 직통선이 신호가 끊기는 일은……."

"톨랜드 씨?"

해양경비대 조종사가 하얗게 질린 얼굴로 연구실 안에 들어왔다. 레이첼이 물었다.

"왜 그래요? 누가 오고 있나요?"

"그게 문제입니다. 영문을 모르겠어요. 기내의 레이더와 통신 장비가 다 죽었습니다."

레이첼은 종이 뭉치를 셔츠 깊숙이 집어넣었다.

"헬기에 타요. 지금 당장 출발해야 해요. 빨리!"

109

 가브리엘은 두근거리는 심장을 진정시키며 섹스턴 상원의원의 어두운 사무실을 가로질렀다. 방은 넓고 우아했다. 화려하게 조각한 나무 벽, 유화, 페르시아 양탄자, 가죽 소파, 거대한 마호가니 책상. 섹스턴의 컴퓨터 화면에서 흘러나오는 음산한 빛이 방 안을 밝히고 있었다.
 가브리엘은 책상으로 다가갔다.
 '디지털 오피스'를 광적으로 신봉하는 섹스턴 의원은 넘쳐흐르는 서류함 대신 작고 검색하기 쉬운 단순한 개인용 컴퓨터 안에 디지털 회의록, 기사 스캔, 연설문, 브레인스토밍 자료 등의 방대한 자료를 넣어 두었다. 섹스턴의 컴퓨터는 성역이었고, 그는 그 성역을 보호하기 위해 언제나 사무실 문을 잠그고 다녔다. 성스러운 디지털 금고에 혹시 해커라도 침투할까 봐 인터넷 접속조차 하지 않았다.
 1년 전이었다면 자신의 혐의를 증명하는 결정적인 단서가 되는 서류를 저장할 정도로 어리석은 정치가가 있다고는 믿지 않았을 것이다. 하지만 워싱턴은 그녀에게 많은 것을 가르쳐 주었다. 정보는 힘이다.

가브리엘은 문제가 되는 선거자금을 받는 정치가들이 편지, 은행거래 내역, 영수증, 장부 등 기부금을 받았다는 실질적 증거를 안전한 곳에 보관해 둔다는 것을 알고 놀란 적이 있었다. 워싱턴에서 '샴쌍둥이 보험'이라는 완곡어로 불리는 이 협박 대처 전술은 기부자가 후보에게 부당한 정치적 압박을 가하는 것을 당연하게 생각하는 경우에 대비하여 후보를 보호하는 장치였다. 기부자의 요구가 너무 심해지면, 후보는 불법 기부의 증거를 내놓고 양쪽 다 법을 어겼다는 점을 상기시킨다. 증거는 후보자와 기부자가 영원히 하나의 굴레로 묶인 샴쌍둥이임을 보장해 주는 것이다.

가브리엘은 의원의 책상 뒤로 돌아가서 의자에 앉았다. 그녀는 심호흡을 한 뒤 컴퓨터를 보았다.

'의원이 SFF에서 뇌물을 받고 있다면, 여기 어딘가에 그 증거가 있을 거야.'

컴퓨터 화면보호기는 백악관 사진 여러 장을 담은 슬라이드쇼였다. 컴퓨터 그래픽과 긍정적인 사고에 열광하는 열혈 보좌관 한 사람이 만들어 준 것이었다. 사진 주위에는 글씨가 적힌 색색의 배너가 흘렀다. 미합중국 대통령 세지윅 섹스턴…… 미합중국 대통령 세지윅 섹스턴…… 미합중국…….

가브리엘은 마우스를 움직였다. 보안 대화창이 떴다.

암호를 입력하시오.

예상했던 일이었다. 별 문제가 아니었다. 지난주 가브리엘은 섹스턴이 막 자리에 앉아서 컴퓨터에 접속하려는 순간 사무실에 들어온 적이 있었다. 그때 그녀는 의원이 세 번 빠르게 키를 두드리는 것을 보았다.

"그게 암호인가요?"

그녀는 문간에서 안으로 들어가며 물었다. 섹스턴은 고개를 들었다.

"왜?"

가브리엘은 기분 좋게 놀렸다.

"의원님은 보안 문제에 신경을 많이 쓰시는 줄 알았는데요. 암호가 세 글자밖에 안 돼요? 프로그래머가 최소한 여섯 자리로 하라고 했는데요."

"그 친구들은 10대잖나. 마흔이 넘어서 무작위로 선택한 여섯 자리 글자를 기억하라고 해 보지. 게다가 문에는 경보 장치가 있어. 아무도 못 들어온다고."

가브리엘은 미소 지으며 그쪽으로 다가갔다.

"화장실에 계실 때 누가 몰래 들어오면요?"

"세 자리 암호 조합을 모두 다 넣어 본다고?"

그는 말도 안 된다는 듯 웃었다.

"내가 화장실에 좀 오래 있기는 하지만, 그렇게 오래 있지는 않아."

"다비드에서의 저녁 식사를 걸고, 제가 10초 안에 암호를 맞혀 볼게요."

섹스턴은 흥미로운 표정이었다.

"자네에겐 그럴 만한 돈이 없을 텐데, 가브리엘."

"자신 없으시군요?"

섹스턴은 도전을 받아들이는 것이 미안하다는 얼굴이었다.

"10초라?"

그는 접속을 끊고 가브리엘에게 어디 한번 해 보라고 손짓했다.

"나는 다비드에서 살팀보카만 주문해. 싼 음식이 아니야."

가브리엘은 어깨를 으쓱하며 앉았다.

"어차피 의원님이 내실 텐데요, 뭐."

암호를 입력하시오.

"10초야."

가브리엘은 웃지 않을 수 없었다. 2초면 충분했다. 문간에서 섹스턴이 검지로만 빠르게 세 번 키를 누르는 것을 보았던 것이다. 모두 같은 글자였다. 현명한 선택이 아니었다. 게다가 의원의 손이 키보드 왼쪽 끝에 가 있는 것도 보았다. 그렇다면 알파벳은 9개 중의 하나. 글자를 선택하는 것은 쉬웠다. 섹스턴은 언제나 세지윅 섹스턴 상원의원이라는 세 단어의 두운을 좋아했다.

'정치가의 자의식을 과소평가하면 안 되지.'

그녀는 SSS를 쳤고, 화면보호기가 사라졌다.

섹스턴의 입이 딱 벌어졌다.

그게 지난주였다. 다시 컴퓨터 앞에 앉으면서, 그녀는 섹스턴이 암호를 변경하는 법을 굳이 알아보지 않았을 거라고 확신했다.

'무엇 때문에? 그는 나를 절대적으로 믿는데.'

그녀는 SSS를 쳤다.

잘못된 암호입니다. 접속이 거부되었습니다.

가브리엘은 놀라 화면을 바라보았다.

그녀는 자신에 대한 상원의원의 신뢰 수준을 과대평가했던 것이다.

110

공격은 예고 없이 들이닥쳤다. 고야 호 남서쪽 상공에 공격용 헬기의 윤곽이 거대한 말벌처럼 낮게 나타났다. 그들이라는 사실과, 이곳에 온 목적은 의심할 여지가 없었다.

어둠을 뚫고 헬기 기수에서 스타카토 같은 소리가 울리더니 고야의 파이버글라스 갑판 위에 총알이 빗발치듯 쏟아졌다. 선미에 직선으로 상처가 생겼다. 레이첼은 얼른 몸을 낮추었지만 너무 늦었다. 타는 듯한 통증과 함께 총알이 팔을 스쳤다. 바닥에 쓰러진 그녀는 몸을 굴려 허겁지겁 트리톤 잠수정의 투명 돔 뒤로 숨었다.

그녀는 덜덜 떨며 갑판 위에 누운 채 팔을 붙잡고 톨랜드와 코키를 돌아보았다. 두 사람은 창고 뒤로 뛰어들었다가 겁에 질린 눈으로 하늘을 훑어보며 비틀비틀 일어나고 있었다. 레이첼은 무릎을 짚고 몸을 일으켰다. 세상이 갑자기 슬로모션으로 움직이는 것 같았다.

트리톤 잠수정의 투명 돔 뒤에 쭈그리고 앉은 채, 그녀는 유일한 탈출구인 해양경비대 헬기 쪽을 바라보았다. 자비아는 이미 헬기에 올라

타며 다른 사람들에게 빨리 오라고 손짓하고 있었다. 조종사는 조종석에 뛰어들더니 미친 듯이 스위치와 레버를 올리고 있었다. 날개가 돌아가기 시작했다. 역시 느리게 보였다.

너무 느렸다.

'서둘러!'

레이첼은 일어나서 달릴 준비를 했다. 두 번째 공격이 시작되기 전에 과연 갑판을 가로지를 수 있을지 궁금했다. 등 뒤에서 코키와 톨랜드가 그녀와 헬기 쪽으로 달려오는 소리가 들렸다.

'그래! 서둘러!'

그때 레이첼은 보았다.

90미터 저쪽 상공의 공허한 어둠 속에서 연필처럼 가느다란 붉은 광선이 뻗어 나와 밤공기를 가르며 고야 호의 갑판을 수색했다. 목표물을 찾던 광선은 대기하고 있는 해양경비대 헬기 측면에서 우뚝 멈췄다.

이 광경을 이해하는 데는 1초도 걸리지 않았다. 순간 고야 호의 갑판 위에서 벌어지는 모든 움직임이 온갖 형태와 소리로 이루어진 흐릿한 콜라주처럼 느껴졌다. 이쪽으로 달려오는 톨랜드와 코키, 헬기에서 미친 듯이 손짓하는 자비아, 밤하늘을 가르는 섬뜩한 붉은 광선.

너무 늦었다.

레이첼은 헬기를 향해 전속력으로 달려가는 코키와 톨랜드 쪽으로 휙 돌아섰다. 그녀는 두 사람을 멈춰 세우기 위해 팔을 활짝 펼치고 앞으로 몸을 날렸다. 세 사람은 마주 오는 기차가 부딪히듯 한 덩어리로 엉켜 갑판에 쓰러졌다.

멀리서 흰 불빛이 번득였다. 레이첼은 흰 화염이 레이저 광선을 따라 헬기를 향해 완벽한 일직선으로 날아오는 광경을 겁에 질린 눈으로 바라보았다.

헬파이어 미사일이 동체에 부딪힌 순간, 헬기는 장난감처럼 폭발했다. 열기와 폭음이 갑판을 뒤덮었고 불타는 파편들이 비처럼 쏟아졌다. 헬기는 앙상한 골격만 남은 채 타오르며 갈기갈기 찢긴 꼬리 쪽으로 기울어지더니 잠시 기우뚱하다가 배 뒤쪽 바다로 떨어졌다. 치익 하는 소리와 함께 증기가 솟아올랐다.

레이첼은 눈을 감았다. 숨조차 쉴 수 없었다. 불타는 헬기의 잔해가 급한 물살에 쓸려 고야 호에서 점점 멀어져 가면서 가라앉는 소리가 부글부글 들려왔다. 혼란 속에서 마이클 톨랜드가 고함을 지르고 있었다. 레이첼은 그의 힘센 손이 자신을 일으켜 세우는 것을 느꼈다. 하지만 움직일 수가 없었다.

해안경비대 조종사와 자비아가 죽었다.

'다음은 우리 차례야.'

111

밀른 빙붕의 날씨는 잠잠해졌고 해비스피어는 고요했다. 하지만 NASA 국장 로렌스 엑스트럼은 눈을 붙일 생각조차 하지 않았다. 혼자 몇 시간째 돔을 서성거리며 발굴 갱도를 들여다보기도 하고 새까맣게 그을린 거대한 암석의 홈을 손으로 쓰다듬기도 했다.

그는 마침내 결정을 내렸다.

지금 그는 PSC 트레일러 안의 영상전화기 앞에 앉아서 피곤한 눈으로 미합중국 대통령을 쳐다보고 있었다. 침실 가운 차림의 잭 허니는 달갑지 않은 표정이었다. 엑스트럼은 자신의 말이 끝나면 대통령이 더욱 달갑지 않은 표정을 지을 것임을 알고 있었다.

엑스트럼이 말을 마치자, 허니의 얼굴에 불편한 기색이 떠올랐다. 아직 잠이 덜 깨서 잘못 알아들은 거라고 생각하는 것 같았다.

"잠깐만. 연결 상태가 좋지 않은 게 분명해. 그러니까 국장이 지금 나에게 그런 보고를 한 게 분명한가? NASA가 구조 요청 무전을 통해 운석의 좌표를 가로채고 PODS가 운석을 발견한 것처럼 속였다고?"

엑스트럼은 어둠 속에 홀로 앉아 이 악몽이 어서 끝나기를 기다리며 침묵을 지켰다.

대통령은 이 침묵이 거슬린 모양이었다.

"젠장, 래리. 사실이 아니라고 해!"

엑스트럼의 입술이 바짝 말랐다.

"운석을 발견한 것은 사실입니다. 중요한 것은 그 점입니다."

"사실이 아니라고 말하라니까!"

대통령의 나직한 목소리가 엑스트럼의 귀를 천둥처럼 때렸다.

'말해야 해. 사태가 점점 악화되고 있어.'

"대통령 님, PODS의 실패로 인해 지지율은 떨어지고만 있었습니다. 빙붕 안에 거대한 운석이 있다는 무선통신을 입수했을 때 만회할 수 있는 기회라는 생각이 들었습니다."

허니는 충격을 받은 목소리였다.

"PODS가 발견한 것으로 가장해서?"

"어차피 PODS는 곧 작동을 시작할 예정이었지만, 그건 선거가 끝난 뒤였습니다. 지지율은 떨어지고 있고, 섹스턴은 NASA를 맹공격하고 있고……."

"미쳤군! 자넨 나한테 거짓말을 했어, 래리!"

"절호의 기회였습니다. 그래서 붙잡기로 결정했습니다. 우리는 운석을 발견한 캐나다 과학자의 무선통신을 엿들었습니다. 그는 폭풍을 만나 죽었습니다. 아무도 운석이 거기 있다는 걸 몰랐습니다. PODS도 상공을 돌고 있었고요. NASA는 실적이 필요했고, 우린 좌표를 가지고 있었습니다."

"이런 이야기를 왜 지금 하는 건가?"

"알고 계셔야 한다고 생각했습니다."

"섹스턴이 이 정보를 알아내면 어떻게 나올지 알고 있나?"

엑스트럼은 생각하기조차 싫었다.

"NASA와 백악관이 전 국민에게 거짓말을 했다고 떠들어 댈 거야! 게다가 그 말이 맞고!"

"대통령께서 거짓말을 하신 게 아닙니다. 제가 했습니다. 그렇게 되면 제가 사퇴를……."

"래리, 문제는 그게 아니야. 나는 정직과 품위로 대통령직을 수행하려고 애써 왔어. 빌어먹을! 오늘 밤은 완벽했어. 영광스러웠다고. 한데 내가 전 세계에 거짓말을 했단 말인가?"

"아주 작은 거짓말일 뿐입니다."

"작은 거짓말이란 없네."

허니는 노발대발하며 소리쳤다.

작은 방이 사방에서 조여드는 것 같았다. 대통령에게 해야 할 말이 너무나 많았지만, 내일 아침으로 미루어야 할 것 같았다.

"잠을 깨워서 죄송합니다. 그저 대통령께서도 알고 계셔야 한다고 생각했습니다."

워싱턴 반대편에서는 세지윅 섹스턴이 코냑 한 잔을 더 마시며 자꾸만 불안해지는 기분으로 아파트 안을 서성거리고 있었다.

'가브리엘은 도대체 어디 있는 거야?'

112

 가브리엘 애쉬는 어둠 속에서 섹스턴 의원의 책상 앞에 앉아 의기소침한 눈으로 컴퓨터를 노려보고 있었다.

 잘못된 암호입니다. 접속이 거부되었습니다.

 가능성이 있다고 생각되는 암호 몇 가지를 입력해 보았지만, 모두 아니었다. 혹시 잠기지 않은 서랍이나 단서가 있나 싶어 사무실을 샅샅이 뒤졌지만 결국 포기할 수밖에 없었다. 사무실을 나가려는데, 섹스턴의 책상 위에 놓인 달력에서 뭔가 반짝이는 것이 눈에 띄었다. 누군가 빨간색과 흰색, 청색 반짝이 펜으로 선거일을 표시해 놓은 것이었다. 상원의원은 아니었다. 가브리엘은 달력을 끌어당겼다. 날짜 아래에 반짝이는 글씨로 'POTUS!'라는 감탄사가 적혀 있었다.
 섹스턴의 열정적인 비서가 의원에게 긍정적인 생각을 불어넣기 위해 선거일을 표시해 둔 것 같았다. POTUS란 미합중국 대통령(President Of

The United States)을 뜻하는 백악관 비밀경호국의 암호명이었다. 모든 일이 잘되면 이날 섹스턴은 새로운 POTUS가 될 것이다.

가브리엘은 달력을 제자리에 돌려놓고 일어섰다. 문득 그녀는 다시 멈춰 서서 컴퓨터 화면을 돌아보았다.

암호를 입력하세요.

그녀는 다시 달력을 보았다.
POTUS
갑자기 희망이 솟아올랐다. POTUS는 섹스턴이 좋아할 만한 완벽한 암호라는 생각이 들었던 것이다. 단순하고, 긍정적이고, 자신을 뜻하는 단어다.
그녀는 얼른 단어를 입력했다.
POTUS
그녀는 숨을 죽이며 입력 버튼을 눌렀다. 컴퓨터에서 삐 소리가 났다.

잘못된 암호입니다. 접속이 거부되었습니다.

가브리엘은 힘이 빠져서 포기했다. 그녀는 들어왔던 길로 나가려고 욕실 쪽으로 향했다. 방을 반쯤 지나치는 순간, 휴대전화가 울렸다. 안 그래도 긴장해 있던 가브리엘은 소스라쳤다. 그녀는 우뚝 멈춰 서서 전화기를 꺼내고 섹스턴이 아끼는 주르댕 괘종시계를 확인했다. 새벽 4시가 가까웠다. 이 시간이라면 전화할 사람은 섹스턴뿐이다. 그녀가 어디 있는지 궁금해서 걸었을 것이다.

'받아야 하나, 그냥 내버려 둬야 하나.'
전화를 받으면 거짓말을 해야 한다. 그러나 받지 않으면 섹스턴은 의심할 것이다.

그녀는 전화를 받았다.

"여보세요?"

"가브리엘? 왜 이렇게 오래 걸리나?"

섹스턴은 초조한 목소리였다.

"택시를 타고 가다가 프랭클린 루스벨트 기념관에서 사고가 나는 바람에 길이 막혀서……."

"택시 같지는 않은데."

"네."

심장이 두근거리기 시작했다.

"아닙니다. PODS와 관련된 NASA 관련 자료를 찾아보려고 사무실에 들렀어요. 찾는 데 애를 먹고 있습니다."

"서둘러. 아침에 기자회견을 하려고 하는데, 정확한 정보가 필요해."

"곧 가겠습니다."

잠시 수화기 너머에서 침묵이 흘렀다.

"지금 자네 사무실인가?"

갑자기 혼란스러운 목소리였다.

"네, 10분만 더 있다가 출발하겠습니다."

다시 침묵.

"좋아. 그때 보세."

가브리엘은 전화를 끊었다. 그녀는 너무나 긴장한 나머지 섹스턴이 아끼는 주르댕 괘종시계가 겨우 몇 미터 떨어진 곳에서 크고 또렷하게 삼중으로 특유의 소리를 내는 것도 듣지 못했다.

113

 마이클 톨랜드는 레이첼을 트리톤 뒤쪽으로 끌어당기다가 그녀의 팔에서 흐르는 피를 보고서야 다쳤다는 것을 알았다. 정신이 나간 듯한 얼굴을 보니 아픔도 느끼지 못하는 것 같았다. 톨랜드는 그녀를 부축하며 코키를 찾기 위해 돌아섰다. 천체물리학자는 겁에 질린 눈으로 허둥지둥 갑판을 가로질러 이쪽으로 다가왔다.
 '몸을 숨길 곳을 찾아야 해.'
 톨랜드는 방금 벌어진 무시무시한 상황을 미처 이해하지 못했지만 본능적으로 그렇게 생각했다. 그의 눈은 위로 층층이 쌓인 갑판으로 향했다. 선교로 올라가는 다리는 모두 노출되어 있었고, 선교 자체도 유리 상자였기 때문에 공중에서 바라볼 때는 투명한 과녁이나 다름없었다. 위로 올라가는 것은 자살행위다. 그렇다면 남은 것은 한 방향뿐이었다.
 순간 톨랜드는 트리톤 잠수정을 희망에 찬 눈빛으로 쳐다보았다. 혹시 모두 물 밑으로 내려가서 총알을 피할 수 있지 않을까.

말도 안 된다. 트리톤 호는 1인용이었고, 윈치로 갑판 구멍을 통해 잠수정을 10미터 아래 바다까지 내리려면 족히 10분은 걸린다. 게다가 제대로 충전시킨 배터리와 컴프레서가 없으면 잠수정은 물속에서 그대로 가라앉아 버리고 말 것이다.

"또 온다!"

코키가 겁에 질린 목소리로 하늘을 가리켰다.

톨랜드는 올려다보지도 않았다. 그는 갑판 아래로 내려가는 알루미늄 경사로를 가리켰다. 코키는 재촉하지도 않았는데 고개를 숙이더니 얼른 구멍으로 들어가서 아래로 사라졌다. 톨랜드는 레이첼의 허리에 팔을 단단히 두르고 뒤따랐다. 헬기가 되돌아와서 머리 위로 총알을 흩뿌리기 시작하는 순간, 두 사람은 갑판 아래로 사라졌다.

톨랜드는 삐걱거리는 경사로를 따라 아래층에 붕 떠 있는 바닥까지 레이첼을 부축해서 내려갔다. 아래층에 도착하자 레이첼의 몸이 갑자기 굳었다. 혹시 파편에라도 맞았나 싶어 톨랜드는 휙 돌아보았다.

레이첼의 얼굴을 본 순간, 톨랜드는 다른 이유 때문이라는 것을 알았다. 레이첼의 굳은 시선을 따라 아래층을 내려다본 그는 곧 이유를 알 수 있었다.

레이첼은 꼼짝도 않고 서 있었다. 다리가 움직이지 않았다. 그녀는 발아래 펼쳐진 기괴한 세계를 응시했다.

스와스 쌍동선 설계 때문에, 고야 호는 선체가 없는 대신 거대한 뗏목처럼 받침대 위에 세워져 있었다. 그들은 방금 갑판을 지나 10미터 아래에 성난 바다가 심연처럼 요동치는 통로로 내려온 것이었다. 귀가 멀 듯한 소음이 갑판 아랫면에 반사되어 울려 퍼졌다. 더욱 무시무시한 것은 배의 수중 조명등이 아직 켜져 있어서 발아래 바다 깊숙한 곳까지 녹색으로 비추고 있다는 점이었다. 예닐곱 개의 유령 같은 윤곽들이 물 안에서 움직이고 있었다. 거대한 귀상어들의 긴 그림자가 고무 같은 몸을 앞뒤로 퍼덕거리며 물살을 거슬러 제자리에서 헤엄치고 있었다.

톨랜드의 목소리가 귓가에 들렸다.

"레이첼, 괜찮아요. 앞만 똑바로 쳐다봐요. 내가 바로 뒤에 있습니다."

그의 손이 뒤에서 뻗어 와 난간을 움켜쥔 그녀의 주먹을 부드럽게 풀었다. 순간 레이첼은 진홍색 핏방울이 자신의 팔에서 떨어져 통로에 난 구멍 사이로 떨어지는 것을 보았다. 그녀의 시선은 바다로 떨어지는 핏방울을 따라갔다. 바다에 떨어지는 순간은 보이지 않았지만, 순간 귀상어 떼가 일시에 휙 돌아서더니 강력한 꼬리를 철썩대며 이를 드러내고 지느러미를 서로 부딪히며 맹렬하게 달려들었다.

'종뇌후엽이 발달했습니다. 1.5킬로미터 떨어진 곳에서도 피 냄새를 맡을 수 있죠.'

"앞만 보세요."

톨랜드가 강하고 힘 있는 목소리로 되풀이했다.

"내가 바로 뒤에 있습니다."

레이첼은 그의 손이 자신의 엉덩이를 앞으로 미는 것을 느꼈다. 그녀는 발아래 바다를 외면하려고 애쓰며 걷기 시작했다. 머리 위 어딘가에서 헬기 날개 소리가 다시 들려왔다. 코키는 술 취한 사람처럼 겁에 질려 내달리더니 벌써 저 앞까지 가 있었다.

톨랜드가 소리쳤다.

"반대쪽 받침대까지 쭉 가, 코키! 계단을 내려가!"

레이첼은 이제 자신들이 향하고 있는 목적지를 볼 수 있었다. 저 앞에 지그재그 모양의 경사로가 아래로 뻗어 있었다. 수면 높이에 선반 같은 좁은 갑판이 고야 호의 끝에서 끝까지 이어져 있었고, 거기서 작은 잔교가 마치 소형 선착장처럼 여러 군데 튀어나와 있었다. 커다란 간판에는 이렇게 적혀 있었다.

　잠수 지역
　잠수부가 경고 없이 올라올 수 있습니다.
　선박들은 주의하세요.

레이첼은 톨랜드가 수영을 시킬 생각은 없을 거라고 생각했다. 하지만 그가 통로 옆 철망으로 된 창고 앞에 멈춰 서는 것을 보자 더럭 겁이 났다. 톨랜드가 창고 문을 열자 안에는 잠수복, 스노클, 물갈퀴, 구명조끼, 작살 같은 것들이 잔뜩 걸려 있었다. 그녀가 뭐라 말할 사이도 없이, 그는 손을 내밀어 조명탄 발사기를 꺼냈다.
"갑시다."
그들은 다시 움직이기 시작했다.
저 앞에서 코키는 벌써 지그재그 모양의 경사로를 절반쯤 내려가고 있었다.
"보여!"
그는 울부짖는 파도 소리 위로 즐거운 듯 외쳤다.
'뭐가 보인다는 거지?'
레이첼은 좁은 통로를 달려가는 코키를 보며 생각했다. 보이는 것이라고는 위험스러울 정도로 가까운 데서 철썩거리는, 상어가 득실거리는 바다뿐이었다. 톨랜드는 그녀를 계속 앞으로 밀었고, 순간 레이첼은 코키가 무엇을 보고 흥분했는지 알 수 있었다. 아래 갑판 끝에 작은 모터보트 한 대가 매달려 있었다. 코키는 그쪽으로 달려갔다.
레이첼은 응시했다.
'모터보트로 헬기를 앞지른다고?'
톨랜드가 말했다.

"무전기가 있어요. 헬기의 전파교란 영역에서 빠져나갈 수 있으면……."

레이첼에게는 톨랜드의 말이 끝까지 들리지 않았다. 피가 얼어붙는 듯한 광경이 눈에 들어왔다.

"너무 늦었어요."

그녀는 떨리는 손가락으로 가리키며 말했다.

'우린 끝장이야.'

그쪽을 돌아본 톨랜드 역시 끝장이라는 것을 깨달았다.

마치 동굴 속을 들여다보는 용처럼 검은 헬기가 배 저쪽 끝에서 고도를 낮춰 이쪽을 향하고 있었다. 순간 배 중앙 통로를 지나 곧장 이쪽으로 날아오려는 게 아닌가 하는 생각이 들었다. 하지만 헬기는 비스듬히 방향을 바꾸며 조준을 했다.

톨랜드는 총좌의 방향을 보았다.

'안 돼!'

모터보트 옆에 쭈그리고 앉아 밧줄을 풀던 코키가 고개를 드는 순간, 헬기 아래의 기관총이 천둥 같은 소리를 내며 불을 뿜었다. 코키는 총에 맞은 듯 꼬꾸라졌다. 그는 정신없이 뱃전으로 기어올라 보트 바닥에 납작하게 엎드렸다. 사격이 멈췄다. 코키가 보트 바닥에 좀 더 깊이 몸을 숨기는 모습이 보였다. 오른쪽 다리 아래쪽이 피투성이였다. 조종간 아래 웅크린 채, 코키는 손을 뻗어 조종기를 더듬다가 열쇠를 찾았다. 250마력의 머큐리 엔진이 부르릉거리며 시동이 걸렸다.

잠시 후 헬기 기수에서 붉은 레이저 광선이 뿜어 나오더니 미사일로 보트를 겨냥했다.

톨랜드는 본능적으로 자신이 지닌 유일한 무기를 겨냥했다.

방아쇠를 당기자 손에 든 조명탄 발사기가 쉿 소리를 냈고, 눈부신

빛이 수평으로 배 아래를 관통해서 헬기를 향했다. 하지만 너무 늦었다는 것을 알 수 있었다. 조명탄이 헬기의 앞 유리로 날아가는 순간, 헬기 아래에 붙은 로켓 발사기도 불을 뿜었다. 미사일이 발사되는 순간, 비행기는 화염을 피하기 위해 급격하게 방향을 돌려 시야에서 사라졌다.

"조심해요!"

톨랜드는 레이첼을 통로에 쓰러뜨리며 외쳤다.

진로를 벗어나 코키를 빗나간 미사일은 고야 호 아래를 통과해서 레이첼과 톨랜드가 있는 곳에서 10미터 아래쪽 받침대 아래에 명중했다.

세상이 무너지는 폭음이 메아리쳤다. 발밑에서 물과 화염이 치솟았다. 구부러진 금속 조각이 사방으로 날아 발아래 통로 위로 흩어졌다. 금속과 금속이 부딪히는 소리와 함께 배가 밀리면서 다시 삐딱하게 균형을 잡았다.

연기가 걷히자 고야의 받침대 네 개 중 하나가 심각한 손상을 입은 것이 보였다. 강력한 물살이 선체를 부술 듯이 스치고 지나가자, 아래쪽 갑판으로 이어지는 나선형 계단은 금방이라도 분리되어 바다로 떨어질 것 같았다.

"빨리 와요!"

톨랜드는 소리치며 레이첼을 그쪽으로 밀었다.

'내려가야 해!'

그러나 너무 늦었다. 우지직 하는 소리와 함께 계단은 받침대에서 뜯겨 나와 바다에 떨어졌다.

배 위에서 델타 원은 카이오와 헬기 조종간을 움켜잡고 다시 기체를 바로잡았다. 화염 때문에 앞이 보이지 않는 순간 반사적으로 기체를 위로 당기는 바람에 헬파이어 미사일은 목표물을 놓치고 말았다. 그는 욕설을 내뱉으며 이번에는 배 앞쪽으로 날아가서 일을 끝내기 위해 다시 고도를 늦추었다.
 '모든 탑승자를 제거하라.'
 감독관의 명령은 분명했다.
 "젠장! 저길 봐!"
 델타 투가 뒷자리에서 창밖을 가리키며 외쳤다.
 "모터보트야!"
 델타 원이 뒤를 돌아보니 총에 맞아 벌집이 된 크레스트라이너 모터보트가 고야 호를 떠나 어둠 속으로 멀어지고 있었다.
 결정을 내려야 했다.

114

코키는 바다 위를 가로지르는 크레스트라이너 팬텀 2100 핸들을 피투성이가 된 손으로 꽉 붙잡고 있었다. 그는 출력을 끝까지 올려서 최대한 속도를 냈다. 그제야 지독한 통증이 느껴졌다. 내려다보니 오른쪽 다리에서 피가 철철 흘러나오고 있었다. 순간 현기증이 일었다.

그는 핸들에 몸을 기대고 헬기가 자신을 따라오기를 기도하며 고야호를 돌아보았다. 톨랜드와 레이첼이 통로에 갇히는 바람에 그쪽으로 접근할 수가 없었다. 즉석에서 결정을 내려야 했다.

'나눠서 공략하라.'

헬기를 고야 호에서 최대한 멀리 유인할 수 있다면 톨랜드와 레이첼이 무전기로 구조 요청을 할 수 있을지도 모른다. 그러나 불행히도 어깨 너머로 불이 환한 배를 돌아보니, 헬기는 결정을 내리지 못한 듯 그 자리에서 맴돌고 있었다.

'야, 이 개자식들아! 날 따라오라고!'

그러나 헬기는 따라오지 않았다. 대신 고야 호의 선미 위에서 방향을 바꿔 다시 똑바로 균형을 잡더니 갑판에 착륙했다.

'안 돼!'

코키는 자신이 톨랜드와 레이첼을 죽도록 내버려 두고 혼자 빠져나왔다는 것을 깨달았다.

이제 구조 요청을 할 수 있는 사람은 자신뿐이었다. 코키는 조종간을 더듬어 무전기를 찾아 전원을 올렸다. 그러나 아무 일도 일어나지 않았다. 불도 들어오지 않았고, 소리도 나지 않았다. 볼륨을 끝까지 올렸다. 마찬가지였다.

'제발!'

그는 자세히 살펴보려고 핸들을 놓고 무릎을 꿇었다. 다리에서 욱신거리는 통증이 올라왔다. 그는 무전기에 시선을 집중했다. 믿을 수가 없었다. 조종간이 총알 세례를 받는 바람에 무전기가 박살나 있었다. 끊어진 선이 무전기 앞에서 대롱거렸다. 그는 믿을 수 없다는 표정으로 쳐다보았다.

'하필 빌어먹을 이런 때……'

코키는 후들거리는 무릎으로 다시 일어섰다.

'이보다 더 나쁜 상황이 있을 수 있을까.'

고야 호를 돌아보는 순간, 코키는 그 의문에 대한 답을 얻을 수 있었다. 무장한 군인 두 명이 헬기에서 갑판으로 뛰어내렸다. 헬기는 다시 이륙하더니 코키 쪽으로 방향을 돌려 전속력으로 날아오기 시작했다.

코키는 주저앉았다.

'나눠서 공략하라.'

이 탁월한 전략을 생각해 낸 것은 그 혼자만이 아닌 모양이었다.

갑판을 가로질러 배 아래로 이어지는 경사로에 접근하던 델타 스리는 발아래 어딘가에서 여자가 외치는 소리를 들었다. 그는 돌아서서 델타 투에게 갑판 아래를 확인하러 가겠다는 신호를 보냈다. 파트너는 고개를 끄덕이고 상갑판을 담당하기 위해 위에 남았다. 서로 떨어져도 크립토크로 계속 교신할 수 있었다. 카이오와의 교란 장비는 아군 통신을 위한 비밀 주파수를 남겨 놓았던 것이다.

델타 스리는 총신이 짧은 기관총을 단단히 움켜쥔 채 아래쪽 갑판으로 이어지는 경사로로 조용히 접근했다. 그는 숙련된 저격수다운 민첩한 동작으로 총을 겨눈 채 조금씩 내려가기 시작했다.

경사로가 기울어서 앞이 잘 보이지 않았기 때문에, 델타 스리는 시야를 좀 더 확보하기 위해서 몸을 낮추었다. 여자가 외치는 소리가 좀 더 또렷이 들렸다. 그는 계속 내려갔다. 계단을 절반쯤 내려가자 고야호 아래로 미로처럼 꼬불꼬불하게 붙어 있는 통로를 알아볼 수 있었다. 고함 소리는 점점 더 커졌다.

그때 여자가 보였다. 좌우로 이어지는 통로 중간쯤에서, 레이첼 섹스턴이 난간 밖을 내려다보며 물 쪽을 향해 마이클 톨랜드의 이름을 애타게 부르고 있었다.

'톨랜드가 빠졌나? 폭발 때문에?'

그렇다면 델타 스리의 일은 생각보다 더 쉬워진다. 몇 미터만 더 내려가서 총을 쏘면 된다. 통 안에 든 물고기를 잡는 격이다. 레이첼이 열린 도구함 옆에 서 있다는 것이 유일한 걱정이었다. 그건 작살이나 상어사냥용 총을 가지고 있을지도 모른다는 뜻인데, 그래 봤자 기관총에는 상대가 안 될 것이다. 상황을 완전히 지배하고 있다는 자신감을 가지고, 델타 스리는 총을 겨눈 채 한 걸음 더 내려갔다. 레이첼 섹스턴이 이제 거의 완전히 시야에 들어왔다. 그는 총을 들어 올렸다.

'한 걸음만 더.'

등 뒤, 계단 아래에서 갑자기 움직이는 소리가 들렸다. 무섭다기보다 어리둥절한 기분으로 아래를 내려다보니, 마이클 톨랜드가 알루미늄 장대를 그의 발밑으로 찔러 넣고 있었다. 델타 스리는 함정에 빠졌다는 것을 알았지만 발을 걸어 넘어뜨리겠다는 시시한 수법에 코웃음을 쳤다.

그때 장대가 발뒤꿈치를 건드렸다.

엄청난 충격과 함께 오른발이 폭발하면서 작열하는 고통이 온몸을 관통했다. 델타 스리는 균형을 잃고 계단을 굴렀다. 기관총은 덜걱거리며 경사로를 미끄러지다가 아래로 떨어졌다. 그는 고통스럽게 몸을 웅크려 오른발을 붙잡으려 했지만, 발은 이미 거기에 없었다.

톨랜드는 아직도 연기가 피어오르는 1.5미터 길이의 파워헤드 상어 조종 장치를 움켜쥔 채 공격자를 내려다보았다. 알루미늄 장대 끝에는 압력을 감지해서 자동으로 발사되는 12구경 산탄총 실탄이 장착되어 있었다. 상어의 공격을 대비한 자기방어용 무기였다. 톨랜드는 실탄을 다시 장착하고 연기가 피어오르는 장대 끝으로 공격자의 목을 겨누었다. 그는 마비된 듯 누운 채 놀라움과 분노, 고통이 섞인 표정으로 톨랜드를 올려다보았다.

레이첼이 통로를 따라 달려왔다. 애당초 상대의 기관총을 빼앗기 위한 계획이었지만, 불행히도 총은 통로를 넘어 바다에 빠져 버렸다.

군인이 허리에 찬 통신 장비가 지직거렸다. 로봇 같은 목소리가 흘러나왔다.

"델타 스리? 응답하라. 총성이 들렸다."

남자는 움직이지 않았다. 장비가 다시 지직거렸다.

"델타 스리? 대답하라. 지원이 필요한가?"

즉시 새로운 음성이 흘러나왔다. 역시 로봇 같은 음성이었지만, 이번에는 배경에 헬기 소음이 섞여 있었다.

"델타 원이다. 도망치는 배를 추적하고 있다. 델타 스리, 응답하라.

공격당했나? 지원이 필요한가?"

톨랜드는 장대로 남자의 목을 눌렀다.

"모터보트에서 물러나라고 헬기에 전해. 내 친구를 죽이면 너도 죽는다."

군인은 고통에 얼굴을 찌푸리며 통신 장비를 입술에 갖다 댔다. 그는 톨랜드를 똑바로 쳐다보면서 버튼을 누르더니 말했다.

"델타 스리다. 나는 괜찮다. 도망치는 배를 공격하라."

115

 가브리엘 애쉬는 섹스턴의 개인 화장실로 돌아와서 사무실을 빠져나갈 준비를 했다. 섹스턴에게서 걸려 온 전화 때문에 왠지 초조한 기분이었다. 그녀가 사무실에 있다고 했을 때, 분명 그는 마치 거짓말이라는 것을 알고 있는 것처럼 망설였다. 어쨌든 섹스턴의 컴퓨터에 접속하는 것은 실패했고, 이제 어떻게 해야 할지 알 수 없었다.
 '섹스턴이 기다리고 있어.'
 세면대에 발을 딛고 올라가려던 그녀는 타일 바닥에 뭔가 쨍그랑 하고 떨어지는 소리를 들었다. 내려다보니 섹스턴의 커프스 단추였다. 세면대 가장자리에 놓아두었던 모양이었다.
 '물건은 있던 자리에 그대로 두어야지.'
 가브리엘은 도로 내려와서 커프스 단추를 집어 들고 세면대 가장자리에 놓았다. 다시 올라가려는 순간, 그녀는 멈칫하며 커프스 단추를 다시 응시했다. 다른 날이라면 무시했겠지만, 오늘 밤은 유독 단추에 새겨진 모노그램이 눈에 들어왔다. 섹스턴이 가지고 있는 모노그램이다 그렇듯, 역시 여기에도 두 글자가 서로 얽힌 형태로 새겨져 있었다. SS. 섹스턴이 처음 쓰던 컴퓨터 암호가 떠올랐다. SSS. 그녀는 달력을 떠올렸다. POTUS. 긍정적인 문구가 끝없이 흘러가던 백악관 화면보호기.

미합중국 대통령 세지윅 섹스턴…… 미합중국 대통령 세지윅 섹스턴…… 미합중국 대통령…….

가브리엘은 잠시 서서 생각했다.

'설마 그렇게 자신만만했을려고?'

확인하는 데는 얼마 걸리지 않는다. 가브리엘은 서둘러 섹스턴의 사무실로 돌아가 컴퓨터를 켠 뒤 일곱 글자로 된 암호를 입력했다.

POTUSSS

화면보호기가 즉시 사라졌다.

그녀는 믿을 수 없다는 듯 바라보았다.

'정치가의 자의식을 과소평가하면 안 돼.'

116

코키 말린슨은 밤의 어둠 속으로 질주하는 크레스트라이너 팬텀 모터보트 핸들 앞에 앉아 있지 않았다. 핸들을 잡든 잡지 않든 일직선으로 간다는 것은 알고 있었다.

'저항이 가장 약한 경로를 따라…….'

코키는 아래위로 출렁이는 보트 뒤쪽에서 다리에 난 상처를 살펴보고 있었다. 종아리 앞쪽으로 들어온 총알은 간신히 뼈를 빗나갔다. 뒤쪽에 총알이 빠져나간 구멍이 없으니, 총알은 아직 다리 안에 박혀 있을 것이다. 그는 지혈할 만한 물건을 찾아보았지만 아무것도 없었다. 오리발 몇 개, 스노클, 구명조끼뿐이었다. 구급상자도 없었다. 황급히 작은 사물함을 열어 보았지만, 안에는 공구, 헝겊, 덕트 테이프, 오일, 기타 정비 도구가 들어 있었다. 그는 피투성이가 된 다리를 쳐다보며 상어 서식지를 벗어나려면 얼마나 더 가야 할지 생각했다.

아마 지금까지보다는 훨씬 더 멀리 가야 할 것이다.

델타 원은 바다 위를 저공비행하며 도망친 크레스트라이너를 찾아 어둠 속을 훑어보고 있었다. 그는 모터보트가 육지 쪽으로 방향을 잡고 최대한 고야 호와 거리를 벌리려 한다고 추측하고 크레스트라이너의 원래 궤적을 뒤쫓아 왔다.

'지금쯤 벌써 따라잡았어야 하는데.'

보통은 도망치는 배를 뒤쫓을 때 레이더를 사용하지만, 카이오와 교란 장치가 몇 킬로미터 반경까지 열소음을 방출하고 있기 때문에 레이더는 무용지물이었다. 고야 호 탑승자가 모두 죽었다는 것을 확인하기 전에는 교란 장치를 끌 수 없었다. 오늘 저녁 고야 호에서 긴급 구조전화가 발신되는 일이 있어서는 안 된다.

'운석의 비밀은 영원히 사라진다. 바로 여기서, 지금.'

다행히 델타 원에게는 다른 추적 수단이 있었다. 바다에서는 기괴할 정도로 뜨거운 열기가 솟아오르고 있었지만, 모터보트의 열을 감지하는 것은 간단했다. 그는 열감지장치를 켰다. 주변 바다는 95도를 기록하고 있었지만, 250마력으로 달리는 보트의 엔진 열은 수백 도나 더 뜨거웠다.

코키 말린슨은 다리와 팔에 감각이 없었다.

그는 무엇을 해야 할지 몰라서 다친 종아리를 헝겊으로 닦은 뒤 상처를 덕트 테이프로 여러 겹 둘렀다. 테이프가 다 떨어졌을 때는 발목부터 무릎까지 종아리 전체가 둘둘 싸여 있었다. 출혈은 멈추었지만, 옷과 손은 아직도 피투성이였다.

코키는 도망치는 크레스트라이너 바닥에 주저앉은 채 헬기가 왜 아직 자신을 찾아내지 못했는지 궁금했다. 그는 저 멀리 고야 호와 쫓아오는 헬기가 보일 거라고 생각하고 등 뒤 수평선을 둘러보았다. 이상하게도 둘 다 보이지 않았다. 고야 호의 불빛조차 보이지 않았다.

'그렇게 멀리 오지는 않았을 텐데?'

갑자기 도망칠 수 있다는 희망이 솟았다. 어쩌면 어두워서 놓쳤을지도 모른다.

'해안까지 갈 수 있을지도 몰라!'

바로 그 순간, 코키는 등 뒤 보트가 일으킨 물살의 궤적이 직선이 아니라는 것을 깨달았다. 궤적은 일직선이 아니라 약간 둥글게 달린 듯 곡선을 그리고 있었다. 어리둥절한 코키는 거대한 커브를 그렸다고 생각하고 궤적을 따라가 보았다. 그러자 곧 그것이 눈에 들어왔.

고야 호는 왼쪽으로 1킬로미터도 떨어지지 않은 지점에 있었다. 코키는 그제야 기겁을 하며 자신의 실수를 깨달았다. 핸들을 잡고 있는 사람이 없었기 때문에, 크레스트라이너는 메가플럼의 소용돌이치는 강력한 해류로 인해 끊임없이 한쪽으로 밀렸던 것이다.

'난 원을 그리며 돌고 있었어!'

그는 제자리로 돌아가고 있었다.

아직 상어가 득실득실한 메가플럼 안이라는 사실을 깨닫자 톨랜드의 무시무시한 말이 떠올랐다.

'큰귀상어들은 종뇌후엽이 발달했습니다. 1.5킬로미터 떨어진 곳에서도 피 냄새를 맡을 수 있죠.'

코키는 덕트 테이프로 둘둘 감은 피투성이 다리와 손을 내려다보았다.

곧 헬기가 나타날 것이다.

코키는 피묻은 옷을 벗어 던지고 벌거벗은 채 서둘러 배 뒤쪽으로 향했다. 그는 상어가 보트의 속도를 따라올 수 없다는 것을 알고 보트가 일으키는 바닷물 거품에 최대한 깨끗이 몸을 씻었다.

피가 한 방울이라도 떨어지면…….

어둠 속에서 벌거벗은 채 다시 몸을 일으킨 코키는 이제 남은 방법이 하나밖에 없다는 것을 깨달았다. 동물은 오줌으로 자신의 영역을 표시한다. 요산은 동물의 몸이 만들어 내는 액체 중에서 가장 강한 냄새를 지니고 있기 때문이다.

'피보다 더 냄새가 강해야 할 텐데.'

오늘 밤 맥주라도 몇 잔 마셨다면 얼마나 좋았을까 생각하며, 코키는 다친 다리를 뱃전에 걸치고 덕트 테이프 위에 오줌을 싸려고 애썼다.

'제발!'

그는 기다렸다. 헬기가 날 쫓아오고 있는데 온몸에 오줌까지 싸야 하다니.

마침내 오줌이 나왔다. 코키는 덕트 테이프가 완전히 젖도록 오줌을 쌌다. 그런 다음 방광에 남은 마지막 한 방울까지 다 짜내서 헝겊을 적신 뒤에 온몸에 발랐다.

'아주 향기롭군.'

머리 위 캄캄한 하늘에서 붉은 레이저 광선이 나타나더니 번쩍이는 거대한 기요틴 칼날처럼 이쪽으로 다가왔다. 비스듬한 방향에서 나타난 것으로 보아 코키가 고야 호 쪽으로 되돌아온 것을 예측하지 못한 것 같았다.

코키는 얼른 구명조끼를 입고 빠르게 달리는 보트 뒤쪽으로 향했다. 피투성이가 된 보트 바닥 1.5미터 저쪽에 붉은 점이 나타났다.

때가 왔다.

고야 호의 마이클 톨랜드는 크레스트라이너 팬텀 2100이 화염과 연기를 일으키며 폭발하는 것을 보지 못했다.

그러나 폭발음은 들었다.

117

 웨스트 윙은 보통 이 시간이면 조용하지만, 대통령이 느닷없이 침실 가운과 슬리퍼 차림으로 나타나자 보좌관들과 상주 직원들은 침대에서 벌떡 일어나 서둘러 숙소를 뛰쳐나왔다.
 "텐치 씨를 찾을 수 없습니다."
 젊은 보좌관이 대통령을 따라 집무실로 급히 들어오며 말했다. 사방을 다 찾아본 모양이었다.
 "호출기도 휴대전화도 안 됩니다."
 대통령은 답답한 얼굴이었다.
 "혹시……."
 "백악관을 나갔습니다."
 다른 보좌관이 급히 들어와서 알렸다.
 "한 시간 전에 퇴근 기록을 했습니다. NRO에 간 것 같습니다. 전화교환원 말로는 오늘 밤 피커링 국장과 통화했다고 합니다."
 "윌리엄 피커링?"

대통령은 어리둥절한 것 같았다. 텐치와 피커링은 그리 다정한 사이가 아니었다.

"피커링에게 연락해 봤나?"

"역시 전화를 안 받습니다. NRO 교환원도 연결이 안 된다고 합니다. 휴대전화는 신호조차 가지 않는다고 하는군요. 마치 온데간데없이 사라진 것 같습니다."

허니는 잠시 보좌관을 지켜보다가 술장으로 다가가서 버번 한 잔을 따랐다. 잔을 입술에 가져다 대는데, 대통령 경호원이 급히 들어왔다.

"대통령 님? 잠을 깨울 생각은 없었습니다만, 오늘 밤 프랭클린 루스벨트 기념관에서 자동차 폭발 사고가 있었습니다."

"뭐야?"

허니는 술잔을 떨어뜨릴 뻔했다.

"언제?"

"한 시간 전입니다."

보좌관의 얼굴은 어두웠다.

"**FBI**가 방금 피해자의 신원을 확인했습니다."

118

델타 스리의 발은 통증에 울부짖고 있었다. 흐릿한 의식 속에서 둥둥 떠다니는 느낌이었다.
'이게 죽음인가?'
움직이려고 해 보았지만 몸은 마비된 것 같았고 호흡조차 힘들었다. 시야도 흐릿했다. 바다에서 크레스트라이너가 폭발하는 소리가 들리자 자신을 굽어 보던 마이클 톨랜드가 분노에 찬 눈으로 자신의 목에 장대를 갖다 대던 모습이 떠올랐다.
'톨랜드가 나를 죽인 게 틀림없어……'
그러나 오른발의 맹렬한 통증은 아직 살아 있다는 사실을 알려 주고 있었다. 서서히 기억이 되살아났다. 크레스트라이너의 폭발음이 들리자, 톨랜드는 친구가 죽었다는 사실에 격분해서 고함을 질렀다. 그리고 이글거리는 눈으로 델타 스리를 돌아보더니 그의 목을 당장이라도 찌를 태세로 장대를 들어 올렸다. 그러나 순간 인간의 양심으로 도저히 그럴 수가 없는지 망설였다. 톨랜드는 좌절감과 분노로 격렬하게 장대를 던져 버리고 부츠로 델타 스리의 갈기갈기 찢어진 발을 걷어찼다.

마지막으로 기억나는 것은 끔찍한 통증으로 구역질을 하면서 온 세상이 암흑 속으로 사라지던 순간이었다. 이제 의식은 돌아왔지만 얼마나 오래 이렇게 의식을 잃고 있었는지 알 수 없었다. 팔은 등 뒤에서 선원들만 맬 수 있는 매듭으로 단단히 묶여 있었고, 다리 역시 등 뒤로 구부러져서 손목에 같이 묶여 있었다. 몸이 뒤로 휜 자세를 취하고 있었기 때문에 옴짝달싹할 수가 없었다. 고함을 지르려고 했지만 소리가 나오지 않았다. 입안에 뭐가 가득 차 있었다.

무슨 일이 벌어지고 있는지도 알 수 없었다. 그때 차가운 산들바람이 느껴지면서 밝은 불빛이 보였다. 그는 자신이 고야 호의 주갑판에 있다는 사실을 깨달았다. 도움을 청하려고 몸을 비튼 그는 무시무시한 광경을 보았다. 뒤틀린 채 누워 있는 자기 자신의 모습이 고야 호의 심해잠수정 플렉시글라스 유리에 비쳤다. 잠수정은 그의 눈앞에 매달려 있었고, 델타 스리는 자신이 갑판 바닥에 있는 거대한 문 위에 누워 있다는 것을 깨달았다. 그때 이보다 더 불길한 의문이 떠올랐다.

'내가 갑판 위에 있다면 델타 투는 어디 있지?'

델타 투는 점점 불안해졌다.

파트너가 크립토크로 괜찮다는 통신을 보내긴 했지만, 아래에서 들려온 한 발의 총성은 기관총 소리가 아니었다. 톨랜드나 레이첼 섹스턴이 무기를 발사한 것이 분명했다. 델타 투는 입구 쪽으로 다가가서 파트너가 내려간 경사로를 내려다보았다. 핏자국이 눈에 띄었다.

그는 총을 들어 올리고 갑판 아래로 내려왔다. 핏자국은 통로를 따라 배 앞쪽까지 이어지고 있었다. 여기서 핏자국은 다시 다른 경사로를 따라 주갑판으로 이어졌다. 델타 투는 점점 불안해지는 기분으로 진홍색의 긴 자국을 따라 옆 갑판을 통해 배 뒤쪽으로 향했다. 핏자국은 다시 그가 처음에 내려왔던 경사로 입구를 지나가고 있었다.

'도대체 어떻게 된 거야?'

핏자국은 거대한 원을 그리고 있는 것 같았다.

그는 총을 겨눈 채 조심스럽게 고야 호의 실험실 입구를 지나쳤다. 핏자국은 선미 갑판으로 이어졌다. 그는 조심스럽게 모퉁이를 휙 돌았다. 핏자국을 따라가던 그의 시선이 한곳에 고정되었다.

'맙소사!'

결박당하고 재갈이 물린 델타 스리가 고야 호의 작은 잠수정 바로 앞에 형편없는 몰골로 쓰러져 있었다. 멀리서 보아도 오른쪽 다리 상당 부분이 날아간 것을 알 수 있었다.

델타 투는 함정을 경계하며 총을 들어 올리고 앞으로 다가갔다. 델타 스리는 뭔가 말을 하려고 발버둥치고 있었다. 자세히 보니 무릎이 등 뒤로 젖혀져서 묶여 있었던 덕분에 발의 출혈 속도가 느려져서 아직 목숨이 붙어 있는 것 같았다.

잠수정에 접근하는 동안, 델타 투는 가만히 앞만 바라보고도 뒤를 확인하는 호사를 누릴 수 있었다. 이쪽 갑판 전체가 잠수정의 둥근 조종실 돔에 비치고 있었던 것이다. 델타 투는 발버둥치는 동료에게 다가갔다. 동료의 눈빛은 경고를 보내고 있었지만, 그걸 깨달았을 때는 너무 늦었다.

느닷없이 은색 불빛이 번쩍 일었다.

트리톤 조종용 집게발이 갑자기 앞으로 움직이더니 델타 투의 왼쪽 허벅지를 무시무시한 힘으로 꽉 움켜잡았다. 떼어내려고 해 보았지만, 집게발은 더욱 힘을 주었다. 그는 뼈가 부러지는 아픔에 비명을 질렀다. 그의 시선이 잠수정 조종석으로 향했다. 그제야 유리에 반사된 갑판 안에 숨겨진 트리톤 내부가 시야에 들어왔다.

마이클 톨랜드가 잠수정 안에서 집게발을 조종하고 있었다.

'어리석은 생각이야.'

델타 투는 이를 갈며 통증을 참고 기관총을 어깨에 댔다. 그는 플렉시글라스 돔 반대편에서 겨우 1미터 떨어져 있는 톨랜드의 왼쪽 가슴을 겨냥했다. 방아쇠를 당겼고, 총이 발사되었다. 속아 넘어간 데 분한 나머지, 그는 마지막 탄피가 갑판에 떨어지고 약실이 텅 빌 때까지 방아쇠를 움켜잡고 있었다. 그는 숨을 씩씩거리며 총을 내리고 갈기갈기 찢어진 돔을 노려보았다.

"죽었어!"

군인은 집게발에서 다리를 떼어내려고 애쓰며 내뱉었다. 몸을 돌리자 쇠로 된 죔쇠가 살갗을 찢고 깊은 상처를 냈다.

"빌어먹을!"

그는 벨트에 찬 크립토크로 손을 뻗었다. 한데 통신 장비를 입술에 올리는 순간, 눈앞에서 두 번째 로봇 팔이 덮치더니 그의 오른팔을 잡았다. 크립토크는 갑판에 떨어졌다.

순간 델타 투는 눈앞의 창문에서 유령을 보았다. 희끄무레한 얼굴이 옆으로 몸을 기울이더니 멀쩡한 유리창 사이로 밖을 내다보았다. 놀라서 돔 중간을 본 델타 투는 총알이 두꺼운 유리를 관통하지 못했다는 것을 깨달았다. 돔에는 곰보딱지만 잔뜩 나 있었다.

잠시 후 잠수정 위쪽의 문이 열리더니 마이클 톨랜드가 나타났다. 불안해 보이긴 했지만 상처 하나 없었다. 그는 알루미늄 계단을 통해 갑판에 내려선 뒤 망가진 돔 유리창을 쳐다보았다.

"이 플렉시글라스의 강도는 제곱인치당 45만 킬로그램이야. 더 큰 총이 필요한 것 같군."

해중 실험실 안의 레이첼은 시간이 다 되어 가고 있다는 것을 알았다. 바깥 갑판에서 총성이 들렸다.

'제발 모든 일이 톨랜드가 계획했던 그대로 진행되었어야 할 텐데.'

운석 사기극을 꾸민 것이 누구인지는 더 이상 관심도 없었다. NASA 국장이든, 마저리 텐치든, 대통령 본인이든, 더 이상 그런 것은 중요하지 않았다.

'절대 몰래 빠져나가지 못해. 범인이 누구든, 진실을 공개해야 해.'

팔에 난 상처에서는 출혈이 멈추었고, 온몸에 아드레날린이 솟구쳐서 통증을 잊게 해 주고 집중력을 더욱 높여 주었다. 그녀는 펜과 종이를 찾아 두 줄의 메시지를 적었다. 무뚝뚝하고 어색한 표현이었지만, 지금은 아름다운 문장 따위를 찾을 시간이 없었다. 그녀는 결정적인 증거가 되는 서류 뭉치에 메모를 끼워 넣었다. GPR 출력물, 바시노모스 자이간테우스의 사진, 해양 콘드룰에 대한 자료와 사진, 전자미량 분석기 출력물 등이었다. 운석은 사기였고, 이것이 그 증거였다.

레이첼은 종이 뭉치를 해중 연구소의 팩스기에 넣었다. 외우고 있는 팩스 번호가 몇 개 없었기 때문에 선택의 여지는 별로 없었지만, 이미 서류를 보낼 사람은 정해 놓고 있었다. 그녀는 숨을 참으며 조심스럽게 수신인의 팩스 번호를 찍었다.

그녀는 자신이 수신인을 현명하게 선택했기를 기도하며 '발송' 버튼을 눌렀다.

팩스기에서 삑 소리가 났다.

에러 : 신호가 가지 않습니다.

예상했던 일이었다. 고야 호의 통신 장비는 아직 전파 교란의 영향을 받고 있었다. 그녀는 집에서처럼 작동하기를 바라며 그대로 서서 기다렸다.

'제발!'

5초 뒤, 기계는 다시 삑 소리를 냈다.

재발신 중……

'그래!'
레이첼은 기계가 똑같은 작동을 끝없이 반복하는 것을 지켜보았다.

에러 : 신호가 가지 않습니다.
재발신 중……
에러 : 신호가 가지 않습니다.
재발신중……

레이첼은 팩스기가 신호를 찾도록 내버려 둔 채 해중 실험실을 뛰쳐나왔다. 그때 머리 위에서 헬기 날개의 굉음이 들려왔다.

119

고야 호에서 260킬로미터 떨어진 곳에서 가브리엘 애쉬는 섹스턴 상원의원의 컴퓨터 화면을 충격에 가득 찬 눈으로 응시하고 있었다. 그녀의 의심은 옳았다.

하지만 이 정도로 옳을 거라고는 그녀도 미처 예상하지 못했다.

그녀가 보고 있는 것은 민간 우주항공사에서 섹스턴 앞으로 발행해 케이먼 군도의 계좌에 예치시켜 놓은 수십 장의 은행 수표 스캔본이었다. 가장 적은 액수가 1만 5천 달러였다. 50만 달러가 넘는 수표도 몇 장 있었다.

'푼돈이야.'

의원은 그렇게 말했다.

'모든 후원금은 최고 2천 달러 한도 안이야.'

섹스턴은 줄곧 거짓말을 해 온 것이 분명했다. 가브리엘은 어마어마한 규모의 불법선거자금을 보고 있었다. 배신감과 환멸이 심장을 옥죄어 왔다.

'그는 거짓말을 했어.'

바보가 되어 버린 것 같았다. 더러운 기분이었다. 하지만 무엇보다도 분노가 치밀어 올랐다.

가브리엘은 이제 어떻게 해야 할지 알 수 없는 기분으로 혼자 어둠 속에 앉아 있었다.

120

고야 호 상공에서 선미 위를 선회하면서 아래를 내려다보던 델타 원의 시선은 전혀 예상치 못했던 광경에 못박혔다.

마이클 톨랜드가 작은 잠수정 옆 갑판에 서 있었다. 거대한 곤충에게 잡히기라도 한 듯, 잠수정의 로봇 팔에 델타 투가 붙잡힌 채 부질없이 바둥거리고 있었다.

'도대체 이게 뭐야!'

더욱 놀라운 것은 방금 갑판으로 나온 레이첼 섹스턴이 잠수정 발치에 묶인 채 피를 흘리고 있는 남자 위에 버티고 서는 광경이었다. 남자는 델타 스리라고밖에 생각할 수 없었다. 레이첼은 델타 포스의 기관총으로 그를 겨눈 채 어디 공격해 보라는 듯 헬기를 노려보았다.

순간 도대체 어떻게 이런 일이 일어날 수 있는지 멍한 기분이었다. 빙붕에서 델타 포스가 저지른 실수는 드물지만 있을 수 있는 일이었다. 그러나 이것은 상상할 수조차 없는 상황이었다.

평상시였다 해도 견딜 수 없는 굴욕감을 느꼈을 것이다. 그러나 좀

처럼 현장에 출동하지 않는 인물이 헬기 안에 동승하고 있었기 때문에, 오늘 밤 느끼는 굴욕감은 몇 배나 더 컸다.

감독관이었다.

프랭클린 루스벨트 기념관에서 작전을 수행한 뒤, 감독관은 델타 원에게 백악관 부근의 한적한 공원으로 날아오라고 지시했다. 그는 감독관의 지시에 따라 나무 사이 풀밭에 헬기를 착륙시켰고, 근처에 차를 세워 두었던 감독관이 어둠 속에서 걸어 나와 카이오와에 탑승했다. 몇 초 뒤 헬기는 다시 하늘을 날고 있었다.

작전에 감독관이 직접 참여하는 것은 극히 이례적이었지만 델타 원은 불평할 수가 없었다. 감독관은 델타 포스가 밀른 빙붕에서 저지른 실수를 불쾌하게 생각했고 여러 관련자들의 의심과 조사가 더욱 늘어날 수 있는 상황이라 최종 단계는 직접 감독하겠다고 델타 원에게 통보했던 것이다.

그렇게 동승한 감독관은 지금 델타 원 같은 사람이 절대 저지른 적이 없는 실수를 두 눈으로 목격하고 있었다.

'끝내야 해. 지금 당장.'

카이오와에서 고야 호의 갑판을 내려다보던 감독관은 도대체 어떻게 이런 일이 일어날 수 있을까 생각했다. 제대로 된 일이 하나도 없었다. 운석에 대한 의혹, 빙붕에서의 암살 실패, 프랭클린 루스벨트에서 고위급 인사를 죽이지 않을 수 없었던 상황.

"감독관 님."

델타 원은 고야 호 갑판에서 벌어진 상황을 내려다보며 치욕을 견딜 수가 없는지 말을 더듬었다.

"이건 정말 상상조차……."

'나도 마찬가지야.'

감독관은 생각했다. 목표물을 턱없이 과소평가했던 것이 분명했다.

감독관은 밖에서는 안이 보이지 않는 헬기 앞유리창을 단호하게 응시하며 입 앞으로 크립토크 통신 장치를 들어 올리는 레이첼 섹스턴을 내려다보았다. 그녀의 합성 음성이 카이오와 안에 지직거렸다. 감독관은 헬기를 물리거나 구조 신호를 보낼 수 있도록 전파 교란 장치를 끄라는 요구가 나올 것이라고 생각했다. 그러나 레이첼 섹스턴의 말은 그보다 더 무시무시했다.

"너무 늦었어. 사실을 알고 있는 건 우리뿐만이 아니야."

이 말이 잠시 조용한 헬기 안에 메아리쳤다. 억지 주장인 것 같기도 했지만 만에 하나 진실일 가능성이 있었기 때문에, 감독관은 잠시 침묵을 지켰다. 전체 프로젝트가 성공하려면 진실을 아는 모든 사람을 제거해야 하는데, 너무나 많은 피를 흘린 만큼 이번 살인으로 과연 작전을 끝낼 수 있을 것인지 확신할 수 있어야 했다.

'누군가 다른 사람이 알고 있단 말인가.'

기밀 정보 취급에 있어 규정을 엄격하게 준수한다는 레이첼 섹스턴의 평판을 감안할 때, 그녀가 이 정보를 외부인에게 알렸다고 믿기는 어려웠다.

레이첼은 다시 크립토크에 대고 말했다.

"지금 물러가면 당신 부하들은 살려 주겠어. 하지만 조금이라도 다가오면 둘 다 죽어. 어느 쪽이든 진실은 밝혀질 거야. 더 이상 피해를 보지 않으려면 물러나."

"허풍을 떠는군."

감독관은 자신의 목소리가 레이첼 섹스턴에게는 중성적인 기계 음성으로 전달된다는 것을 알고 말했다.

"넌 아직 아무에게도 알리지 않았어."

"어디 도박을 한번 해 보시지."

레이첼은 대꾸했다.

"아까 윌리엄 피커링 국장과 연락이 되지 않기에 겁이 나서 보험을 들어 놨어."

감독관은 얼굴을 찌푸렸다. 그럴 듯했다.

"믿지 않는 것 같아요."

레이첼은 톨랜드를 보며 말했다.

집게발에 매달린 군인은 억지로 미소를 지어 보였다.

"그 총에는 실탄이 없어. 이제 헬기가 널 날려 버릴 거야. 너희 둘 다 죽는 거지. 우릴 보내 주는 게 너희에게 남은 유일한 희망이야."

'어지간히도 그렇겠다.'

레이첼은 다음 수를 생각해 내려고 애썼다. 그녀는 결박당하고 재갈이 물린 채 잠수정 앞에 쓰러져 있는 군인을 내려다보았다. 출혈 때문에 정신이 혼미한 것 같았다. 그녀는 그 옆에 쭈그리고 앉아 남자의 차가운 눈을 똑바로 쳐다보았다.

"재갈을 풀고 입에 크립토크를 대 줄 테니까, 헬기가 물러서도록 설득해. 알겠어?"

남자는 열심히 고개를 끄덕였다.

레이첼은 재갈을 풀었다. 군인은 레이첼의 얼굴을 향해 피가 섞인 침을 뱉었다.

"나쁜 년."

그는 기침을 하며 헐떡였다.

"네가 죽는 꼴을 보고 말겠어. 동료들이 널 돼지처럼 죽일 거야. 그 꼴을 아주 즐겁게 바라봐 주지."

레이첼은 얼굴에서 뜨거운 침을 닦았다. 톨랜드의 손이 그녀를 일으켜서 뒤로 물러서게 하더니 그녀에게서 기관총을 받아 들었다. 그의 손이 떨리는 것으로 보아 뭔가 속에서 끓어오르는 자극을 받은 듯했다. 톨랜드는 몇 미터 떨어진 조종간으로 다가가서 레버를 잡고 갑판 위에 쓰러진 남자와 눈을 마주쳤다.

"투 스트라이크야. 이 배에서는 투 스트라이크면 아웃이지."

그는 레버를 단호하게 내렸다. 트리톤 아래 갑판에 달린 거대한 문이 교수대 발판처럼 밑으로 열렸다. 결박된 군인은 공포에 찬 외마디 비명을 지르며 구멍 속으로 사라졌다. 그는 10미터 아래의 바다에 떨어졌다. 첨벙 하고 진홍색 물이 튀어 올랐다. 상어 떼가 즉시 그를 집어삼켰다.

카이오와에서 내려다보던 감독관은 분노에 치를 떨며 거센 물살에 쓸려 보트 밑으로 흘러 내려오는 델타 스리의 남은 몸을 내려다보았다. 조명으로 환하게 밝혀진 물은 분홍색이었다. 상어 몇 마리가 팔처럼 보이는 조각을 놓고 서로 싸웠다.

'맙소사.'

감독관은 다시 갑판을 보았다. 델타 투는 아직 트리톤의 집게발에 매달려 있지만, 잠수정은 갑판에 뚫린 거대란 구멍 위에 떠 있었다. 델타 투의 발은 구멍 위에서 대롱거리고 있었다. 톨랜드가 집게발을 놓기만 하면 델타 투는 다음 희생자가 된다.

"좋아."

감독관은 크립토크에 대고 말했다.

"알았으니까 잠시 기다려!"

레이첼은 갑판에 선 채 위쪽의 카이오와를 올려다보았다. 이렇게 높은 곳에서도 감독관은 그 눈에 어린 단호한 결의를 읽을 수 있었다. 레이첼은 크립토크를 입에 갖다 댔다.

"이래도 허풍이라고 생각해? NRO 전화교환국에 전화해서 짐 사밀리언을 찾아. 기획분석부에서 야간 근무 중이야. 그에게 운석에 대한 걸 모두 알렸어. 그가 확인해 줄 거야."

'이름까지 알려 주다니?'

이 점이 꺼림칙했다. 레이첼 섹스턴은 바보가 아니다. 이건 몇 초 안에 확인해 볼 수 있는 사실이었다. 감독관은 NRO에 근무하는 짐 사밀리언이라는 사람은 몰랐지만, 조직이 워낙 거대했다. 레이첼은 사실을 말하고 있을 가능성이 높았다. 마지막 살해 지시를 내리기 전에 이것이 허풍인지 아닌지 확인해야만 했다.

델타 원은 어깨 너머로 돌아보았다.

"전파 교란 장치를 끄고 전화해서 확인해 보시겠습니까?"

감독관은 완전히 시야에 노출된 채 서 있는 레이첼과 톨랜드를 내려다보았다. 둘 중 누구라도 휴대전화나 무선전화를 사용하려 한다면, 델타 원이 곧바로 전파 교란기를 다시 작동시키고 통신을 끊으면 된다. 위험은 극히 적었다.

"전파 교란 장치를 꺼."

감독관은 휴대전화를 꺼내며 말했다.

"레이첼이 거짓말을 하고 있는지 확인해 보겠다. 그런 다음 델타 투를 구할 방법을 찾아서 마무리해."

페어팩스에서 NRO 중앙 전화교환국 교환원은 짜증을 내고 있었다.

"방금 말씀드렸지만, 기획분석부에 짐 사밀리언이라는 사람은 없어요."

전화를 걸어 온 사람은 계속 고집을 부렸다.

"여러 철자로 다 확인해 보셨습니까? 다른 부서는요?"

이미 확인했지만, 교환원은 다시 확인해 보았다. 몇 초 후 그녀는 다시 말했다.

"어느 부서에도 짐 사밀리언이라는 사람은 없습니다. 어떤 철자로

도요."

이상하게도 상대는 이 말에 흡족해하는 것 같았다.

"그럼 NRO 직원 중에서 짐 사밀리언이라는 사람은 없는 게 확실하군요……."

수화기 너머에서 갑자기 허둥지둥하는 소리가 들려왔다. 누군가 고함을 질렀다. 상대는 커다랗게 욕설을 내뱉더니 얼른 전화를 끊었다.

카이오와에서 델타 원은 분노에 차 욕설을 내뱉으며 허겁지겁 전파 교란 장치를 재작동시키고 있었다. 너무 늦게 깨달았던 것이다. 조종간에 배열된 수많은 점등 장치 중에서 샛콤 데이터 신호가 고야 호에서 전송되고 있다는 것을 알리는 작은 LED 계기에 불이 들어와 있었다.

'한데 어떻게 한 거지? 아무도 갑판을 떠나지 않았는데!'

델타 원이 미처 전파 교란 장치를 켜기 전에 고야 호의 통신은 자발적으로 끊겼다.

해중 실험실 안에서 팩스기가 기분 좋게 삑 소리를 냈다.

수신자 확인……
전송을 완료하였습니다.

121

 죽느냐 죽이느냐. 레이첼은 스스로도 미처 알지 못했던 자신의 한 측면을 발견했다. 생존 본능, 공포로 더욱 불타오른 야만적인 용기였다.
 "그 팩스는 무슨 내용이지?"
 크립토크에서 목소리가 흘러나왔다.
 레이첼은 팩스가 계획대로 전송된 것을 확인하고 마음을 놓았다.
 "여기를 떠나라."
 그녀는 선회하고 있는 헬기를 노려보며 크립토크에 대고 말했다.
 "다 끝났다. 이제 비밀은 유출됐어."
 레이첼은 공격자들에게 방금 자신이 보낸 모든 정보를 알렸다. 대여섯 장 분량의 사진과 텍스트. 운석이 가짜라는 뒤집을 수 없는 증거들.
 "우리를 해치면 상황은 더욱 악화될 뿐이야."
 무거운 침묵이 흘렀다.
 "팩스는 누구에게 보냈지?"
 레이첼은 이 질문에 대답할 생각이 추호도 없었다. 최대한 시간을 벌어야 했다. 그들은 갑판에 열린 입구 근처에 트리톤 호와 일직선상으로 나란히 서 있었기 때문에, 헬기 쪽에서는 집게발에 매달린 군인을 피해서 사격할 방법이 없었다.

"윌리엄 피커링이겠지."

묘하게 희망 섞인 음성이 흘러나왔다.

"피커링에게 보냈군."

'아냐.'

레이첼은 생각했다. 피커링이 제1순위였지만, 혹시 상대가 피커링을 이미 제거했을 경우를 대비하여 다른 사람을 선택할 수밖에 없었다. 만약 그랬다면 이 대담한 행동은 상대의 결의가 어느 정도인지 알려주는 무시무시한 증거다. 잠시 필사적으로 고민하던 레이첼은 그녀가 외우고 있는 다른 하나의 유일한 번호로 데이터를 전송했다.

아버지의 사무실 팩스였다.

어머니가 돌아가신 뒤 아버지가 레이첼을 직접 대면하지 않고 상속 재산을 처리하는 과정에서 고통스럽게 머릿속에 각인된 팩스 번호였다. 급할 때 아버지에게 의지하겠다는 생각은 해 본 적도 없었지만, 오늘 밤 상원의원에게는 두 가지 결정적인 장점이 있었다. 운석 관련 정보를 망설이지 않고 공개할 만한 정치적 동기가 있다는 점, 백악관에 전화해서 이 살인 부대를 철수시키라고 협박할 수 있을 만한 정치적 힘이 있다는 점이었다.

이 시간에 아버지가 사무실에 있을 가능성은 거의 없었지만, 레이첼은 그의 사무실이 금고처럼 잠겨 있다는 것을 알고 있었다. 사실상 타이머로 열리는 금고에 팩스를 보낸 셈이었다. 공격자들이 팩스를 어디에 보냈는지 안다 해도, 남의 눈에 띄지 않고 필립 A. 하트 상원의원 건물의 엄격한 연방 경비를 뚫고 들어가서 상원의원의 사무실에 침입할 수 있는 가능성은 극히 적었다.

"팩스를 누구에게 보냈는지 몰라도, 그는 지금 위험에 처해 있어."

위에서 목소리가 들려왔다.

두렵기는 했지만 레이첼은 자신이 우위에 서서 대화해야 한다는 것을 알고 있었다. 그녀는 트리톤의 집게발에 매달린 군인을 가리켰다. 심연 위에 매달린 그의 다리에서 10미터 아래 바다로 피가 뚝뚝 떨어지고 있었다.

"지금 위험에 처한 사람은 당신 요원뿐이야."

그녀는 크립토크에 대고 말했다.

"다 끝났어. 물러가. 정보는 흘러 나갔어. 당신들이 진 거야. 당장 떠나지 않으면 이 사람은 죽는다."

크립토크에서 목소리가 반격했다.

"섹스턴, 자네는 이 일의 중요성을 모르니까……"

"몰라?"

레이첼은 폭발했다.

"난 당신들이 무고한 사람들을 죽였다는 걸 알고 있어! 당신들이 운석에 대해 거짓말을 했다는 걸 알고 있어! 당신이 이번 일에서 절대 그냥 빠져나가지 못한다는 것도 알아! 우릴 죽인다 해도, 다 끝이야!"

긴 침묵이 흘렀다. 마침내 목소리가 흘러나왔다.

"내려가겠다."

온몸의 근육이 굳었다.

'내려와?'

"나는 무기가 없다. 성급한 짓은 하지 말도록. 우리는 직접 마주 보고 이야기할 필요가 있다."

레이첼이 뭐라 반응하기 전에 헬기는 고야 호의 갑판에 내려앉았다. 객실 쪽 문이 열리고 한 사람이 내렸다. 검은 코트와 넥타이 차림의 평범하게 생긴 남자였다. 순간 레이첼의 머리가 멍해졌다.

그녀는 윌리엄 피커링을 넋 나간 표정으로 바라보았다.

윌리엄 피커링은 고야 호의 갑판에 서서 애석한 시선으로 레이첼 섹스턴을 바라보고 있었다. 오늘 상황이 이렇게까지 흘러오리라고는 상상조차 못 했다. 가까이 다가가는 동안 그는 부하직원의 눈에 떠오른 위험한 감정들을 읽을 수 있었다.

충격, 배신감, 혼돈, 분노.

'모두 이해할 수 있어. 저 친구가 이해 못하는 것이 너무 많으니까.'

잠시 피커링은 딸 다이애나를 떠올렸다.

'죽기 직전에 그 아이는 무엇을 느꼈을까.'

다이애나와 레이첼은 둘 다 똑같은 전쟁, 피커링이 영원히 맞서 싸우기로 맹세한 전쟁의 희생자였다. 때로 희생은 너무나 잔혹할 수 있다.

"레이첼, 아직 대화로 잘 풀어 볼 여지가 있어. 설명할 게 많네."

레이첼 섹스턴은 거의 구역질이라도 치밀어 오르는 듯한 역겨운 표정이었다. 톨랜드는 기관총으로 피커링의 가슴을 겨누었다. 그 역시 어리둥절한 표정이었다.

"물러서!"

톨랜드가 소리쳤다.

피커링은 5미터쯤 떨어진 지점에 멈춰 서서 레이첼을 바라보았다.

"자네 아버지는 뇌물을 받고 있어, 레이첼. 민간 우주항공사에서. 그는 NASA를 없애고 민간 부문에 우주를 개방하려고 해. 국가 안보 차원에서 그를 막아야만 하네."

레이첼의 얼굴은 무표정했다.

피커링은 한숨을 쉬었다.

"NASA는 결함이 많지만 국가 기관으로 존속해야만 해."

'레이첼이라면 분명 위험성을 이해할 수 있겠지.'

민영화는 NASA 최고의 두뇌와 생각을 민간 부문으로 유출시킬 것이고, 두뇌 집단도 해체될 것이다. 군과의 교류도 사라질 것이다. 민간 우주항공사는 자본을 모으기 위해 NASA의 특허와 기술을 전 세계 입찰자에게 매각하기 시작할 것이다!

레이첼의 목소리가 떨렸다.

"국가 안보를 위해서 운석을 위조하고 무고한 사람을 죽였다고요?"

"이런 식으로 진행할 생각은 아니었네. 중요한 정부 기관 하나를 살리려는 계획이었어. 살인은 예상에 없던 일이야."

피커링은 대부분의 정보 기관 계획이 그렇듯 운석 사기극도 두려움의 산물이라는 것을 알고 있었다. 3년 전 피커링은 NRO 수중청음기를 적의 공격선이 접근할 수 없는 심해까지 확장하려는 생각으로 NASA의 최신 건축 재료를 활용하여 인간을 심해 가장 깊은 곳까지, 마리아나 해구까지도 데려갈 수 있을 정도로 견고한 잠수함을 비밀리에 개발하는 계획을 추진했다.

혁명적인 세라믹으로 만든 2인용 잠수함은 캘리포니아에 사는 그레이엄 호크스라는 한 기술자의 컴퓨터에서 해킹한 설계도로 만들어졌다. 스스로 '딥 플라이트 II'라고 명명한 초심해 잠수함을 건설하는 것이 이 천재적인 잠수함 개발자의 평생의 꿈이었다. 그러나 그는 모델을 건설할 자금을 조달하는 데 어려움을 겪고 있었다. 반면 피커링은 무한한 자금을 가지고 있었다.

피커링은 기밀 첨단 세라믹 잠수함으로 탐사팀을 심해에 보내 그 어떤 적도 침투할 수 없는 마리아나 해구 벽에 수중청음기를 설치했다. 한데 굴착 과정에서 그들은 과학자들이 한 번도 본 적이 없는 독특한 지질구조를 지닌 암석을 발견했다. 그 안에는 콘드룰과 기존에 알려지지 않았던 새로운 생물종의 화석이 들어 있었다. 물론 이 정도 심해에 잠수할 수 있는 NRO의 기술력은 극비였기 때문에, 이 새로운 발견 역시 공개할 수 없었다.

역시 두려움에 사로잡힌 피커링과 NRO의 조용한 과학 자문단이 마리아나 해구의 독특한 지질구조에 대한 지식을 이용하여 NASA를 살리는 데 도움을 주자는 계획을 수립한 것은 최근이었다. 마리아나 해구의 암석을 운석으로 둔갑시키는 것은 간단한 작업이었다. NRO팀은 ECE 반고체 수소 엔진으로 돌을 그을려 그럴듯한 퓨전 크러스트를 만들었다. 그런 다음 작은 잠수정에 암석을 싣고 밀른 빙붕 아래로 내려가 그을린 돌을 얼음 위로 밀어 올렸다. 일단 삽입 통로가 얼어붙으니 돌은 300년 이상 그 자리에 있었던 것처럼 보였다.

극비 작전에서 종종 생기는 일이지만, 극히 위대한 계획도 사소한 문제 때문에 망가질 수 있다. 그 모든 환상이 어제 생물발광성 플랑크톤 때문에 산산조각났다.

엔진을 끄지 않은 카이오와의 조종석에서 델타 원은 눈앞에서 펼쳐지는 드라마를 지켜보았다. 레이첼과 톨랜드는 분명 상황을 통제하고 있다고 생각하겠지만, 델타 원은 그들의 공허한 환상에 웃음을 참을 수 없었다. 톨랜드가 들고 있는 기관총은 아무 쓸모가 없었다. 노리쇠가 뒤로 젖혀져 있어서 이렇게 멀리에서도 탄창이 비어 있는 것을 알아볼 수 있었다.

델타 원은 트리톤의 집게발에 붙잡힌 채 몸부림치는 동료를 바라보며 서둘러야 한다는 것을 알았다. 갑판 위의 초점은 모두 피커링에게 향해 있기 때문에, 델타 원이 움직일 수 있는 여지가 충분했다. 그는 날개가 돌아가도록 내버려 둔 채, 동체 뒤쪽으로 몰래 빠져나와 헬기 뒤에 몸을 숨기고 갑판 위에 있는 사람들의 눈에 띄지 않게 움직였다. 그는 기관총을 들고 배 앞쪽으로 향했다. 피커링은 갑판에 착륙하기 전에 구체적으로 지시를 내렸다. 이 단순한 지시마저 실패할 생각은 없었.

'몇 분 안에 이 모든 게 끝난다.'

122

잭 허니는 아직 침실 가운 차림으로 지끈거리는 머리를 안고 집무실 책상 앞에 앉아 있었다. 새로운 퍼즐 조각 하나가 방금 밝혀졌다.

'마저리 텐치가 죽었다.'

허니의 보좌관들은 텐치가 윌리엄 피커링과 비밀리에 만나기 위해 프랭클린 루스벨트 기념관으로 가던 중이라는 정보를 입수했다고 했다. 피커링도 없어졌기 때문에 보좌관들은 그 역시 죽은 것이 아닌가 두려워하고 있었다.

대통령과 피커링은 최근 힘든 전쟁을 치렀다. 몇 달 전 허니는 피커링이 자신의 휘청거리는 선거운동을 위해 불법적인 활동에 관여했다는 보고를 받았다.

피커링은 NRO 자원을 이용해서 섹스턴 상원의원의 선거운동을 좌초시키기에 충분한 자료를 비밀리에 확보했다. 그중에는 가브리엘 애쉬와 상원의원이 정사를 벌이는 사진, 섹스턴이 민간 우주항공사에서 뇌물을 받았다는 사실을 증명하는 회계 기록도 있었다. 피커링은 백악관이 현명하게 사용할 것이라고 믿고 모든 정보를 익명으로 마저리 텐치에게 보냈다. 그러나 자료를 본 허니는 텐치에게 사용하지 말라고 지시했다. 성추문과 뇌물은 워싱턴에서는 암과 같아서 폭로해 봐야 정부에 대한 불신만 더해질 뿐이었다.

'냉소주의가 이 나라를 망치고 있어.'

허니는 섹스턴을 추문으로 파멸시킬 수 있다는 것을 알고 있었지만 그 대가로 미국 상원의 위엄을 추락시켜야 했다. 그런 짓은 하고 싶지 않았다.

'흑색선전은 더 이상 안 돼.'

허니는 정책으로 섹스턴을 이기고 싶었다.

백악관이 자신이 제공한 정보를 사용하지 않는 것을 보고 화가 난 피커링은 섹스턴이 가브리엘 애쉬와 정사를 가졌다는 정보를 직접 흘려서 추문을 일으키려 했다. 불행히도 섹스턴이 너무나 설득력 있게 분노를 터뜨리며 무고하다고 주장했기 때문에 결국 대통령이 개인적으로 정보 유출을 사과하는 데까지 이르렀다. 결국 윌리엄 피커링은 대통령을 돕기는커녕 피해만 끼친 셈이었다. 허니는 피커링에게 선거 운동에 다시 관여하면 기소하겠다고 경고했다. 재미있는 점은 피커링 자신은 허니를 좋아하지도 않는다는 사실이었다. NRO 국장이 허니를 돕겠다고 나선 것은 단순히 NASA의 운명에 대한 두려움 때문이었다. 둘 중에서 그나마 잭 허니가 낫다는 판단이었다.

'한데 누군가 피커링을 죽였다고?'

허니는 상상조차 할 수 없었다.

"대통령 님?"

보좌관이 불렀다.

"지시하신 대로 로렌스 엑스트럼에게 전화해서 마저리 텐치 소식을 알렸습니다."

"고맙네."

"직접 통화하시겠답니다."

허니는 PODS에 대해서 거짓말을 한 일로 아직 로렌스 엑스트럼에 대해 화가 나 있었다.

"아침에 이야기하자고 해."

"엑스트럼 씨는 지금 당장 통화하셔야 한답니다."

보좌관은 불편해 보였다.

"아주 화가 나 있습니다."

'화가 나? 지금 화낼 사람이 누군데!'

허니는 끓어오르는 분노를 주체할 수 없었다. 그는 엑스트럼의 전화를 받기 위해 성큼성큼 걸어 나갔다. 도대체 오늘 밤 여기서 또 무슨 안 좋은 일이 생길 수 있을지 궁금했다.

123

고야 호 갑판에서 레이첼은 현기증을 느꼈다. 무거운 안개처럼 드리워져 있던 수수께끼가 차츰 걷히고 있었다. 차가운 현실을 직시하려니 마치 벌거벗은 듯 불쾌한 기분이었다. 그녀는 자기 앞에 서 있는 낯선 사람을 응시했다. 그의 목소리도 귀에 들어오지 않았다.

"우리는 NASA의 이미지를 새로이 정립할 필요가 있었네."

피커링은 말하고 있었다.

"NASA의 인기와 자금이 떨어지고 있는 상황이 여러 가지 차원에서 위험을 초래하고 있었어."

그는 회색 눈으로 레이첼의 눈을 똑바로 쳐다보았다.

"레이첼, NASA는 승리가 절실했네. 누군가 만들어 주어야 했어."

'어떻게든 해야 해.'

피커링은 생각했다.

운석은 필사적인 마지막 수단이었다. 피커링과 관련 인물들은 NASA

를 정보 기관에 통합시켜서 예산을 늘리고 보안을 강화하자는 방안을 제시했지만, 백악관은 순수과학에 대한 모욕이라는 이유로 이 방안을 거듭 거절했다.

'근시안적인 이상주의지.'

섹스턴의 반 NASA 주장이 차츰 인기를 얻자, 피커링과 군 실력자들은 시간이 촉박하다는 것을 깨달았다. 그들은 납세자와 의회의 상상력을 자극하는 것이 NASA의 이미지를 회복해서 경매로 팔려 나가는 것을 막는 유일한 방법이라고 생각했다. NASA가 살아남으려면 위용을 되찾아야 한다. 아폴로 우주선이 발사되던 NASA의 전성기를 납세자에게 연상시킬 필요가 있었다. 잭 허니가 섹스턴 의원을 이기려면, 그 역시 도움이 필요했다.

'난 그를 도우려고 했어.'

피커링은 자신이 마저리 텐치에게 보낸 모든 결정적인 증거를 떠올리며 생각했다. 불행히도 허니는 그것을 사용하지 못하게 했고, 그 때문에 피커링은 극단적인 방법을 선택할 수밖에 없었다.

"레이첼, 자네가 이 배에서 팩스로 보낸 정보는 위험한 걸세. 자네도 이해할 거라고 믿어. 그게 흘러 나가면 백악관과 NASA는 공범으로 보이게 돼. 어마어마한 역풍이 대통령과 NASA에 몰아칠 거야. 대통령과 NASA는 아무것도 모르네. 무고해. 그들은 운석이 진짜라고 믿고 있어."

아무리 대통령직이나 NASA를 살린다는 명목이라고 해도 이상주의적인 허니나 엑스트럼이 이런 사기극에 동의할 리가 없었기 때문에, 피커링은 애당초 그들을 음모에 연루시킬 생각조차 하지 않았다. 엑스트럼 국장의 유일한 잘못은 PODS 프로젝트 팀장에게 이상 감지 소프트웨어에 대해 거짓말을 하라고 시킨 것뿐이었다. 이 운석이 얼마나 까다로운 조사를 받게 될지 깨닫는 순간, 엑스트럼은 분명 이 결정을 후회했을 것이다.

깨끗한 선거운동을 치르겠다는 허니의 고집이 답답했던 마저리 텐치는 PODS의 작은 성공이 섹스턴이라는 거센 파도에 맞서 싸우는 데 도움이 될 것라고 생각하고 엑스트럼과 함께 거짓말을 꾸몄다.

'텐치가 내가 준 사진과 뇌물 자료만 이용했어도 이런 일은 일어나지 않았을 텐데!'

텐치를 살해한 것이 심히 유감스럽기는 했지만, 레이첼이 텐치에게 전화해서 운석이 사기라고 추궁한 순간 이미 피할 수 없었다. 피커링은 레이첼이 터무니없는 주장을 하게 된 동기를 밝혀낼 때까지 텐치가 인정사정없이 수사를 벌일 거라는 점을 알고 있었고, 이런 수사가 벌어지도록 내버려 둘 수는 없었다. 텐치의 죽음은 대통령에게 가장 큰 이익으로 작용할 것이다. 백악관이 동정표를 굳히는 데 도움이 될 것이고, CNN 토론회에서 마저리 텐치에게 공공연히 굴욕을 당하고 절박해진 섹스턴 측에 막연한 의혹까지 덮어씌울 수 있었다.

레이첼은 꼼짝도 않고 선 채 국장을 노려보았다.

"이 운석 사기 소식이 공개되면 자네는 무고한 대통령과 무고한 NASA를 파멸시키게 된다는 점을 이해하기 바라네. 백악관에 대단히 위험한 사람을 앉히게 되는 거야. 자네가 자료를 어디로 보냈는지 알아야겠네."

피커링이 이 말을 하는 순간, 레이첼의 얼굴에 묘한 빛이 떠올랐다. 자신이 어마어마한 실수를 했다는 사실을 방금 깨달은 사람이 짓는 고통스럽고 겁에 질린 표정이었다.

배 앞쪽을 돌아 왼쪽으로 내려온 델타 원은 헬기가 접근했을 때 레이첼이 나오는 모습을 보았던 해중 실험실에 서 있었다. 컴퓨터 한 대에 찜찜한 영상이 떠 있었다. 고야 호 아래 해저 위에서 다채로운 색깔로 맥박치며 맴돌고 있는 심해 소용돌이 영상이었다.

'얼른 여기서 나가야겠군.'

그가 생각하며 목표물 쪽으로 다가갔다.

팩스기는 반대쪽 작업대 위에 있었다. 피커링이 예상했던 대로 쟁반에는 서류 한 묶음이 채워져 있었다. 그는 서류를 집어 들었다. 레이첼이 쓴 메모가 맨 위에 있었다. 두 줄이었다.

'핵심만 간략하게 적었군.'

페이지를 넘기던 그는 운석 사기극에 대해 톨랜드와 레이첼이 어느 정도 깊이 밝혀냈는지 알고는 놀라는 한편 낙심했다. 이 인쇄물을 본다면 누구든 그 의미를 깨달을 것이다. 다행히 델타 원은 수신자 확인을 위해 '재발송' 버튼을 누를 필요가 없었다. LCD 화면에 마지막으로 보낸 팩스 번호가 아직도 떠 있었다.

워싱턴 D.C. 국번이었다.

그는 조심스럽게 팩스 번호를 적은 뒤 모든 서류를 집어 들고 연구실을 빠져나왔다.

기관총을 움켜쥐고 윌리엄 피커링의 가슴을 겨누고 있는 톨랜드의 손에 땀이 배어났다. NRO 국장은 계속 레이첼에게 자료를 어디로 보냈는지 말하라고 압박하고 있었다. 혹시 그가 그냥 시간을 벌기 위해 이러는 것이 아닌가 하는 불길한 예감이 점점 커졌다.

"백악관과 NASA는 무고해."

피커링은 반복했다.

"날 믿게. 내 실수로 인해 그나마 남아 있는 NASA의 신뢰마저 깨뜨릴 수는 없어. 이 자료가 공개되면 NASA가 범인처럼 보이게 될 걸세. 자네와 내가 타협을 하자고. 미국은 이 운석이 필요해. 늦기 전에 어디로 보냈는지 알려 주게."

"또 다른 사람을 죽이려고요? 정말 역겹군요."

톨랜드는 레이첼의 강인함에 놀랐다. 그녀는 아버지를 경멸했지만, 그를 위험으로 밀어 넣을 생각은 조금도 없었다. 불행히도 아버지에게 팩스를 보내서 도움을 청하겠다는 레이첼의 계획은 수포로 돌아갔다. 상원의원이 출근해서 팩스를 보고 대통령에게 운석 사기극을 알리고 공격을 중단시키라고 말한다 해도, 백악관 내에는 섹스턴의 말을 이해하거나 그들이 어디 있는지 아는 사람이 아무도 없을 것이다.

"한 번만 더 이야기하지."

피커링은 위협적으로 레이첼을 노려보며 말했다.

"자네가 완전히 이해하기에는 너무나 복잡한 상황이야. 그 데이터를 이 배 밖으로 유출한 건 엄청난 실수였어. 자넨 미국을 위험에 빠뜨렸네."

'윌리엄 피커링은 시간을 벌고 있어.'

톨랜드는 그제야 깨달았다. 배 오른쪽으로 침착하게 다가오는 한 남자가 보였던 것이다. 군인이 서류 다발과 기관총을 들고 어슬렁어슬렁 걸어오는 모습을 보자 두려움이 일었다.

톨랜드는 자기 자신도 놀랄 정도로 단호하게 반응했다. 그는 휙 돌아서서 기관총으로 군인을 겨누고 방아쇠를 당겼다.

총에서는 얌전하게 딸깍 소리만 났다.

"팩스 번호를 찾았습니다."

군인은 피커링에게 종이 한 장을 건넸다.

"그리고 톨랜드 씨의 총에는 실탄이 없습니다."

124

섹스턴은 필립 A. 하트 상원의원 회관의 복도를 뛰어 올라갔다. 어떻게 들어갔는지는 알 수 없었지만, 가브리엘은 분명 그의 사무실에 있었다. 전화로 대화하는 동안 섹스턴은 뒤쪽에서 주르댕 괘종시계가 삼중으로 째깍거리는 특유의 소리를 분명히 들었다. 가브리엘이 엿들은 SFF 회의가 그에 대한 신뢰를 무너뜨렸으며 가브리엘은 그 증거를 찾아내기 위해 그의 사무실에 들어간 것이라고 생각할 수밖에 없었다.

'대체 어떻게 내 사무실에 들어간 거야!'

컴퓨터 암호를 바꿔 놓은 것이 다행이었다.

사무실에 도착한 그는 암호를 입력해서 경보 장치를 해제했다. 열쇠를 더듬어 찾은 뒤 육중한 문들을 열어젖히고 가브리엘을 현장에서 잡을 생각으로 빠르게 뛰어 들어갔다.

그러나 컴퓨터 화면보호기의 불빛만 있을 뿐, 텅 빈 사무실은 캄캄했다. 그는 불을 켜고 주위를 유심히 살폈다. 모든 것은 제자리에 있었고 삼중으로 째깍거리는 시계 소리 말고는 죽음 같은 정적뿐이었다.

'대체 어디 있는 거야?'

개인 화장실에서 바스락거리는 소리가 들렸다. 그는 그쪽으로 달려가 불을 켰다. 그러나 화장실은 비어 있었다. 문 뒤를 살폈다. 아무것도 없었다.

어리둥절한 그는 오늘 밤 술을 너무 많이 마셨나 싶어 거울 속 자신의 모습을 보았다.

'분명 무슨 소리가 들렸는데.'

그는 어리둥절한 기분으로 다시 사무실로 돌아왔다.

"가브리엘?"

그는 크게 불러 보았다. 그러고는 복도를 통해 그녀의 사무실로 갔다. 가브리엘은 거기 없었다. 사무실은 어두웠다. 여자 화장실에서 물 내려가는 소리가 들렸다. 섹스턴은 몸을 돌려 화장실 쪽으로 성큼성큼 걸었다. 가브리엘은 손을 말리며 나오다가 그를 보자마자 펄쩍 뛰었다.

"세상에, 놀랐다고요!"

정말로 깜짝 놀란 것 같았다.

"여기서 뭐 하세요?"

"아까 자네 사무실에서 NASA 서류를 찾고 있었다고 말했지. 서류는 어디 있지?"

그는 그녀의 빈손을 보며 분명하게 말했다.

"찾을 수가 없었어요. 온갖 곳을 다 찾아봤는데요. 그 때문에 시간이 그렇게 많이 걸렸던 거예요."

그는 그녀의 눈을 뚫어지게 쳐다보았다.

"자네 내 사무실에 들어갔나?"

'팩스기가 날 살렸구나.'

가브리엘은 생각했다.

불과 몇 분 전 그녀는 섹스턴의 컴퓨터 앞에 앉아 그 안에 들어 있는 불법 수표의 사진을 인쇄하려 하고 있었다. 파일에는 보호 장치가 되어 있어서 인쇄하는 방법을 찾는 데 시간이 필요했다. 그때 팩스기의 벨소리가 울려 깜짝 놀라 현실로 돌아오지 않았다면, 아마 지금도 컴퓨터 앞에 앉아 있었을 것이다. 가브리엘은 그 벨소리를 이제 나가야 한다는 징조로 받아들였다. 그녀는 전송 중인 팩스 내용을 확인하지 않고 컴퓨터를 종료한 뒤 주변을 정리하고 들어왔던 길로 나왔다. 막 섹스턴의 화장실을 나가려고 세면대를 기어오르는데, 그가 들어오는 소리가 들렸다.

지금 섹스턴은 그녀의 눈을 빤히 들여다보며 거짓말을 하고 있는지 알아내려 하고 있었다. 그는 가브리엘이 지금껏 만난 어떤 사람보다 거짓말을 잘 알아차리는 사람이었다. 그녀가 거짓말을 하면 알아챌 것이다.

"술을 드셨군요."

그녀는 돌아서며 말했다.

'내가 자기 사무실에 들어갔다는 걸 어떻게 알았을까?'

섹스턴은 그녀의 어깨를 붙잡고 다시 돌려 세웠다.

"자네 내 사무실에 들어갔나?"

가브리엘은 두려움이 점점 더해지는 걸 느꼈다. 섹스턴은 정말 술을 마신 것 같았다. 손길이 거칠었다. 가브리엘은 짐짓 혼란스러운 미소를 지으며 물었다.

"어떻게요? 무엇 때문에?"

"아까 통화할 때 뒤편에서 주르댕 괘종시계 소리를 들었어."

가브리엘은 속으로 찔끔했다.

'시계?'

생각조차 못 했던 일이었다.

"지금 얼마나 이상한 말씀을 하고 있는지 아세요?"

"나는 그 사무실에서 하루 종일 일해. 그 시계 소리는 잘 알고 있어."

가브리엘은 상황을 즉시 끝내야 한다고 생각했다. 최선의 공격이야말로 최선의 방어다. 욜랜다 콜이 늘 말했다. 그녀는 양손을 엉덩이 위에 올리고 마음을 단단히 먹었다. 그러고는 그의 얼굴을 노려보며 다가섰다.

"그러니까 다시 말씀드리죠, 의원님. 새벽 4시인데, 술을 마시다가 전화로 시계가 째깍거리는 소리를 들었고, 그래서 여기 오셨다고요?"

그녀는 화를 내며 손가락으로 복도 저편 섹스턴의 사무실 문을 가리켰다.

"분명히 말하는데, 의원님은 제가 연방 경보 장치를 제거하고, 두 개의 자물쇠를 따고, 의원님 사무실에 들어가서, 멍청하게도 범행 도중에 휴대전화를 받고, 나가면서 다시 경보 장치를 걸어 놓은 다음에, 침착하게도 도망가기 전에 화장실을 이용했다고 생각하시는 건가요?"

섹스턴은 눈을 크게 뜨고 깜빡거렸다.

"그래서 혼자서는 술을 마시지 말아야 한다는 겁니다. 자, 지금 NASA에 대해서 이야기할까요, 말까요?"

섹스턴은 어리둥절한 채 사무실로 다시 걸어갔다. 그는 곧장 개인용 바로 가서 펩시를 한 잔 따랐다. 취했다는 생각은 들지 않았다.

'내가 정말 잘못 생각했나?'

저쪽 벽에서 주르댕 괘종시계가 놀리듯 째깍거렸다. 섹스턴은 펩시를 한 잔 다 비운 뒤 자신을 위해 다시 한 잔, 가브리엘을 위해 한 잔을 따랐다.

"마시겠나, 가브리엘?"

그는 사무실로 돌아오며 물었다. 가브리엘은 그를 따라 들어오지 않고 여전히 뻐딱한 태도로 출입구에 서 있었다.

"아, 왜 이러나! 들어와. NASA에서 알아낸 걸 이야기해 주게."

"오늘은 충분한 것 같네요. 내일 이야기하도록 하죠."

그녀는 거리를 두는 듯한 말투로 말했다.

섹스턴은 게임을 할 생각이 없었다. 지금 당장 정보가 필요했고, 간청할 생각은 없었다. 그는 지친 한숨을 크게 내쉬었다.

'신뢰를 회복하자. 이건 모두 신뢰 문제야.'

"그래, 내가 잘못했어. 미안하네. 오늘은 최악의 날이었어. 무슨 생각을 하고 있었는지 모르겠군."

가브리엘은 그대로 출입구에 서 있었다.

섹스턴은 책상으로 걸어가서 장부 위에 가브리엘의 펩시를 올려놓았다. 그는 권위를 상징하는 가죽 의자를 가리켰다.

"앉아서 한잔해. 나는 찬물에 머릴 좀 담가야겠어."

그는 화장실로 향했다. 가브리엘은 여전히 움직이지 않았다.

"팩스가 온 걸 본 것 같은데."

그는 화장실에 들어가면서 어깨 너머로 외쳤다.

'신뢰하고 있다는 걸 보여 줘라.'

"한번 봐 주겠나?"

섹스턴은 문을 닫고 세면대를 찬물로 채웠다. 물을 얼굴에 끼얹어 보았지만 정신이 더 맑아지는 것 같지는 않았다. 전에는 이런 일이 없었다. 완벽하게 확신했던 일이 완전히 빗나가는 이런 상황이. 그는 자신의 직감을 믿는 사람이었고, 직감은 분명 가브리엘 애쉬가 자기 사무실에 있었다고 말했다.

'한데 어떻게?'

불가능한 일이었다.

섹스턴은 잊어버리고 당면한 문제에 집중하자고 자신을 설득했다. NASA. 지금은 가브리엘이 필요했다. 그녀를 소외시킬 때가 아니었다. 그녀가 알고 있는 사실을 알아야만 했다.

'직감은 잊자. 내가 틀렸어.'

섹스턴은 얼굴을 말리며 고개를 뒤로 젖힌 채 숨을 깊이 들이마셨다.

'긴장을 풀자. 까다롭게 굴지 마.'

그는 눈을 감고 다시 숨을 깊이 들이마셨다. 기분이 한층 나아졌다.

화장실에서 나온 그는 가브리엘이 자기 말대로 사무실에 들어와 있는 것을 보고 마음을 놓았다.

'좋아, 이제 일을 할 수 있겠군.'

가브리엘은 팩스기 옆에 서서 들어온 팩스를 넘기고 있었다. 한데 그녀의 표정을 본 섹스턴은 어리둥절했다. 그녀의 얼굴은 당황과 두려움으로 가득 차 있었다.

"뭐지?"

섹스턴은 그쪽으로 다가가며 말했다.

가브리엘은 금방이라도 정신을 잃을 것처럼 비틀거렸다.

"뭐야?"

"운석이……."

가브리엘은 목이 막히는 듯 떨리는 손으로 팩스 더미를 건네며 말했다.

"그리고 의원님의 따님이…… 위험에 처해 있어요."

어리둥절한 섹스턴은 다가가서 팩스를 받았다. 표지는 손으로 쓴 것이었다. 섹스턴은 즉각 그 필체를 알아볼 수 있었다. 단순한 문구는 어색하고 충격적이었다.

운석은 거짓입니다. 이것이 증거입니다. NASA와 백악관이 저를 죽이려 합니다. 도와주세요! ─RS

이렇게 영문을 알 수 없는 경우는 거의 없었다. 두 번 읽어 보아도 도대체 무슨 뜻인지 알 수가 없었다.

'운석이 거짓이다? NASA와 백악관이 레이첼을 죽이려 한다?'

섹스턴은 점점 더 아리송해지는 기분으로 여섯 장의 서류를 샅샅이 살피기 시작했다. 첫 페이지는 지표투과레이더(GPR)라는 제목이 붙어 있는 컴퓨터 이미지였다. 그림은 일종의 얼음 두께 측정 사진처럼 보였다. 텔레비전에서 사람들이 떠들어 대던 발굴 구멍이 보였다. 그의 시선은 구멍 안에 떠 있는 희미한 시체 같은 윤곽으로 향했다. 그때 훨씬 더 놀라운 것이 눈에 띄었다. 마치 암석이 얼음 아래에서 삽입된 것처럼, 운석이 묻혀 있던 지점 바로 아래에 두 번째 통로의 윤곽이 확실하게 나타나 있었던 것이다.

'대체 이게 뭐야?'

다음 페이지를 넘기니 바시노모스 자이간테우스라는 살아 있는 해양 생물종의 사진이 나왔다. 섹스턴은 놀란 눈으로 뚫어지게 쳐다보았다.

'이건 운석 안에 화석으로 남아 있던 생물이잖아!'

더 빨리 페이지를 넘기니 운석 표면의 수소 이온 함량을 나타낸 도표가 있었다. 손으로 쓴 글씨도 있었다.

'반고체 수소 연료? NASA 익스팬더 사이클 엔진?'

섹스턴은 자신의 눈을 믿을 수 없었다. 사무실이 빙빙 도는 것을 느끼며, 그는 마지막 장을 넘겼다. 운석 안에 있는 것들과 정확히 똑같아 보이는 금속성 기포가 들어 있는 암석 사진이었다. 놀랍게도 그 암석이 해양 화산 활동으로 생성되었다는 설명이 곁들여져 있었다.

'해양 암석이라고? NASA는 콘드룰이 우주에서만 형성된다고 했는데!'

섹스턴은 서류를 책상에 내려놓고 의자에 주저앉았다. 방금 본 모든 것들을 종합하는 데는 15초밖에 걸리지 않았다. 사진들이 나타내는 의

미는 지극히 명확했다. 바보라도 사진을 보면 무엇을 의미하는지 알 수 있을 것이다.

'NASA의 운석은 가짜였어!'

섹스턴의 정치 경력에서 오늘처럼 천당과 지옥을 오간 날은 없었다. 마치 희망과 절망의 롤러코스터를 탄 것 같았다. 이런 거대한 사기극이 어떻게 가능했는가 하는 당혹감은, 이것이 그에게 정치적으로 어떤 의미를 가지는지 깨달은 순간 깨끗이 사라졌다.

'이 정보를 공개하면 대통령직은 나의 것이다!'

들뜬 기분에 섹스턴은 딸이 곤란에 처해 있다는 사실을 잠깐 동안 생각하지 못했다.

"레이첼이 위험해요."

가브리엘이 말했다.

"메모에는 NASA와 백악관이 그녀를······."

팩스기가 갑자기 울리기 시작했다. 가브리엘은 돌아서서 팩스기를 바라보았다. 섹스턴도 그쪽으로 시선을 고정했다.

'더 보낼 게 있나? 더 많은 증거? 어떻게 보다 더 많은 증거가 있을 수 있지? 이것만으로도 충분한데!'

팩스기가 답했지만 문서는 들어오지 않았다. 팩스기는 데이터 신호가 없다는 것을 감지하고 자동응답기능으로 전환되었다.

섹스턴의 메시지가 나왔다.

"상원의원 세지윅 섹스턴 사무실입니다. 팩스를 보내시려면 언제든지 보내 주십시오. 아니라면 신호음이 울린 뒤 메시지를 남겨 주세요."

섹스턴이 전화를 받기 전에 삐 소리가 났다.

"섹스턴 의원?"

남자의 목소리는 명쾌하고 단호했다.

"NRO 국장 윌리엄 피커링입니다. 이 시간에는 아마 사무실에 계시지 않을 것이라 봅니다만, 즉시 말씀드릴 일이 있습니다."

그는 누군가 전화를 받기를 기다리는 것처럼 잠시 말을 멈췄다. 가브리엘은 수화기를 들기 위해 팔을 뻗었다.

섹스턴은 그녀의 손을 잡고 거칠게 홱 잡아당겨 수화기에서 떼어 놓았다.

가브리엘은 멍해진 것 같았다.

"국장의 전화인데……"

피커링은 아무도 전화를 받지 않는 것에 안심한 듯 계속 말을 이었다.

"의원님, 걱정스러운 소식을 전해 드리게 되어 유감입니다. 저는 의원님의 따님인 레이첼이 극히 위험한 상태에 처해 있다는 소식을 들었습니다. 현재 우리 팀이 따님을 돕기 위해 노력하는 중입니다. 전화로 자세한 말씀을 드릴 수는 없지만, 방금 따님이 NASA 운석에 대한 자료를 의원님께 팩스로 보냈을 수도 있다는 정보를 입수했습니다. 저는 자료를 보지 못했고 무슨 내용인지도 모르지만, 의원님이든 누구든 그 정보를 공개하면 따님을 죽이겠다는 협박을 받았습니다. 직설적으로 말씀드려 죄송합니다만, 의원님, 분명하게 말씀드리기 위해서입니다. 따님의 생명이 위험합니다. 혹시 팩스를 받으셨다면 누구에게도 알리지 마십시오. 아직은 안 됩니다. 따님의 생명이 달린 문제입니다. 사무실에 계십시오. 제가 곧 가겠습니다."

그는 말을 잠시 멈췄다.

"운이 좋다면 의원님이 일어나실 때까지 모든 일이 해결될 겁니다. 혹시 제가 의원님 사무실에 도착하기 전에 메시지를 들으시면 사무실을 떠나지 마시고 아무에게도 연락하지 마십시오. 저는 따님을 안전하게 구출하기 위해 최선을 다하고 있습니다."

피커링은 전화를 끊었다.

가브리엘은 떨고 있었다.

"레이첼이 인질이 된 건가요?"

섹스턴은 가브리엘이 자신에 대해 환멸을 느끼는 와중에도 젊고 똑똑한 한 여인이 위험에 처해 있는 것을 마음 아파 한다는 걸 의식했다. 이상하게도 그는 그런 감정이 생기지 않았다. 마치 가장 원하던 크리스마스 선물을 다른 사람에게 빼앗기기 싫은 어린아이가 된 기분이었다.

'피커링은 내가 이번 일에 대해 입을 다물기를 바란단 말이지?'

그는 잠시 그대로 선 채 이 모든 일에 어떤 의미가 있는지 생각에 잠겼다. 머릿속의 냉정하고 계산적인 영역에서 정치적인 컴퓨터가 돌아가면서 가능한 모든 시나리오를 실행하고 결과를 평가하기 시작했다. 그는 손에 든 팩스 뭉치를 내려다보고 그 사진에 어마어마한 가능성이 있다는 사실을 깨닫기 시작했다. NASA의 운석은 대통령이 되고 싶다는 그의 꿈을 산산조각냈다. 한데 그것은 모두 거짓이었다. 사기극이었다. 이제 이 일을 저지른 사람들이 대가를 치러야 할 것이다. 적들이 그를 파괴하기 위해 만들어 낸 운석이 도리어 아무도 상상할 수 없을 만큼 그에게 힘을 줄 것이다. 그의 딸이 해냈다.

'결론은 하나밖에 없어. 진정한 지도자가 선택해야 하는 유일한 길이지.'

섹스턴은 화려하게 부활하게 될 자신의 모습에 취한 채 안개 속을 걷듯 방을 가로질렀다. 그는 복사기로 다가가서 전원을 켜고 레이첼이 보낸 서류를 복사할 준비를 했다.

"뭐 하시는 거예요?"

가브리엘이 어리둥절한 말투로 물었다.

"그들은 레이첼을 죽이지 않아."

섹스턴은 분명하게 말했다.

'혹시 뭔가 잘못된다 해도, 적에게 딸을 잃는다면 나는 더 유리한 고지에 서게 될 거야.'

어쨌든 이기는 쪽은 그였다. 이 정도 위험은 감수할 수 있었다.

"누구에게 주려고 복사하는 건가요? 윌리엄 피커링 국장이 아무한테도 알리지 말라고 했잖아요!"

섹스턴은 복사기에서 돌아서서 가브리엘을 쳐다보았다. 갑자기 가브리엘의 매력이 사라져 보이는 것이 놀라웠다. 그 순간 섹스턴 의원은 섬이었다. 아무도 건드릴 수 없는. 꿈을 이루기 위해 필요한 모든 것이 지금 손 안에 있었다. 지금은 어떤 것도 그를 막을 수 없었다. 뇌물 혐의도, 성추문도, 그 어떤 것도.

"집으로 돌아가게, 가브리엘. 더 이상 자네는 필요 없어."

125

　'다 끝났어.'
　레이첼은 생각했다.
　그녀와 톨랜드는 갑판 위에 나란히 앉은 채 델타 요원의 기관총 총신을 올려다보고 있었다. 불행히도 피커링은 레이첼이 어디로 팩스를 보냈는지 알아냈다. 세지윅 섹스턴 상원의원 사무실.
　레이첼은 아버지가 피커링이 방금 남긴 전화 메시지를 받을 거라고는 생각하지 않았다.
　피커링은 아마 오늘 아침 누구보다 더 빨리 섹스턴의 사무실로 들어갈 수 있을 것이다. 섹스턴이 도착하기 전에 피커링이 먼저 들어가서 조용히 팩스를 제거하고 전화 메시지를 삭제할 수 있다면, 상원의원 섹스턴을 해칠 필요까지는 없다. 윌리엄 피커링은 잡음 없이 몰래 미 상원의원의 사무실에 들어갈 수 있는 워싱턴의 몇 안 되는 인물들 중 하나다. '국가 안보'라는 명목으로 어떤 일까지 자행될 수 있는지 생각해 보면 놀라웠다.

'혹시 실패한다 해도 그냥 비행기를 타고 지나가다가 창문으로 헬파이어 미사일을 발사해서 팩스기를 날려 버리면 되겠지.'

하지만 그럴 필요까지는 없을 것 같았다.

톨랜드 옆에 앉아 있던 레이첼은 그의 손이 부드럽게 그녀의 손을 잡는 것을 느끼고 놀랐다. 그의 손길은 부드러우면서도 힘이 있었고, 두 사람의 손가락은 평생 그렇게 해 온 사람들처럼 자연스럽게 서로 얽혔다. 그의 팔에 안겨 사방에서 회오리치는 무시무시한 밤바다의 위협을 피하고 싶다는 생각뿐이었다. 그러나 레이첼은 깨달았다.

'아니, 그런 일은 일어나지 않을 거야.'

마이클 톨랜드는 교수대로 향하는 길에서 희망을 발견한 기분이었다.

'삶이 나를 조롱하고 있군.'

실리아가 죽은 뒤 오랫동안 톨랜드는 죽고 싶은 밤과 고통스러운 시간, 이 모든 것을 끝내야만 피할 수 있을 듯한 외로움을 견뎌 왔다. 하지만 그는 삶을 선택했고 혼자서 살아갈 수 있다고 되뇌었다. 그러나 오늘에야 톨랜드는 친구들이 늘 말하던 것을 깨닫기 시작했다.

'마이크, 혼자 살아갈 필요가 없어. 또 다른 사랑을 찾게 될 거야.'

레이첼의 손길을 느끼자 톨랜드는 이런 역설적인 상황을 받아들이기가 더욱 힘들었다. 운명은 잔인한 시간 놀음을 하고 있었다. 심장을 겹겹이 둘러싼 갑옷이 하나씩 부서지는 기분이었다. 순간 고야 호의 갑판 위에서, 톨랜드는 실리아의 환영이 자신을 굽어보고 있는 것을 느꼈다. 세차게 흘러가는 물속에서, 실리아의 목소리가 생전에 그에게 남긴 마지막 말을 하고 있었다.

"당신은 살아가야 해요. 약속해요. 다른 사랑을 찾을 거라고."

"다른 사랑은 필요 없어."

실리아는 지혜로 가득 찬 미소를 지었다.

"배우게 될 거예요."

지금 고야 호의 갑판 위에서 톨랜드는 자신이 다른 사랑을 배우고 있음을 깨달았다. 갑자기 영혼에서 깊은 감정이 솟아 나왔다. 그는 그것이 행복이라는 사실을 깨달았다.

동시에 삶에 대한 강력한 의지가 샘솟았다.

피커링은 두 포로에게 다가가며 묘하게 초연한 기분을 느꼈다. 이 일이 생각보다 어렵지 않다는 사실이 놀라웠다. 그는 레이첼 앞에 섰다.

"때로는 불가능한 결정을 해야 하는 상황이 있네."

레이첼의 시선은 결코 호락호락하지 않았다.

"국장님이 이런 상황을 만들었어요."

"전쟁은 사상자를 동반하기 마련이야."

국장은 단호한 목소리로 말했다.

'다이애나 피커링을 비롯해 미국을 지키기 위해 매년 죽어 가는 사람들에게 물어보면 알아.'

"누구보다 자네라면 이해해 줄 거라고 생각하는데, 레이첼."

그의 시선은 그녀에게 고정되어 있었다.

"Iactura paucourm serva multos."

그는 레이첼이 이 말을 이해한다는 것을 알고 있었다. 국가 안보 분야에서 일하는 사람들에게는 거의 진부할 정도로 익숙한 말이었다.

'다수를 위한 소수의 희생.'

레이첼은 역겹다는 듯 그를 바라보았다.

"그래서 이제 마이클과 제가 그 소수에 해당된단 말인가요?"

피커링은 생각해 보았다. 다른 방법은 없었다. 그는 델타 원을 돌아보았다.

"파트너를 구하고 상황을 끝내도록."

델타 원은 고개를 끄덕였다.

피커링은 마지막으로 레이첼을 한참 응시한 뒤 좌편 난간으로 걸어가서 뱃전을 스치는 해류를 바라보았다. 이런 장면은 보고 싶지 않았다.

델타 원은 자기 차례가 돌아왔다고 생각하며 무기를 쥐고 집게에 매달려 있는 그의 파트너를 바라보았다. 이제 델타 투의 발밑에 있는 뚜껑문을 닫고 그를 집게발에서 풀어 준 뒤 레이첼 섹스턴과 마이클 톨랜드를 제거하기만 하면 된다.

한데 유감스럽게도 뚜껑문 옆의 제어판은 복잡했다. 뚜껑문과 윈치 모터, 기타 수많은 기능을 제어하는 것으로 보이는 온갖 레버와 다이얼들이 있었다. 엉뚱한 레버를 당겼다가 잠수정을 바닷속으로 빠뜨려서 동료의 생명을 위험에 빠뜨릴 수는 없었다.

'모든 위험을 제거해야 해. 서두르지 말자.'

톨랜드에게 동료를 풀어 주도록 해야 할 것 같았다. 그가 수상한 짓을 하지 못하도록, 델타 원은 업계에서 '생체 담보물'이라고 부르는 보험을 들 생각이었다.

'적을 이용하여 적을 제압하라.'

델타 원은 총열을 레이첼의 얼굴 쪽으로 휙 돌리며 총구를 이마 바로 앞에 댔다. 레이첼은 눈을 감았다. 델타 원은 톨랜드가 분노로 주먹을 꽉 쥐는 것을 볼 수 있었다.

"섹스턴, 일어서."

델타 원이 명령했다. 그녀는 일어섰다.

델타 원은 총구를 그녀의 등에 단단히 대고 트리톤 잠수정 꼭대기로 올라가는 이동식 알루미늄 계단 쪽으로 떠밀었다.

"올라가서 꼭대기에 서."

레이첼은 겁에 질려 혼란스러운 표정이었다. 델타 원은 다시 말했다.

"시키는 대로 해."

레이첼은 마치 악몽 속을 걷는 기분으로 트리톤 뒤에 있는 알루미늄 통로를 올랐다. 그녀는 아득한 바다 위 허공에 매달린 트리톤 위로 올라가고 싶지 않아서 꼭대기에 우뚝 멈춰 섰다.

"올라가."

군인은 톨랜드 쪽으로 돌아와서 그의 머리에 총구를 밀어붙였다.

레이첼 앞에는 집게발에 매달린 군인이 고통스럽게 몸을 비틀며 그녀를 바라보고 있었다. 레이첼은 톨랜드를 돌아보았다. 델타 원이 그의 머리에 총구를 겨누고 있었다.

'올라가야겠군.'

선택의 여지가 없었다.

협곡 위 절벽 끝으로 조금씩 다가가는 기분으로, 레이첼은 둥근 돔형 창문 뒤쪽의 평평하고 작은 엔진 케이스 위에 올라섰다. 잠수정은 열려 있는 뚜껑문 위에서 무거운 추처럼 흔들거리고 있었다. 9톤이라는 무게가 윈치 케이블에 매달려 있었지만, 레이첼이 위로 올라가도 겨우 몇 밀리미터만 흔들렸을 뿐 거의 움직이지 않았다.

"좋아, 가자."

군인은 톨랜드에게 말했다.

"제어판으로 가서 뚜껑을 닫아."

군인은 톨랜드의 등에 총을 겨눈 채 그를 제어판 쪽으로 밀었다. 톨랜드가 천천히 다가오며 레이첼을 똑바로 쳐다보았다. 레이첼은 그의 시선이 무슨 메시지를 보내고 있음을 깨달았다. 그는 그녀를 똑바로 쳐다본 뒤 트리톤 꼭대기의 열린 해치 쪽으로 시선을 내렸다.

레이첼은 아래쪽을 쳐다보았다. 발치의 해치는 열려 있었고, 무거운 둥근 덮개를 지지대가 받치고 있었다. 그 안으로 1인용 조종석이 보였다.

'들어가라는 건가?'

레이첼은 잘못 알아들었나 싶어 톨랜드를 다시 보았다. 그는 제어판 쪽으로 거의 다가가 있었다. 톨랜드의 눈이 그녀의 눈을 보았다. 이번에는 좀 더 확실했다.

그의 입술이 움직였다.

"뛰어 들어가요! 빨리!"

델타 원은 언뜻 레이첼이 움직이는 것을 감지하고 본능적으로 돌아서서 총을 쏘았다. 레이첼은 아슬아슬하게 총알 세례를 피해 잠수정 해치 안으로 뛰어 들어갔다. 총알이 불꽃을 튀기며 열린 해치 뚜껑을 두드렸고, 그 서슬에 뚜껑이 쿵 하고 닫혔다.

톨랜드는 등에서 총구가 떨어지는 것을 느끼자마자 움직였다. 그는 뚜껑문을 벗어나 왼쪽으로 몸을 날려 갑판에 뒹굴었다. 군인은 돌아서서 다시 발포했다. 총알이 그의 등 뒤 갑판을 때렸고, 톨랜드는 선미 닻 줄 감개 뒤로 몸을 숨겼다. 닻과 연결된 수천 미터의 강철 케이블이 감겨 있는 거대한 모터 실린더였다.

톨랜드는 계획이 있었고, 빨리 움직여야 했다. 군인이 다가오자 그는 두 손을 뻗어 닻 고정 장치를 붙잡은 뒤 세게 잡아 당겼다. 순간 닻줄 감개에서 케이블이 풀리기 시작하면서 고야 호는 강력한 해류에 기우뚱했다. 갑작스러운 요동에 갑판 위의 모든 물건과 사람들이 옆으로 흔들거렸다. 배가 해류를 따라 반대 방향으로 가속하자 케이블은 더욱 빨리 풀려 나갔다.

'제발.'

톨랜드는 재촉했다.

군인은 다시 균형을 잡고 톨랜드 쪽으로 다가왔다. 톨랜드는 마지막 순간까지 기다리다가 레버를 다시 위로 올리고 닻줄을 고정시켰다. 케이블이 팽팽해지면서 고야 호가 갑자기 멈췄고 선체가 부르르 떨었다. 갑판 위의 모든 것들이 날아올랐다. 군인은 톨랜드 옆에 무릎을 꿇고 쓰러졌고 피커링은 난간을 넘어 갑판 위로 떨어졌다. 케이블에 매달린 트리톤 호도 심하게 흔들렸다.

마치 지진이 난 것처럼 배 아래에서 금속이 찢어지는 굉음이 울려 퍼지면서 손상된 버팀대가 마침내 부러졌다. 고야 호 선미 오른쪽 구석이 자기 무게를 못 이기고 무너지기 시작했다. 배는 다리 하나를 잃어버린 테이블처럼 대각선 방향으로 비스듬히 기울었다. 금속이 뒤틀리고 서로 긁히는 소음과 뱃전을 때리는 파도 소리가 귀청을 찢듯이 울려 퍼졌다.

레이첼은 가파르게 기울어진 갑판의 뚜껑문 위에서 흔들리는 9톤 무게의 잠수정 조종실 안에 갇혀 있었다. 그녀는 주먹을 부르쥔 채 떨었다. 유리 돔 아랫부분을 통해 사납게 포효하는 바다가 보였다. 톨랜드를 찾기 위해 고개를 들고 갑판을 살피던 그녀는 갑판 위에서 몇 초 동안 괴상한 장면이 펼쳐지는 것을 보았다.

겨우 1미터 떨어진 곳에서는 트리톤의 집게발에 매달린 군인이 막대기에 달린 꼭두각시 인형처럼 고통스럽게 울부짖고 있었다. 윌리엄 피커링이 시야로 급히 들어오더니 갑판 위의 밧줄걸이를 움켜잡았다. 톨랜드 역시 바다로 미끄러지지 않으려고 닻을 제어하는 레버를 꽉 붙잡고 있었다. 그 옆의 군인이 기관총을 든 채 자세를 바로잡는 것을 보고, 레이첼은 소리쳤다.

"마이크, 조심해요!"

그러나 델타 원은 톨랜드를 거들떠보지도 않았다. 그는 아연실색한 얼굴로 입을 벌린 채 공회전 중인 헬기를 바라보고 있었다. 레이첼은 그의 시선을 따라 몸을 틀었다. 카이오와 전투 헬기가 거대한 날개가 돌아가는 채로 천천히 기울어진 갑판을 미끄러져 내려가고 있었다. 긴 금속 활주부는 경사를 내려가는 스키 구실을 하고 있었다. 바로 그때 레이첼은 거대한 헬기가 트리톤 쪽을 향해 똑바로 미끄러지고 있음을 깨달았다.

델타 원은 기울어진 갑판을 가로질러 헬기로 재빨리 뛰어간 뒤 조종석에 기어 올라갔다. 유일한 탈출 수단을 갑판 밖으로 미끄러지게 할 수는 없었다. 그는 조종간을 꽉 잡고 스틱을 끌어당겼다.
 '이륙해!'
 고막을 찢을 듯한 굉음과 함께 회전날개가 가속하면서 중무장한 헬기를 갑판에서 들어 올리려고 애썼다.
 '올라가라니까, 빌어먹을!'
 헬기는 트리톤과 집게발에 매달려 있는 델타 투를 향해 정면으로 미끄러지고 있었다.
 기수가 약간 앞으로 기울어지자 날개도 같이 기울었고, 헬기는 갑판에서 살짝 떴지만 앞으로 더 빨리 미끄러지며 트리톤을 향해 거대한 전기톱처럼 가속했다.
 '올라가!'
 델타 원은 하중이 0.5톤에 달하는 헬파이어 탄두가 제발 떨어져 나갔으면 하는 심정으로 조종간을 당겼다. 회전날개는 델타 투의 머리 꼭대기와 트리톤 윗부분을 아슬아슬하게 스치고 지나갔지만, 헬기가 너무 빨리 미끄러지고 있었다. 트리톤을 고정시킨 윈치 케이블은 피해 갈 수 없었다.
 분당 300바퀴를 회전하는 카이오와의 금속 날개가 한계 중량이 15톤에 달하는 철제 윈치 케이블과 충돌하는 순간, 금속과 금속이 마찰하는 소리가 밤공기를 찢어 놓았다. 마치 전설적인 전투의 현장에 들어와 있는 것 같았다. 델타 원은 방탄 조종석에서 마치 쇠사슬을 끊는 거대한 잔디깎기 기계처럼 회전날개가 잠수정 케이블에 부딪히는 광경을 보았다. 머리 위에서 눈이 멀 듯한 불꽃이 튀면서 카이오와의 날개가 폭발했다. 델타 원은 헬기 활주부가 바닥에 세게 부딪히는 것을 느꼈다. 헬기를 제어하려고 기를 썼지만 날개가 없었다. 헬기는 경사진 갑판에 두 번 튕긴 뒤 미끄러지다가 배의 난간과 충돌했다.

그는 잠시 난간이 헬기를 지탱해 줄 거라고 생각했다.

그러나 우지직 하는 소리가 들렸다. 무거운 짐을 실은 헬기는 뱃전을 넘어 바다 속으로 곤두박질쳤다.

트리톤 안에서 레이첼 섹스턴은 잠수정 좌석에 몸이 끼인 채 움직이지 못하고 있었다. 헬기 날개가 케이블을 휘감는 순간 소형 잠수정은 격렬하게 요동쳤지만, 레이첼은 간신히 견뎠다. 헬기 날개는 잠수정 몸통을 빗나갔지만 케이블은 심각한 손상을 입었을 것이다. 이 시점에서 알 수 있는 것은 최대한 빨리 잠수정에서 빠져나가야 한다는 사실이었다. 집게발에 매달린 군인이 파편에 맞아 화상을 입은 채 피를 흘리며 혼미한 시선으로 잠수정 안의 그녀를 바라보고 있었다. 윌리엄 피커링은 기울어진 갑판 위에서 여전히 밧줄걸이를 붙잡고 매달려 있었다.

'마이클은 어디 있지?'

보이지 않았다. 두려움도 잠시, 새로운 공포가 엄습했다. 머리 위에서 헬기의 회전날개 때문에 갈기갈기 찢어진 윈치 케이블의 가닥이 풀리는 무시무시한 소리가 났다. 다음 순간, 툭 하는 소리와 함께 케이블이 끊어졌다.

잠수정이 아래로 떨어지자 몸이 중력을 거슬러 조종석에서 붕 떴다. 머리 위로 갑판이 사라지고, 고야 호 아래쪽의 통로들이 창밖으로 휙 획 지나쳤다. 집게발에 매달린 군인은 하얗게 질린 얼굴로 레이첼을 바라보고 있었다.

추락은 끝이 없는 것 같았다.

잠수정이 고야 호 아래 바다에 떨어져서 파도 밑으로 잠기는 순간, 레이첼의 몸이 좌석 안쪽으로 강하게 밀렸다. 척추가 눌리는 것 같았다. 환히 조명을 밝힌 바다가 돔 위로 차츰 멀어졌다. 잠수정은 조금씩 천천히 내려가다가 멈추더니 마치 코르크 마개처럼 수면 위로 다시 튀어 올랐다. 숨 막힐 듯한 압력이 느껴졌다.

상어 떼가 즉시 몰려왔다. 앞좌석에 앉은 레이첼은 겨우 몇 미터 떨어진 곳에서 펼쳐지는 엄청난 광경을 보고 그대로 얼어붙었다.

델타 투는 상어의 길쭉한 머리가 상상할 수 없는 힘으로 자신을 들이받는 것을 느꼈다. 면도날처럼 날카로운 집게발이 팔뚝을 단단히 조이고 뼈까지 파고들었다. 통증이 작열했다. 순간 상어가 강력한 몸통을 비틀어 고개를 세차게 흔들자 팔이 몸에서 떨어져 나갔다. 다른 상어들도 몰려들었다. 칼날 같은 이빨이 다리를 찔렀다. 상체, 목, 몸통이 커다랗게 뜯겨 나갔지만 이미 허파에는 비명을 지를 공기도 남아 있지 않았다. 그가 마지막으로 본 것은 초승달 모양의 입이 옆으로 갸우뚱하면서 날카로운 이빨들이 얼굴을 덮치는 광경이었다.

세상이 캄캄해졌다.

육중한 연골로 된 상어 대가리들이 돔을 들이받는 소리가 마침내 잠잠해졌다. 레이첼은 눈을 떴다. 군인은 없었다. 유리창을 씻어 내리는 물은 붉은색이었다.

충격을 받은 레이첼은 의자 안에서 무릎을 감싸 안고 몸을 웅크렸다. 잠수정이 움직이는 것이 느껴졌다. 잠수정은 해류를 따라 고야 호 아래쪽 잠수 갑판을 나란히 스치며 해류를 따라 흐르고 있었다. 잠수정은 다른 방향으로도 움직이고 있었다. 아래쪽이었다.

밖에서는 밸러스트 탱크에 물이 들어오는 독특한 소리가 점점 커졌다. 눈앞의 창밖으로 수면이 차츰 높아지고 있었다.

'가라앉고 있어.'

가슴 철렁하는 공포가 레이첼을 때렸다. 그녀는 얼른 일어서서 머리 위 해치 개폐 장치를 손에 쥐었다. 잠수정 위로 올라갈 수만 있다면 고야 호의 잠수 갑판 위로 뛰어오를 시간이 있었다. 겨우 몇 미터 떨어져 있을 뿐이다.

'나가야만 해!'

개폐 장치에는 열림 방향이 분명히 표시되어 있었다. 레이첼은 힘을 주어 밀었다. 그러나 해치는 꼼짝도 하지 않았다. 다시 밀었다. 움직이지 않았다. 입구는 단단히 닫힌 채 망가져 있었다. 점점 차오르고 있는 수면처럼, 공포가 혈관을 채우기 시작했다. 레이첼은 마지막으로 한 번 더 힘주어 밀었다.

해치는 움직이지 않았다.

몇 센티미터 더 깊이 잠긴 트리톤은 고야 호와 마지막으로 한 번 부딪힌 뒤 손상된 선체 아래에서 넓은 바다를 향해 떠내려가기 시작했다.

126

"이러지 마세요."

가브리엘은 상원의원이 복사기에서 일을 마치자 간청했다.

"의원님은 따님의 목숨을 위험에 빠뜨리고 있는 겁니다!"

섹스턴은 그녀의 말을 한 귀로 흘리며 동일한 복사물 뭉치 열 개를 가지고 책상으로 돌아갔다. 모두 레이첼이 보낸 팩스 자료였고, 운석이 가짜이며 NASA와 백악관이 자신을 죽이려 한다는 레이첼의 자필 메모 사본도 들어 있었다.

'역사상 가장 충격적인 보도 자료지.'

섹스턴은 서류 뭉치를 흰 리넨 봉투 안에 하나씩 조심스럽게 집어넣으며 생각했다. 봉투에는 그의 이름, 사무실 주소, 상원의원 직인이 찍혀 있었다. 이 엄청난 정보가 어디서 나왔는지는 의심할 여지가 없을 것이다.

'세기의 정치 스캔들이야. 내가 바로 그것을 폭로하는 사람이 되는 거야!'

가브리엘은 여전히 레이첼의 안전을 생각해야 한다고 말하고 있었지만, 섹스턴의 귀에는 아무것도 들리지 않았다. 봉투를 모으는 동안, 그는 자신만의 세상에 있었다.

'모든 정치가에게는 결정적인 순간이 오게 마련이지. 이건 나를 위한 기회야.'

윌리엄 피커링은 자료를 공개한다면 레이첼의 생명이 위험에 처할 것이라고 경고했다. 레이첼에게는 안된 일이지만, 섹스턴은 NASA가 사기극을 벌였다는 증거를 폭로하는 용감한 행위 하나만으로도 미국 정치 역사상 유례가 없는 결정적인 정치 드라마를 펼치며 백악관에 입성할 수 있다는 것을 알고 있었다.

'인생은 어려운 결정들로 가득 차 있어. 그리고 승리자는 그런 결정을 내리는 사람이지.'

가브리엘 애쉬는 예전에도 섹스턴의 이런 눈빛을 본 적이 있었다.

'맹목적인 야망.'

그녀는 그것이 두려웠다. 그리고 이제야 그 두려움에 이유가 있었음을 깨달았다. 섹스턴은 NASA의 사기를 공개하는 최초의 인물이 될 수만 있다면 딸을 희생시킬 수도 있다는 각오를 하고 있었다.

"이미 승리하셨다는 걸 모르시겠어요? 어차피 잭 허니 대통령과 NASA는 이번 스캔들에서 살아날 수 없습니다. 누가 공개하느냐, 언제 공개하느냐는 상관없어요! 레이첼의 안전을 확인할 때까지 기다리세요. 피커링을 만날 때까지 기다리시라고요."

섹스턴이 그녀의 말에 더 이상 귀를 기울이지 않고 있는 건 분명했다. 그는 책상 서랍을 열고 자신의 이니셜이 새겨져 있는 밀랍 인장 수십 개가 부착된 알루미늄 포장지를 꺼냈다. 밀랍 인장은 동전 크기로 한쪽 면에는 접착제가 발라져 있었다. 공식적인 초대를 위해서 종종 사용하는 것이었는데, 섹스턴은 진홍색 밀랍 인장이 봉투에 한층 더

극적인 느낌을 부여할 것이라고 생각한 것 같았다. 그는 은박지에서 둥근 밀랍을 떼어낸 뒤 봉투 위에 하나씩 붙여서 마치 모노그램한 편지처럼 봉인했다.

심장이 새로운 분노로 고동쳤다. 섹스턴의 컴퓨터에 있는 불법 수표 사진이 떠올랐다. 지금 수표에 대해 뭐라 말하면, 그는 즉시 증거를 없앨 것이다.

"이러지 마세요. 이러시면 우리 관계를 공개하겠습니다."

섹스턴은 밀랍 봉인을 붙이면서 큰 소리로 웃었다.

"그래? 사람들이 자넬 믿어 줄 거라고 생각하나? 내 행정부에서 일자리를 잃은 권력지향적인 보좌관이 복수할 기회를 찾는 거라고 생각하겠지. 난 우리 관계를 부인한 바 있고, 세상은 나의 말을 믿었어. 한 번 더 부인하면 돼."

"백악관이 사진을 가지고 있어요."

가브리엘은 털어놓았다. 그러나 섹스턴은 고개조차 들지 않았다.

"사진 같은 건 없어. 설사 갖고 있다 해도 의미가 없고."

그는 마지막 밀랍 봉인을 붙였다.

"난 면책특권을 가지고 있어. 이 봉투만 있으면 어떤 패도 이길 수 있어."

가브리엘은 그의 말이 옳다는 것을 알았다. 그녀는 무기력한 기분으로 자신의 작품에 감탄하는 섹스턴을 바라보았다. 책상 위에는 의원의 이름과 주소가 찍힌 희고 우아한 리넨 봉투 열 개가 나란히 놓여 있었고, 봉투는 의원의 이니셜이 적힌 진홍색 밀랍 인장으로 봉인되어 있었다. 마치 왕가의 편지 같았다. 물론 역사상 이만큼 강력한 정보를 통해 대권을 잡은 왕도 없을 것이다.

섹스턴은 봉투를 집어 들고 떠날 준비를 했다. 가브리엘은 그의 앞길을 막았다.

"실수하시는 겁니다. 이건 급하지 않은 일이에요."

섹스턴은 그녀를 뚫어지게 쳐다보았다.

"가브리엘, 자네를 고용한 건 나야. 이제 자넨 해고야."

"레이첼에게서 온 그 팩스가 의원님을 대통령으로 만들어 주는 거예요. 따님에게 빚을 지는 거라고요."

"나도 그 애한테 많은 걸 줬어."

"따님에게 무슨 일이라도 벌어지면 어떻게 하려고 그러세요!"

"그럼 난 동정표를 얻게 되겠지."

섹스턴이 그런 말을 했다는 것은 물론이고 그런 생각을 했다는 것 자체도 믿을 수가 없었다. 가브리엘은 혐오감을 느끼며 전화기로 손을 뻗었다.

"백악관에 전화하겠어요."

섹스턴은 돌아서서 그녀의 얼굴을 철썩 후려갈겼다.

가브리엘은 비틀거리며 뒷걸음질 쳤다. 입술이 찢어진 것이 느껴졌다. 그녀는 책상을 짚고 몸을 가누며 한때 흠모했던 인간을 놀란 눈으로 쳐다보았다.

섹스턴은 냉정한 시선으로 그녀를 한참 쳐다보았다.

"혹시 날 방해할 생각이라면 평생 후회하게 될 거야."

그는 봉인한 봉투를 겨드랑이에 끼고 꿈쩍도 하지 않고 서 있었다. 사나운 불길이 그의 눈에서 타올랐다.

가브리엘이 사무실 빌딩을 나와 추운 밤공기 속으로 들어섰을 때, 입술에서는 여전히 피가 흐르고 있었다. 그녀는 손을 들어 택시를 불러 올라탔다. 워싱턴에 온 후 처음으로, 가브리엘 애쉬는 울음을 터뜨렸다.

127

'트리톤이 추락했어.'

기울어진 갑판 위에서 비틀거리며 일어선 마이클 톨랜드는 닻줄 감개 뒤에 몸을 숨긴 채 트리톤을 지탱하고 있던 윈치 케이블이 너덜너덜해진 것을 보았다. 그는 선미 쪽으로 돌아서서 물을 살폈다. 트리톤이 고야 호 아래에서 수면 위로 모습을 드러냈다. 망가지지 않은 잠수정을 보자 마음이 놓였다. 톨랜드는 레이첼이 뚜껑을 열고 무사히 나왔으면 하는 마음으로 해치를 지켜보았다. 그러나 해치는 열리지 않았다. 추락할 때의 충격으로 기절한 게 아닌가 하는 생각이 들었다.

갑판 위에서 보아도, 트리톤은 정상적인 흘수선보다 훨씬 더 낮게 가라앉아 있었다. 잠수정이 가라앉고 있다. 이유는 알 수 없었지만, 지금 그것은 중요하지 않았다.

'레이첼을 나오게 해야 해. 지금 당장.'

톨랜드가 갑판 끝으로 달려가려고 일어서는 순간, 기관총이 불을 뿜더니 머리 위 무거운 닻줄 감개에서 불꽃이 튀었다. 그는 얼른 무릎을 끓었다.

'제기랄!'

닻줄이 감긴 기둥 뒤에서 내다보니, 피커링이 위쪽 갑판에서 저격수처럼 자신을 조준하고 있었다. 델타 포스 군인이 바다에 빠진 헬기에 올라탈 때 떨어뜨린 기관총을 주운 것 같았다. 이제 감독관이 유리한 고지를 점하고 있었다.

톨랜드는 닻줄 감개 뒤에 갇힌 채 가라앉고 있는 트리톤 쪽을 돌아보았다.

'어서, 레이첼! 나와!'

그는 해치가 열리기를 기다렸다. 그러나 아무 일도 일어나지 않았다.

톨랜드는 고야 호의 갑판을 다시 보면서 자신이 있는 지점에서 선미 난간까지 훤히 노출된 공간을 가늠해 보았다. 6미터. 엄폐물 없이는 먼 거리였다.

톨랜드는 깊이 숨을 들이마시며 결심했다. 그는 셔츠를 벗어서 탁 트인 오른쪽 갑판으로 던졌다. 피커링이 셔츠를 누더기로 만드는 동안, 톨랜드는 왼쪽으로 몸을 날려 기울어진 갑판을 내려간 다음 선미 쪽으로 돌아섰다. 그리고 훌쩍 뛰어 배 뒤쪽 난간을 넘어갔다. 포물선을 그리며 떨어지는 동안, 주변에서 총알이 휙휙 날았다. 톨랜드는 단 한 발이라도 스치면 물에 떨어지는 순간 상어밥이 된다는 것을 알고 있었다.

레이첼 섹스턴은 우리에 갇힌 야생 동물이 된 기분이었다. 해치를 열려고 몇 번이고 밀어 보았지만 소용없었다. 아래쪽 어딘가에서 탱크에 물이 차는 소리가 들려왔다. 잠수정이 무거워지고 있었다. 마치 거꾸로 내려오는 검은 커튼처럼, 투명한 돔 위로 대양의 어둠이 차오르고 있었다.

유리 아래쪽 너머에서는 공허한 바다가 무덤처럼 손짓하고 있었다. 광대한 빈 공간이 그녀를 집어삼킬 듯 위협하고 있었다. 레이첼은 해치의 개폐 장치를 잡고 한 번 더 비틀어 열어 보려 했지만 꼼짝도 하지 않았다. 호흡이 힘들었고, 과도한 이산화탄소의 악취가 코를 찔렀다. 무엇보다도 한 가지 생각이 머릿속을 떠나지 않았다.

'물속에서 혼자 죽어 가는 거야.'

레이첼은 도움이 될 만한 것이 있나 싶어 트리톤의 제어판과 레버들을 살펴보았지만, 모든 계기판은 캄캄했다. 전원이 없었다. 그녀는 바다 밑바닥으로 가라앉는 철제 납골당 안에 갇혀 있었다.

탱크 안에 유입되는 물소리가 차츰 커졌고, 바닷물은 돔 꼭대기를 6, 70센티미터 남겨 둔 지점까지 차올랐다. 저 멀리 끝없이 펼쳐진 수평선 너머로 진홍색 띠가 나타났다. 아침이 밝아 오고 있었다. 마지막으로 보는 빛이 아닐까 하는 두려움이 일었다. 다가오는 운명을 잊기 위해 눈을 감자 어린 시절의 두려웠던 기억이 되살아났다.

'얼음 사이로 떨어진다. 물속으로 미끄러진다. 숨을 쉴 수가 없다. 올라갈 수가 없다. 가라앉고 있다.'

그리고 어머니가 부르는 소리.

'레이첼! 레이첼!'

잠수정 밖에서 뭔가 두드리는 소리에 레이첼은 퍼뜩 정신이 들었다. 그녀는 눈을 반짝 떴다.

"레이첼!"

답답하게 갇힌 데서 나오는 목소리 같았다. 검은 머리카락으로 휘감긴 유령 같은 얼굴이 유리 밖에 거꾸로 나타났다. 어두워서 얼굴을 알아보기가 힘들었다.

"마이크!"

톨랜드는 잠수정 안에서 움직이는 레이첼을 확인하고 물 위로 나와서 안도의 한숨을 쉬었다.

'살아 있어.'

그는 서둘러 트리톤 뒤쪽으로 헤엄쳐서 물에 잠긴 엔진 플랫폼 위로 올라갔다. 해류는 뜨거운 납덩어리처럼 느껴졌다. 톨랜드는 피커링의 사격 범위에 들어가지 않기를 바라며 자세를 낮게 유지한 채 둥근 해치 손잡이를 잡았다.

선체가 이제 거의 물속에 잠겨 있었기 때문에, 해치를 열고 레이첼을 꺼내려면 서둘러야 했다. 남아 있는 25센티미터의 여유도 빠르게 줄어들고 있었다. 해치가 잠긴 뒤에 뚜껑을 열면 바닷물이 트리톤 안으로 세차게 흘러 들어가서 레이첼을 안에 가둔 채 바다 밑으로 자유낙하하게 될 것이다.

"지금이 아니면 안 돼."

그는 헐떡거리며 해치의 휠을 잡고 시계 반대 방향으로 돌렸다. 열리지 않았다. 모든 힘을 다해 다시 시도해 보았지만 이번에도 해치는 돌아가지 않았다.

해치 안쪽에서 레이첼의 목소리가 들렸다. 막혀서 잘 들리지 않았지만, 톨랜드는 그녀의 공포를 느낄 수 있었다.

"나도 해 봤어요! 안 됐어요!"

바닷물은 이제 해치 뚜껑 위에서 찰싹거리고 있었다.

"같이 돌려 봐요!"

톨랜드가 외쳤다.

"당신은 안쪽에서 시계 방향으로!"

손잡이에 개폐 방향이 분명하게 표시되어 있을 것이다.

"자, 지금!"

톨랜드는 밸러스트 공기 탱크에 몸을 기댄 채 온 힘을 다 썼다. 레이첼도 그렇게 하는 소리가 들려왔다. 휠은 1센티미터 정도 돌다가 다시 멈췄다.

그때 톨랜드는 보았다. 출입구 뚜껑이 홈에 바르게 끼워져 있지 않았다. 삐딱하게 힘으로 돌려 닫은 병뚜껑처럼 어긋나 있었다. 고무 봉인은 제자리에 있었지만, 쇠의 돌출 부분이 구부러졌다면 문을 열 수 있는 방법은 용접기를 이용하는 것뿐이다.

잠수정 윗부분이 수면 아래로 잠기는 것을 보고, 톨랜드는 갑작스러운 두려움에 휩싸였다. 레이첼은 탈출할 수 없을지도 모른다.

600미터 아래에서는 폭탄을 실은 카이오와 헬기의 구겨진 동체가 중력과 심해 소용돌이의 강력한 힘에 의해 빠르게 가라앉고 있었다. 조종석 안에 있는 델타 원의 시체는 심해의 엄청난 압력으로 찌그러져서 더 이상 알아볼 수 없는 상태였다.

헬기는 헬파이어 미사일을 실은 채 소용돌이치며 가라앉고 있었고, 대양저에는 이글거리는 마그마 돔이 뜨겁게 달군 착륙장처럼 헬기를 기다리고 있었다. 3미터 두께의 지각 아래에서는 용암이 섭씨 1천 도로 끓고 있었다. 화산이 폭발을 준비하고 있었다.

128

 톨랜드는 이제 무릎까지 물에 찬 채 트리톤의 엔진 박스 위에 서서 레이첼을 구할 방법을 궁리하고 있었다.
 '잠수정을 가라앉게 해서는 안 돼!'
 그는 고야 호 쪽을 다시 바라보면서 트리톤에 윈치를 연결해서 더 이상 가라앉지 않도록 할 수 없을까 생각해 보았다. 불가능했다. 이미 50미터나 떨어져 있었고, 피커링이 상석에 올라앉아 콜로세움의 혈투를 바라보는 로마 황제처럼 함교에 우뚝 서 있었기 때문이었다.
 '생각해! 잠수정이 가라앉는 이유가 뭐지?'
 톨랜드는 자신에게 질문했다.
 잠수함이 뜨는 원리는 극도로 간단하다. 밸러스트 탱크에 물이나 공기를 가득 채워서 부력을 조절하고 위아래로 움직이게 한다.
 밸러스트 탱크에 물이 들어가고 있는 것이 분명했다.
 '하지만 그럴 리가 없는데!'
 모든 잠수정의 밸러스트 탱크는 위아래에 구멍이 있다. '유입구'라고 불리는 아래쪽 구멍은 언제나 열려 있고, '통기 밸브'라고 불리는 위쪽 구멍은 필요할 때 공기를 빼내 물이 들어올 수 있도록 열고 닫게 되어 있었다.

'통기 밸브가 열려 있는 걸까?'

톨랜드는 이유를 알 수가 없었다. 그는 물에 잠긴 엔진 플랫폼을 허우적거리며 가로질러 밸러스트 균형 탱크 하나를 더듬어 보았다. 통기 밸브는 닫혀 있었다. 한데 밸브를 더듬어 보니 뭔가 이상한 것이 느껴졌다.

총알 구멍이었다.

'빌어먹을!'

레이첼이 뛰어들었을 때 트리톤은 총알에 벌집이 된 상태였다. 톨랜드는 즉시 물에 뛰어들어 잠수정 아래쪽으로 헤엄친 뒤 손으로 조심스럽게 가장 중요한 중력 보상 탱크를 더듬어 보았다. 영국인들은 이 탱크를 '하강 급행열차', 독일인들은 '납덩어리 구두'라고 부른다. 어느 쪽이든 의미는 명확했다. 중력 보상 탱크가 가득 차면 잠수정은 하강한다.

탱크의 측면을 만져 보니, 수십 개의 총알 구멍이 느껴졌다. 물이 탱크 안으로 세차게 흘러 들어가는 것이 느껴졌다. 트리톤은 톨랜드의 의사와 상관없이 잠수할 준비를 하고 있었다.

잠수정은 이제 수면에서 1미터 아래까지 가라앉아 있었다. 톨랜드는 앞쪽으로 헤엄쳐서 얼굴을 유리창에 대고 돔 안을 들여다보았다. 레이첼이 유리를 때리면서 고함치고 있었다. 공포에 질린 목소리를 듣자 톨랜드는 더욱 무력감을 느꼈다. 순간 그는 사랑하는 여인이 죽는 것을 바라보면서도 아무것도 해 줄 수 없었던 차가운 병원으로 되돌아가 있었다. 그는 가라앉고 있는 잠수정 앞을 헤엄치면서 두 번 다시 똑같은 일을 견딜 수는 없다고 다짐했다.

'당신은 살아야 해요.'

실리아는 말했지만, 톨랜드는 두 번 다시 혼자 살아남고 싶지 않았다.

허파가 공기를 애타게 원하고 있었지만, 톨랜드는 계속 레이첼 곁에 있었다. 그녀가 유리를 때릴 때마다 공기 방울이 보글보글 위로 올라가면서 잠수정은 더 깊이 가라앉았다. 유리창 틈새로 물이 들어온다고 외치는 것 같았다.

전망 창이 새고 있었다.

'창에 총알 구멍이 났나?'

그런 것 같지는 않았다. 톨랜드는 폐가 터져 버릴 것 같아 수면 위로 올라갈 준비를 했다. 거대한 아크릴 창 위쪽으로 팔을 뻗는 순간 헐거워진 고무 코킹 조각이 손가락 끝에 닿았다. 떨어지면서 봉인이 충격을 받은 것 같았다. 조종실에 물이 새는 것은 이것 때문이었다.

'산 넘어 산이군.'

수면으로 올라간 톨랜드는 깊이 세 번 공기를 들이마시면서 생각을 정돈했다. 조종실로 물이 유입되고 있으니 트리톤은 점점 더 빨리 가라앉을 것이다. 이미 잠수정은 수면에서 1.5미터 아래에 있었고 발이 겨우 닿을 정도였다. 그는 레이첼이 선체를 필사적으로 두드리는 것을 느낄 수 있었다.

방법은 단 하나밖에 떠오르지 않았다. 트리톤의 엔진 박스까지 가서 고압 공기 실린더를 찾아낼 수만 있으면, 그것으로 중력 보상 탱크에 공기를 주입할 수 있을 것이다. 손상된 탱크에 공기를 넣는 것은 헛된 노력이겠지만, 탱크가 다시 가득 차기까지 몇 분 정도는 탱크를 수면 가까이 유지할 수 있을 것이다.

'그다음에는?'

당장 다른 선택의 여지가 없어서, 톨랜드는 잠수할 준비를 했다. 그는 숨을 한껏 들이마시고 정상적인 상태를 넘어 거의 고통스러울 정도로 폐를 확장했다. 폐가 확장될수록 산소가 많이 들어가고 오래 잠수할 수 있다. 한데 폐가 흉곽을 압박할 정도로 확장된 것을 느끼자, 이상한 생각 하나가 떠올랐다.

'잠수정 내부의 압력을 높이면 어떨까?'

전망 돔의 봉인은 손상됐다. 조종실 내부의 압력이 높아진다면, 잠수정에서 전망 돔이 통째로 터져 나가면서 레이첼을 꺼낼 수 있을지도 모른다.

그는 숨을 내쉬고 수면 위에 잠시 선 채 과연 가능할까 생각해 보았다.

'이론적으로는 완벽하지 않나?'

결국 잠수함이라는 것은 오직 한 방향으로만 강하게 설계된다. 잠수함은 엄청난 외부 압력을 견뎌야 하지만 내부 압력을 견딜 필요는 없다.

게다가 트리톤은 고야 호에 실을 여분의 부품 수를 줄이기 위해 통일된 조절기 밸브들을 사용하고 있었다. 그냥 고압 실린더 호스를 끌러 내서 잠수정 좌현의 비상 공기 공급 장치 구멍에 연결하기만 하면 된다! 조종실의 기압이 높아지면 레이첼은 상당한 육체적 고통을 겪겠지만, 그 때문에 탈출할 수 있을지도 모르는 것이다.

톨랜드는 숨을 들이마시고 물속에 뛰어들었다.

잠수정은 이제 수면에서 2.5미터 정도 아래에 있었다. 물살과 어둠 때문에 방향을 파악하는 것이 어려웠다. 고압 탱크를 발견한 톨랜드는 재빨리 호스를 바꾸어 연결시키고 조종실 안에 공기를 주입할 준비를 했다. 조절기를 붙잡는 순간, 탱크 측면에 노란 형광 페인트로 쓰인 경고문이 이 작업이 얼마나 위험한지 상기시켜 주었다.

주의 : 압축 공기 — 3,000PSI

'제곱인치당 1,400킬로그램이라.'

톨랜드는 조종실 내부 기압이 레이첼의 폐를 망가뜨리기 전에 전망창이 떨어져 나가기만 바랄 뿐이었다. 근본적으로는 강력한 소방 호스를 물 풍선에 연결해 놓고 풍선이 빨리 터지기를 기도하는 것과 같았다.

그는 조절기를 잡고 마음을 정했다. 가라앉고 있는 트리톤 뒤에 매달린 채, 톨랜드는 조절기를 돌려서 밸브를 열었다. 호스는 즉시 뻣뻣해졌고, 엄청난 힘으로 조종실로 주입되는 공기 소리가 들려왔다.

트리톤 안의 레이첼은 갑작스럽게 타는 듯한 고통이 머리를 쪼갤 듯 밀려오는 것을 느꼈다. 비명을 지르려고 입을 벌렸지만, 엄청난 압력으로 공기가 폐 속으로 밀고 들어왔다. 가슴이 터질 것 같았고, 눈은 마치 두개골 안쪽으로 밀려 들어가는 기분이었다. 고막을 찢을 듯한 엄청난 소음에 금방이라도 정신을 잃을 것만 같았다. 본능적으로 그녀는 눈을 단단히 감은 채 두 손으로 귀를 덮어 눌렀다. 고통은 점점 커졌다.

바로 앞에서 쿵쿵 때리는 소리가 들렸다. 잠깐 눈을 떠 보니 어둠속에서 마이클 톨랜드의 흐릿한 윤곽이 보였다. 그는 얼굴을 유리창에 댄 채 뭔가 하라고 몸짓으로 그녀에게 알리고 있었다.

'뭘 하라는 거지?'

어두워서 그의 모습은 거의 보이지 않았다. 선내의 압력으로 안구가 압력에 찌그러져 있어서 시야도 흐릿했다. 하지만 고야 호에서 흘러나오는 수중 조명 불빛조차 닿지 않는 깊이까지 가라앉았다는 것은 알 수 있었다. 사방은 온통 칠흑 같은 심연이었다.

톨랜드는 트리톤의 창 위에 몸을 펴고 계속 쿵쿵 쳤다. 공기 부족으로 가슴이 타들어 갔다. 몇 초 뒤에는 수면 위로 돌아가야 한다.

'유리를 밀어!'

그는 손짓으로 알렸다. 압력을 받은 공기가 유리 주위를 빠져나오면서 거품이 올라오는 소리가 들렸다. 봉인 어딘가가 헐거워진 것이다. 톨랜드는 손가락을 걸고 끌어낼 만한 틈이 없나 유리창을 더듬어 보았지만 아무것도 없었다.

산소가 다 떨어지고 시야가 좁아져 갔다. 그는 마지막으로 유리 위를 쿵 쳤다. 더 이상 레이첼이 보이지 않았다. 너무 어두웠다. 폐에 마지막 남은 공기를 짜내며, 그는 물속에서 크게 외쳤다.

"레이첼…… 유리를…… 밀어!"

그의 말은 물속에서 부글부글 거품이 되어 흩어졌다.

129

트리톤 안에 있는 레이첼은 무슨 중세시대 고문 도구가 머리를 조이고 있는 느낌이었다. 반쯤 선 자세로 조종실 좌석 옆에 몸을 굽힌 채, 그녀는 죽음이 다가오는 것을 느꼈다. 바로 앞 반구형의 전망 돔은 비어 있었다. 어두웠다. 쿵쿵 두드리는 소리도 멈췄다.

톨랜드는 갔다. 그녀를 떠났다.

머리 위로 세차게 유입되는 가압 공기 소리는 밀린 빙붕의 귀청이 터질 듯한 카타바틱 바람 소리를 상기시켰다. 이제 잠수정 바닥에는 물이 30센티미터 정도 차 있었다.

'꺼내 줘!'

온갖 생각과 기억이 보라색 섬광처럼 머릿속을 흘렀다.

어둠 속에서 잠수정은 기울기 시작했고, 레이첼은 균형을 잃고 비틀거렸다. 좌석에 걸려서 비틀거리던 그녀는 앞으로 넘어지면서 반구형 돔에 세게 부딪쳤다. 날카로운 고통이 어깨를 덮쳤다. 온몸으로 유리창에 부딪히는 순간, 이상한 느낌이 들었다. 잠수정 내부 압력이 갑자기 떨어진 것 같았다. 팽팽했던 고막도 약간 느슨해졌고, 실제로 공기가 쏴하고 잠수정을 빠져나가는 소리도 들렸다.

순간 레이첼은 무슨 일이 일어났는지 깨달았다. 돔 안쪽에 부딪히는 순간 몸무게 때문에 유리창이 바깥쪽으로 밀리면서 내부의 공기가 봉인 주변을 통해 빠져나간 것이다. 돔의 유리가 헐거워진 것이 분명했다! 레이첼은 그제야 톨랜드가 내부 압력을 높여서 무엇을 하려고 했는지 깨달았다.

'창을 바깥으로 날려 버릴 생각이었어!'

머리 위에서 트리톤의 압력 실린더는 계속 펌프질을 해 대고 있었다. 레이첼이 쓰러져 있는 동안 실내 압력은 다시 높아졌다. 의식을 잃을 정도로 숨 막히는 압박감을 다시 느낄 수 있었지만, 이번에는 그 압력이 반가울 지경이었다. 레이첼은 얼른 일어서서 온 힘을 다해 유리를 밖으로 밀어냈다.

이번엔 거품 올라오는 소리가 없었다. 유리는 거의 움직이지 않았다.

그녀는 다시 창을 향해 체중을 실어 몸을 던졌다. 아무런 변화가 없었다. 어깨에 난 상처가 아파서 내려다보니, 피는 말라붙어 있었다. 다시 유리를 밀어 볼 생각이었지만 그럴 시간이 없었다. 손상된 잠수정이 예고도 없이 뒤로 기울기 시작했다. 무거운 엔진 박스가 침수된 균형 탱크 위로 올라가는 바람에, 트리톤은 뒤쪽으로 굴러서 그대로 가라앉기 시작했다.

레이첼은 조종석 뒷벽에 등을 대고 넘어졌다. 철벅거리는 물에 반쯤 잠긴 채, 거대한 채광창처럼 머리 위에 있는 돔을 응시했다.

바깥은 오직 어둠이었다. 수천 톤의 바닷물이 짓누르고 있었다.

일어나려고 했지만, 몸은 시체처럼 무거웠다. 기억은 다시 얼어붙은 강물 속에 갇혔던 과거로 돌아갔다.

"힘을 내, 레이첼!"

어머니가 그녀를 꺼내려고 아래로 팔을 뻗으며 외치고 있었다.

"꽉 붙잡아!"

레이첼은 눈을 감았다.

'난 가라앉고 있어.'

스케이트화가 무거운 납덩어리처럼 몸을 아래로 당기고 있었다. 어머니가 얼음 위에서 무게를 분산시키기 위해 사지를 쫙 벌린 채 손을 뻗고 있는 것이 보였다.

"발로 차, 레이첼! 차!"

최선을 다해 발로 찼다. 몸이 얼음 구멍 위로 약간 떠올랐다. 섬광 같은 희망. 어머니가 그녀를 붙잡았다.

"그래! 내가 들어 올려 줄게! 발로 차!"

어머니는 위에서 계속 당겼고, 레이첼은 마지막 힘을 다해 발로 찼다. 그걸로 충분했다. 어머니는 레이첼을 안전하게 얼음 위로 끌어 올렸다. 그러고는 흠뻑 젖은 레이첼을 눈 덮인 강둑까지 끌고 간 뒤에 눈물을 터뜨리며 쓰러졌다.

습기와 열기가 높아져 가는 잠수정 안에서 레이첼은 눈을 뜨고 주위의 어둠을 바라보았다. 어머니가 무덤에서 속삭이는 목소리가 가라앉는 트리톤 안에서도 또렷이 들려왔다.

'발로 차!'

레이첼은 머리 위의 돔을 바라보았다. 그녀는 마지막 용기를 짜내서 치과 진료 침대처럼 등받이를 거의 수평으로 내린 조종석에 기어올랐다. 그러고는 등을 대고 누운 채 무릎을 구부리고 두 다리를 최대한 뒤로 끌어당긴 뒤 발을 위로 겨누고 힘차게 뻗었다. 처절하고 필사적인 비명과 함께, 그녀는 아크릴 돔 한가운데를 발로 찼다. 정강이가 저릿저릿 아프고 머리가 어질어질했다. 갑자기 귓속에서 천둥소리가 나면서 압력이 급하게 내려가는 것을 느낄 수 있었다. 돔 왼쪽 봉인이 뜯겨 나가고 거대한 유리 한쪽이 마치 헛간 문처럼 열렸다.

잠수정 안으로 흘러 들어온 급류에 밀려, 레이첼은 다시 의자에 주저앉았다. 무시무시한 기세로 들이친 바닷물이 등 아래에서 소용돌이치며 그녀의 몸을 들어 올리더니 마치 세탁기 속의 양말처럼 뒤집고 흔들었다. 뭔가 붙잡을 것을 찾아 손을 더듬었지만, 몸은 정신없이 돌고 있을 뿐이었다. 조종석에 물이 가득 찼을 때, 그녀는 잠수정이 빠른 속도로 자유낙하하기 시작했다는 것을 깨달았다. 레이첼의 몸이 조종실 위쪽에 부딪히더니 그대로 꼼짝할 수가 없었다. 주위에 생긴 물방울의 흐름이 몸을 비틀어 왼쪽, 위쪽으로 잡아끌었다. 딱딱한 아크릴 모서리가 엉덩이에 세게 부딪혔다.

그리고 그녀는 자유로워졌다. 레이첼은 이리저리 돌고 구르며 끝없이 따뜻한 암흑 속으로 떨어졌다. 폐는 이미 애타게 공기를 찾고 있었다.

'수면으로 올라가!'

빛을 찾아보았지만 아무것도 보이지 않았다. 모든 방향이 똑같았다. 암흑이었다. 중력도 없었다. 위아래의 감각도 없었다.

어느 쪽으로 헤엄을 쳐야 할지 알 수가 없었다.

수천 미터 아래에서 가라앉고 있던 카이오와 헬기는 사정없이 증가하는 압력을 받아 찌부러져 있었다. 고성능 대전차 AGM-114 헬파이어 미사일 15기는 아직 수압을 견디고 있었지만, 구리합금 성형장약과 스프링 기폭장치가 위험스럽게 안으로 밀려 들어가고 있었다.

해저에서 30미터 높이에 있던 메가플룸의 강력한 중심축이 헬기의 잔해를 아래쪽으로 빨아 당겨 벌겋게 달아오른 마그마 돔 지각 위로 내동댕이쳤다. 헬파이어 미사일은 상자 안에서 연쇄적으로 불이 붙는 성냥처럼 잇달아 폭발하면서 마그마 돔 꼭대기에 커다란 구멍을 냈다.

수면에서 공기를 마시고 다시 다급하게 잠수한 마이클 톨랜드가 수중 5미터 깊이에서 캄캄한 바다를 둘러보고 있을 때, 헬파이어 미사일이 폭발했다. 흰 섬광이 위로 솟아오르며, 그가 영원히 기억하게 될 광경을 정지영상으로 환히 비추어 주었다.

그보다 3미터 아래에서는 레이첼 섹스턴이 팔다리가 얽힌 꼭두각시 인형처럼 떠 있었다. 그 아래로 트리톤 잠수정이 돔 유리창을 헐렁하게 매단 채 빠르게 가라앉고 있었다. 인근에 있던 상어들은 이 지역에 닥칠 위험을 감지했는지 넓은 바다로 흩어졌다.

잠수정 밖으로 나와 있는 레이첼을 발견한 기쁨도 잠시, 톨랜드는 지금부터 무슨 일이 일어날지 깨달았다. 그는 사라지는 섬광 속에서 레이첼이 있던 지점을 기억하고 그쪽으로 힘차게 헤엄치기 시작했다.

수천 미터 아래에서 마그마 돔 지각이 산산조각나고 해저화산이 분출하면서 섭씨 1,200도의 마그마를 바다로 토해 냈다. 뜨거운 용암은 접촉하는 모든 물을 증발시켜서 메가플룸 중앙축을 따라 거대한 증기 기둥을 쏘아 올렸다. 토네이도와 동일한 유체역학적 작용으로 수직으로 이동한 증기 에너지는 시계 방향으로 회전하면서 반대 방향으로 에너지를 나르는 소용돌이를 만들어 냈다.

솟아오르는 증기 기둥 주위로 소용돌이치는 해류는 속도를 더하며 빙빙 돌면서 하강했다. 빠져나가는 증기 아래에 생긴 거대한 진공은 수백만 갤런의 바닷물을 다시 마그마로 빨아들였다. 새로 바닥에 닿은 물 역시 증기로 바뀌어 탈출구를 찾았고, 이 증기는 다시 솟아오르는 거대한 증기 기둥에 합류하여 솟구치면서 더 많은 물을 아래로 끌어당겼다. 더 많은 양의 물이 진공을 채우기 위해 몰려들수록 소용돌이는 더욱 강해졌다. 열수분출은 더욱 길어졌고, 거대한 증기 기둥은 차츰 힘을 더해 가며 수면으로 접근하기 시작했다.

해양의 블랙홀이 이제 막 탄생한 것이다.

레이첼은 자궁 속에 있는 갓난아기가 된 느낌이었다. 뜨겁고 축축한 어둠이 레이첼을 에워싸고 있었다. 칠흑 같은 따뜻함 속에서 정신은 흐릿했다.

'숨을 쉬어.'

그녀는 반사 신경과 싸웠다. 아까 본 섬광은 수면 쪽에서 왔을 텐데도 생각보다 너무나 멀게 느껴졌다.

'환영이었나. 수면으로 올라가야 해.'

레이첼은 빛이 보인 방향으로 힘없이 헤엄치기 시작했다. 더 많은 빛이 보였다. 저 멀리 음산한 붉은 불빛이 보였다.

'햇빛인가?'

그녀는 더 열심히 헤엄쳤다.

그때 누군가의 손이 발목을 잡았다.

레이첼은 물속에서 비명을 지르며 폐 속에 남은 공기를 거의 다 내쉬어 버렸다.

그 손은 그녀를 뒤쪽으로 당기고 몸을 돌려세우며 반대 방향으로 가라고 등을 밀었다. 익숙한 손이 그녀의 손을 잡았다. 마이클 톨랜드가 그녀를 반대쪽으로 끌어당기고 있었다.

레이첼의 머리는 그가 그녀를 아래쪽으로 데려간다고 말하고 있었다. 하지만 가슴은 그가 지금 스스로 무엇을 하는지 알고 있다고 말하고 있었다.

'발로 차.'

어머니의 목소리가 속삭였다.

레이첼은 온 힘을 다해 물을 발로 찼다.

130

레이첼과 함께 수면 위로 나오면서도, 톨랜드는 모든 것이 끝났다고 생각했다.

'마그마 돔이 터졌어.'

소용돌이 꼭대기가 수면에 도달하면, 거대한 수중 토네이도가 순식간에 모든 것을 아래로 빨아들일 것이다. 이상하게도 물 위 세상은 그가 조금 전에 떠나 왔던 고요한 새벽이 아니었다. 귀청을 찢을 듯한 소음이 울려 퍼졌다. 물속에 있는 동안 폭풍이라도 들이닥쳤는지, 거센 바람이 불고 있었다.

톨랜드는 산소 부족으로 의식이 혼미해지는 것을 느꼈다. 물속에서 계속 레이첼을 지탱하려고 애썼지만, 그녀의 몸은 점점 그의 팔에서 빠져나가고 있었다.

'해류 때문이야!'

계속 잡고 있으려고 했지만, 보이지 않는 힘이 자꾸만 그녀를 당겨서 끌어내고 있었다. 갑자기 잡은 손이 풀렸고, 레이첼의 몸이 그의 팔에서 빠져나갔다. 그런데 위쪽으로 올라갔다.

톨랜드는 어리둥절한 눈으로 레이첼의 몸이 물 밖으로 떠오르는 것을 보았다.

머리 위에서 해안경비대의 오스프레이 경사 회전익 비행기가 공중을 맴돌며 레이첼을 윈치로 끌어올리고 있었다. 20분 전 해안경비대는 바다에서 폭발음이 들렸다는 신고를 받았다. 인근에 있을 돌핀 헬기와 연락이 끊어졌기 때문에 혹시 헬기 사고가 아닌가 하는 걱정이 들었다. 그들은 헬기의 최종 좌표를 항행 시스템에 입력하고 혹시나 하는 마음으로 출동했다.

그들은 환히 불을 밝힌 고야 호에서 800미터쯤 떨어진 지점에서 불타는 난파선이 해류에 떠다니는 현장을 목격했다. 모터보트 같았다. 가까운 물속에서 한 남자가 두 팔을 마구 흔들고 있었다. 해양경비대가 그를 끌어올렸다. 남자는 한쪽 다리를 덕트테이프로 둘둘 감고 있을 뿐 완전히 발가벗은 채였다.

기진맥진한 톨랜드는 우레 같은 소리를 내는 경사 회전익 비행기 밑바닥을 올려다보았다. 수평 프로펠러에서 시끄러운 돌풍이 아래쪽으로 불어오고 있었다. 레이첼이 밧줄에 매달려 올라가자 수많은 손이 그녀를 동체 안으로 끌어올렸다. 레이첼이 안전한 곳에 도달하는 광경을 지켜보던 톨랜드는 문 앞에 웅크리고 있는 한 낯익은 남자를 발견했다. 기분이 날아갈 것만 같았다.

'코키? 살아 있었군!'

인양 장비가 즉시 공중에서 다시 내려왔다. 장비는 3미터 저쪽에 떨어졌다. 톨랜드는 그쪽으로 헤엄치고 싶었지만 메가플럼의 물살이 그를 잡아당기고 있었다. 무자비한 바다의 손아귀가 그를 감싸고 놓아주지 않았다.

해류가 그를 아래쪽으로 당겼다. 수면 쪽으로 가려고 발버둥 쳤지만, 이미 기진한 상태였다.

'당신은 살아야 해요.'

누군가 말하고 있었다. 그는 다리로 물을 차고 기를 써서 수면으로 향했다. 비행기가 일으키는 바람 속으로 뚫고 들어갔지만, 인양 장비는 아직도 손에 닿지 않았다. 물살은 계속해서 그를 아래쪽으로 잡아 당기고 있었다. 소용돌이치는 바람과 소음 속에서 고개를 드니 레이첼이 보였다. 그녀는 아래를 응시하며 올라오라고 눈빛으로 애타게 말하고 있었다.

톨랜드는 네 번 힘차게 팔을 저은 끝에 간신히 인양 장비에 닿았다. 그는 마지막 힘을 짜내어 팔과 머리를 고리 속에 넣은 뒤 탈진하고 말았다.

갑자기 바다가 발밑으로 무너져 내렸다.

톨랜드가 아래를 내려다봤을 때는 소용돌이가 입을 벌리고 있었다. 메가플룸이 마침내 수면에 도달한 것이다.

윌리엄 피커링은 고야 호의 선교에 선 채 주변에서 펼쳐지는 장관을 멍하니 바라보고 있었다. 선미 우측에서 거대한 그릇 모양으로 바다가 움푹 패고 있었다. 직경은 수백 미터였고 빠른 속도로 확장되고 있었다. 바다는 소용돌이치며 그 안을 향해 세차게 흐르고 있었고, 소용돌이의 가장자리는 섬뜩할 정도로 매끈했다. 바다 깊숙한 곳에서 울려 나온 으르렁거리는 신음 소리가 주위에 가득 찼다. 마치 제물에 굶주린 고대 서사시 속의 신이 입을 벌린 듯 이쪽으로 커져 오는 구멍을 보자 정신이 아득해졌다.

'이건 꿈이야.'

피커링은 생각했다.

그때 폭발적인 소음과 함께 고야 호의 유리창이 산산조각나면서 증기 기둥이 소용돌이에서 하늘로 터져 나왔다. 거대한 간헐천의 꼭대기는 천둥 같은 소리를 내며 캄캄한 하늘을 찌를 듯이 치솟았다.

소용돌이의 벽은 한층 가파르게 변하더니 둘레가 빠르게 확장되면서 바다를 집어 삼키며 그쪽으로 다가왔다. 고야 호의 선미가 차츰 넓어지는 구멍 쪽으로 기우뚱했다. 피커링은 균형을 잃고 털썩 무릎을 꿇었다. 하느님 앞의 어린아이처럼, 그는 깊어 가는 심연을 응시했다.

최후의 생각은 딸 다이애나를 위한 것이었다. 그는 그녀가 죽음을 맞이했을 때 이런 공포는 느끼지 않았기를 기도했다.

치솟는 증기의 충격파가 오스프레이의 측면을 세게 때렸다. 조종사들이 기체의 균형을 회복하고 가라앉는 고야 호 위를 낮게 선회하는 동안, 톨랜드와 레이첼은 서로 끌어안고 있었다. 밖을 내다보니 윌리엄 피커링이 검은 코트와 넥타이 차림으로 상갑판 난간 앞에서 무릎을 꿇고 있는 모습이 보였다.

선미가 거대한 소용돌이 가장자리 위에서 좌우로 흔들리자, 닻을 매단 케이블이 마침내 툭 끊겼다. 고야 호는 선수를 자랑스럽게 위로 쳐든 채 뒤쪽부터 낭떠러지를 넘어 가파른 물 벽을 따라 소용돌이 안으로 빨려 들어갔다. 고야 호의 모습이 사라진 뒤에도 조명은 한동안 여전히 빛을 발하고 있었다.

131

워싱턴의 아침은 맑고 청명했다.

산들바람이 워싱턴 기념탑의 대좌 주위로 나뭇잎을 날렸다. 세계 최대의 오벨리스크는 보통 평화로운 모습을 수면에 반사시키며 깨어나곤 했지만, 오늘은 기대감에 가득 차서 기념탑 주위를 가득 메우고 서로 밀쳐 대는 기자들의 혼돈 속에 아침을 맞이했다.

워싱턴 자체보다 자신이 더 큰 것 같은 뿌듯한 기분으로 리무진에서 내린 세지윅 섹스턴 상원의원은 기념탑 아래에서 자신을 기다리는 기자 회견장으로 사자처럼 성큼성큼 걸어갔다. 그는 미국에서 가장 큰 10개 언론사를 초청하면서 10년에 한번 있을까 말까 한 스캔들을 약속했다.

'독수리를 끄는 데는 시체 냄새만 한 것이 없지.'

섹스턴은 우아한 모노그램 인장을 찍어 밀랍으로 봉인한 흰색 리넨 봉투를 쥐고 있었다. 정보가 힘이라면 섹스턴은 핵탄두를 가지고 있는 셈이었다.

연단으로 다가간 그는 두 개의 '페임 프레임'이 놓인 간이 무대를 보며 한껏 도취되었다. '페임 프레임'이란 로널드 레이건이 어떤 배경에서도 자신을 돋보이게 하기 위하여 고안한 것으로, 연단 양옆에 짙은 파란색 커튼 같은 대형 칸막이를 설치하는 것이다.

섹스턴은 칸막이 뒤에서 마치 배우처럼 무대로 곧장 걸어 나갔다. 기자들은 연단 앞에 몇 줄로 배열된 간이 의자에 재빨리 앉았다. 동쪽 하늘에서는 의사당 돔 위로 방금 모습을 드러낸 태양이 마치 천상의 빛과 같은 분홍색과 금색 빛을 섹스턴에게 비춰 주었다.

'세계 최고의 권력자가 되기에 완벽한 날이군.'

"좋은 아침입니다, 신사 숙녀 여러분."

섹스턴은 앞에 있는 연설대에 봉투를 내려놓으며 말했다.

"저는 최대한 짧고 간단하게 끝내려 합니다. 지금부터 나누어 드릴 정보는 솔직히 매우 충격적인 것입니다. 이 봉투에는 정부 최고위직 관료가 저지른 사기 행각의 증거가 들어 있습니다. 민망하지만 대통령이 30분 전에 제게 전화를 걸어 공표하지 말아 달라고 애원했습니다. 네, 애원을 했습니다."

그는 실망스럽다는 듯 고개를 저었다.

"하지만 저는 진실의 가치를 믿는 사람입니다. 진실이 아무리 고통스러울지라도."

섹스턴은 말을 멈추고 봉투를 들어 올리며 좌중을 유혹했다. 마치 뭔지는 몰라도 먹음직스러운 것을 보고 침을 흘리는 개 떼처럼, 기자들의 눈은 봉투를 따라 움직였다.

대통령은 30분 전에 섹스턴에게 전화로 모든 것을 설명했다. 안전하게 비행기를 타고 있는 레이첼과 이야기를 나누었다는 것이었다. 놀랍게도 윌리엄 피커링이 기획한 이 대재앙에서 백악관과 NASA는 무고한 방관자였던 듯했다.

'그건 중요하지 않아. 어쨌거나 잭 허니는 추락할 테니까.'

섹스턴은 백악관 벽에 붙은 파리 한 마리가 되어서라도 자신이 기자회견을 연다는 소식을 듣는 순간 대통령이 어떤 표정을 짓는지 구경하고 싶었다. 애당초 지금은 운석에 대한 진실을 어떤 방법으로 국민에게 알리는 것이 최선인지 대통령과 논의하겠다고 약속한 시간이었다. 아마 지금 이 순간 허니는 충격으로 말문이 막힌 채 텔레비전 앞에 서서 운명의 손길을 막기 위해 백악관이 할 수 있는 일은 아무것도 없음을 깨닫고 있을 것이다.

"여러분."

섹스턴은 시선을 기자들에게 두고 말했다.

"저는 이것에 대해 아주 많이 고민했습니다. 이 자료를 비밀에 붙이자는 대통령의 의사를 존중하는 게 어떨까 생각도 해 보았습니다. 그러나 저는 양심이 시키는 대로 행동하지 않을 수 없었습니다."

섹스턴은 역사의 무게에 짓눌린 사람처럼 고개를 숙이며 한숨 쉬었다.

"진실은 진실입니다. 저는 어떤 방식으로든 이 사실에 대한 여러분의 해석에 영향을 미치지 않으려 합니다. 있는 그대로 자료를 보여 드리겠습니다."

멀리서 거대한 헬기의 회전날개 소리가 들렸다. 순간 섹스턴은 대통령이 기자회견을 중지시키려고 허둥지둥 백악관에서 날아오고 있는 것은 아닐까 생각했다.

'그럼 금상첨화일 텐데. 딱 죄지은 사람처럼 보일 테니까.'

섹스턴은 기분 좋게 생각했다.

"이러는 저도 즐겁지 않습니다,"

섹스턴은 완벽한 타이밍이라고 여기며 계속했다.

"그러나 저는 미국 국민들이 속았다는 사실을 알리는 것이 제 의무라고 생각합니다."

굉음을 내며 진입한 비행기는 기자회견장 오른쪽 공터에 착륙했다.

그쪽을 흘낏 본 섹스턴은 대통령 전용 헬기가 아니라 거대한 오스프레이 경사 회전날개 비행기인 것에 놀랐다.

동체에는 미 해안경비대라고 쓰여 있었다.

섹스턴이 어리둥절해서 바라보는 가운데, 문이 열리고 한 여자가 나타났다. 오렌지색 해양경비대 파카 차림이었고 막 전쟁이라도 치른 듯 부스스한 모습이었다. 그녀는 기자회견장으로 걸어왔다. 섹스턴은 잠시 그녀를 알아보지 못하고 있다가 갑자기 알아차렸다.

'레이첼? 저 애가 도대체 여기서 뭐 하는 거야?'

놀라서 입이 딱 벌어졌다.

기자들은 혼란스러워서 웅성거렸다.

섹스턴은 큰 미소를 지으며 다시 기자들을 향한 뒤 사과하듯 손가락을 들어 올렸다.

"잠깐만 기다려 주시겠습니까? 대단히 죄송합니다."

그는 귀찮다는 듯 사람 좋은 한숨을 내쉬었다.

"가족이 우선이죠."

몇몇 기자들이 웃었다.

딸이 오른쪽으로 빠르게 다가오는 것을 본 섹스턴은 남의 눈에 띄지 않는 곳에서 만나는 것이 낫겠다고 확신했다. 그러나 지금 당장 눈에 띄지 않는 곳은 없었다. 섹스턴의 시선이 오른쪽에 있는 커다란 칸막이로 향했다.

섹스턴은 온화한 미소를 띤 채 딸에게 손짓 하며 마이크에서 물러섰다. 그리고 딸이 자신을 따라 칸막이 뒤로 오도록 비스듬한 각도로 걸었다. 두 사람은 기자들의 눈과 귀가 미치지 않는 중간 지점에서 만났다.

"아가?"

그는 다가오는 레이첼을 향해 미소 지으며 두 팔을 벌렸.

"웬일이냐?"

레이첼은 다가와서 그의 얼굴을 철썩 때렸다.

레이첼은 칸막이 뒤에서 아버지와 단둘이 마주 서서 혐오스럽다는 눈길로 그를 노려보았다. 세게 때렸지만, 아버지는 눈썹 하나 까딱하지 않았다. 그는 무시무시한 통제력으로 가식적인 웃음을 지운 뒤 꾸짖듯이 딸을 노려보았다.

섹스턴의 목소리는 악마 같은 속삭임으로 바뀌었다.

"네가 올 자리가 아니야."

레이첼은 아버지의 눈에서 분노를 보았지만, 평생 처음으로 두려움을 느끼지 않았다.

"난 아버지에게 도움을 요청했는데, 아버지는 날 배신했어요. 난 죽을 뻔했다고요!"

"이렇게 무사하잖니."

실망스럽기라도 한 듯한 목소리였다.

"NASA는 죄가 없어요! 대통령한테 들으셨잖아요! 지금 여기서 뭐 하시는 거예요?"

해안경비대의 오스프레이 비행기를 타고 워싱턴으로 가는 짧은 비행시간 내내, 레이첼은 백악관과 아버지, 심지어 절망에 휩싸인 가브리엘 애쉬에 이르기까지 수많은 사람들과 통화를 나누었다.

"대통령한테 백악관으로 간다고 약속하셨다면서요!"

"그랬지. 선거 날에 말이다."

섹스턴은 능글맞게 웃었다.

이런 인간이 아버지라고 생각하니 역겨웠다.

"지금 아버지는 미친 짓을 하고 계시는 거예요."

"그래?"

섹스턴은 웃었다. 그는 돌아서서 칸막이 너머의 연단을 가리켰다.

연설대 위에는 흰색 봉투 한 묶음이 놓여 있었다.

"저 안에는 네가 보낸 정보가 들어 있다, 레이첼. 네가 보낸 거야. 대통령의 피는 네 손에 묻어 있어."

"난 아버지의 도움이 필요해서 팩스를 보냈어요. 그때는 대통령과 NASA가 범인이라고 생각했죠!"

"증거를 검토해 보니 NASA는 분명 유죄로 보여."

"그렇지 않아요! NASA에게 스스로 실수를 고백할 기회를 주어야 해요. 아버지는 이미 선거에서 이겼어요. 잭 허니 대통령은 끝났다고요! 아시잖아요. 최소한 품위는 지킬 수 있도록 해 줘야 할 거 아니에요."

섹스턴은 신음 소리를 냈다.

"순진하기는. 단순히 선거에서 이기는 것만이 중요한 게 아니다, 레이첼. 이건 권력 문제야. 결정적인 승리를 얻어 내야 해. 위대한 업적, 상대를 완전히 무너뜨리고 정책을 실현할 수 있도록 워싱턴의 세력들을 내 손안에 넣는 게 중요하다."

"어떤 대가를 치르더라도요?"

"혼자만 그렇게 정의로운 척하지 마라. 난 증거를 제시하는 것뿐이야. 죄인이 누구인지는 국민들이 알아서 판단하겠지."

"이게 어떻게 보일지는 아버지도 아시잖아요."

그는 어깨를 으쓱했다.

"그럼 NASA가 나서야겠지."

섹스턴 상원의원은 칸막이 뒤에서 기자들이 초조해하고 있는 것을 느꼈다. 아침 내내 여기서 딸의 설교를 듣고 싶은 생각은 없었다.

"우리 이야기는 끝났다. 난 기자회견을 해야 해."

"딸로서 부탁드릴게요. 이러지 마세요. 지금 아버지가 무슨 짓을 하고 있는지 생각해 보세요. 더 좋은 방법이 있어요."

"나는 그렇게 생각하지 않아."

등 뒤의 음향 장비에서 우웅 하는 잡음이 울렸다. 돌아보니 지각한 여기자 하나가 연단에 몸을 숙인 채 S자형 마이크 대에 방송용 마이크를 부착하고 있었다.

'이 멍청이들은 제시간에 좀 오면 안 되나?'

섹스턴은 화가 났다. 여기자는 서두르다가 섹스턴의 봉투 뭉치를 바닥에 떨어뜨렸다.

'빌어먹을!'

섹스턴은 신경을 다른 데 팔게 한 딸을 욕하며 그쪽으로 걸어갔다. 여기자는 바닥에 손과 무릎을 대고 떨어진 봉투들을 모으고 있었다. 얼굴은 볼 수 없었지만, 긴 캐시미어 코트와 어울리는 스카프 차림이었고, 깊이 눌러쓴 모헤어 베레모에 ABC 방송국 기자증을 꽂고 있었다. 분명 방송기자였다.

'멍청한 년.'

섹스턴은 생각했다.

"내가 가져가겠소."

그는 날카롭게 말하면서 봉투를 향해 손을 뻗었다.

여기자는 마지막 봉투까지 집어 든 뒤 고개를 들지도 못하고 그에게 건네주었다.

"죄송합니다……."

그녀는 민망한 듯 중얼거리더니 허리를 굽힌 채 황급히 군중 속으로 들어갔다.

섹스턴은 재빨리 봉투를 세었다.

'10개. 좋아. 그 누구도 내 보물은 훔치지 못해.'

그는 분위기를 바꾸는 차원에서 마이크를 조정하고 기자들을 향해 유쾌한 미소를 지어 보였다.

"누가 다치기 전에 빨리 봉투를 나눠 드리는 게 좋을 것 같군요."

사람들은 기대감에 가득 찬 얼굴로 웃음을 터뜨렸다.

섹스턴은 칸막이 바로 뒤에 딸이 있는 것을 느꼈다.

"이러지 마세요. 후회하실 거예요."

섹스턴은 딸의 말을 무시했다.

"부탁드리는 거예요. 절 믿어 주세요."

레이첼의 목소리는 점점 커졌다.

"실수하시는 거예요."

섹스턴은 봉투를 집어 들고 모서리를 가지런히 폈다.

"아빠."

이제 애타게 애원하는 목소리였다.

"올바른 일을 하실 수 있는 마지막 기회예요."

'올바른 일을 하라고?'

섹스턴은 헛기침이라도 하는 것처럼 손으로 마이크를 덮고 몸을 돌렸다. 그리고 딸에게 은밀한 눈빛을 보냈다.

"너도 네 어미와 똑같구나. 이상주의적이고 생각이 좁은 것이. 여자들은 권력의 진정한 속성을 이해하지 못해."

웅성거리는 기자들을 향해서 다시 몸을 돌린 세지윅 섹스턴은 이미 딸에 대해서 까맣게 잊고 있었다. 그는 턱을 치켜든 채 연설대 옆으로 걸어 나와 기다리는 기자들의 손에 봉투를 건넸다. 봉투는 빠른 속도로 사람들에게 퍼졌다. 크리스마스 선물처럼 봉인이 뜯겨 나가고 봉투가 찢어지는 소리가 들려왔다.

갑작스러운 침묵이 기자회견장을 덮었다.

정적 속에서, 섹스턴은 자신의 정치인생에서 가장 결정적인 한마디를 들을 수 있었다.

'운석은 사기다. 내가 그 사실을 밝힌 장본인이다.'

섹스턴은 기자들이 자료의 진정한 의미를 파악하려면 시간이 걸린다는 것을 알고 있었다. 얼음 속의 삽입 통로가 나타난 **GPR** 사진, **NASA**의 화석과 거의 동일한 살아 있는 해양 생물, 지구에서 형성된 콘드룰의 증거. 그 모든 것이 단 하나의 충격적인 결론을 가리키고 있었다.

"의원님."

한 기자가 봉투 안의 내용물을 보고 충격을 받은 목소리로 물었다.

"이게 진짜입니까?"

섹스턴은 침울하게 한숨을 지었다.

"예, 유감스럽게도 진짜입니다."

혼란스럽게 웅성거리는 소리가 사람들 사이에 퍼졌다.

"잠시 서류를 검토할 시간을 드리겠습니다. 그런 다음 질의응답을 통해 자세한 설명을 드릴까 합니다."

또 다른 기자가 완전히 당황한 목소리로 물었다.

"의원님, 이 사진이 진짜입니까? 조작한 게 아니고요?"

"100퍼센트 확실합니다."

섹스턴은 더욱 단호한 어조로 말했다.

"그렇지 않다면 이 증거를 내놓지 않았을 겁니다."

기자들의 혼란은 더욱 깊어지는 것 같았다. 어디선가 웃음소리까지 들려왔다. 섹스턴이 기대했던 반응이 전혀 아니었다. 눈에 뻔히 보이는 퍼즐 조각을 완성시키는 언론의 능력을 과대평가한 것은 아닐까 하는 걱정이 일었다.

"음, 의원님?"

이상하게도 누군가 재미있다는 목소리로 물었다.

"공식적으로 이 사진들이 진짜라는 것을 보증하십니까?"

섹스턴은 점점 답답해졌다.

"여러분, 마지막으로 말씀드리지만, 여러분이 갖고 계시는 증거는 100퍼센트 정확합니다. 그렇지 않다는 증거가 나오면 내가 손에 장을 지지겠소!"

섹스턴은 웃음을 기다렸지만, 웃음은 나오지 않았다.

정적만 흘렀다. 공허한 시선들.

방금 발언한 기자가 사진을 넘기며 섹스턴 쪽으로 다가왔다.

"맞습니다, 의원님. 정말 민망한 자료입니다."

기자는 말을 멈추고 머리를 긁었다.

"한데 지난번에는 그렇게 부인하셨으면서 왜 지금 이런 식으로 공개할 결심을 하셨는지 이해가 잘 안 됩니다."

도대체 무슨 소리인지 알 수가 없었다. 기자가 그에게 사진을 넘겨주었다. 섹스턴은 사진을 보았다. 순간 머릿속이 텅 비었다.

아무 말도 나오지 않았다.

그는 낯선 사진들을 바라보고 있었다. 흑백사진, 벌거벗은 채 팔다리가 엉켜 있는 두 사람. 잠시 동안 자신이 무엇을 보고 있는지도 알 수가 없었다. 그러다 갑자기 깨달았다. 숨이 턱 막혔다.

경악한 섹스턴의 머리가 다시 기자들 쪽으로 향했다. 기자들은 웃고 있었다. 절반은 벌써 뉴스 편집국에 전화를 걸어 소식을 전하고 있었다.

누군가 그의 어깨를 두드렸다. 섹스턴은 멍하니 돌아섰다.

레이첼이 서 있었다.

"우린 아버지를 막으려고 노력했어요. 모든 기회를 드렸어요."

한 여인이 그녀의 옆에 서 있었다.

섹스턴은 부들부들 떨며 그 여자를 바라보았다. 캐시미어 코트와 모헤어 베레모 차림의 그 기자, 봉투를 떨어뜨린 여자였다. 그녀의 얼굴을 보는 순간, 피가 얼어붙는 것 같았다.

가브리엘의 검은 눈이 머릿속까지 꿰뚫어 볼 듯이 그를 쳐다보고 있었다. 그녀는 손을 내려 코트 자락을 펼쳤다. 겨드랑이 아래에는 흰 봉투 묶음이 단정하게 끼워져 있었다.

132

허니 대통령의 책상 위에 놓인 청동 램프만 부드러운 불빛을 내고 있을 뿐, 집무실은 어둑어둑했다. 가브리엘은 대통령 앞에서 턱을 들어 올렸다. 허니의 등 뒤 유리창 밖의 서쪽 정원에는 황혼이 내리고 있었다.

"자네가 떠난다는 소식을 들었네."

허니는 실망한 듯 말했다.

가브리엘은 고개를 끄덕였다. 대통령은 당분간 언론을 피할 수 있도록 백악관 안에 무기한 머물러도 좋다고 정중하게 제의했지만, 가브리엘은 폭풍의 눈 속에 숨어서 폭풍을 빠져나가고 싶지는 않았다. 가능한 한 멀리 도망가고 싶었다. 적어도 당분간은.

허니 대통령은 감탄한 듯 책상 위로 그녀를 쳐다보았다.

"자네가 오늘 아침에 한 선택은, 가브리엘······."

그는 할 말을 찾을 수 없는 듯 말을 멈췄다. 그의 눈은 단순하고 명료했다. 한때 가브리엘을 세지윅 섹스턴에게 이끌렸던 깊고, 수수께끼

같은 눈과는 비교할 수조차 없었다. 하지만 이렇게 권위 있는 공간에 서조차, 가브리엘은 그의 눈길에서 진심에서 우러나오는 친절함과 쉽게 잊지 못할 명예와 품위를 보았다.

"저를 위해서 내린 결정이기도 합니다."

가브리엘이 마침내 말했다. 허니 대통령은 고개를 끄덕였다.

"그렇다고 해도 감사한 것은 마찬가지야."

그는 그녀에게 복도 쪽으로 따라오라고 손짓했다.

"사실 자네를 잠시 곁에 두고 있다가 예산 팀에 일자리라도 내 줄 생각이었어."

가브리엘은 의심스럽다는 듯한 표정을 지어 보였다.

"지출은 그만두고 수리를 시작하시게요?"

그는 웃었다.

"비슷한 거지."

"지금 제가 대통령께 자산이라기보다는 부담만 된다는 사실은 알고 계실 거라고 생각합니다만."

허니 대통령은 어깨를 으쓱했다.

"몇 달만 지나 봐. 모두 지나가 버릴 걸세. 수많은 위대한 인물들이 비슷한 상황을 견디고 위대한 업적을 남겼어."

그는 윙크했다.

"그중에는 미국 대통령도 있다네."

가브리엘은 그가 옳다는 것을 알고 있었다. 겨우 오늘 몇 시간 실직한 사이에 가브리엘은 벌써 두 가지 일거리 제안을 거절했다. 하나는 ABC 방송국의 욜랜다 콜이었고, 다른 하나는 엄청난 계약금을 내걸고 폭로성 자서전 출간을 제의한 세인트 마틴 출판사였다. 그녀는 거절했다.

가브리엘은 대통령과 함께 복도를 걸으며 지금 한창 텔레비전에 보도되고 있을 자신의 사진들을 떠올렸다.

'국가는 훨씬 더 큰 타격을 받았을 수도 있었어. 훨씬 더 큰 타격을.'

그녀는 자신에게 말했다.

가브리엘은 ABC 방송국에서 사진을 돌려받고 욜랜다 콜의 기자 신분증을 빌린 뒤 똑같은 흰 봉투를 훔쳐 내기 위해 섹스턴의 사무실로 몰래 들어갔다. 컴퓨터 안에 저장된 기부금 수표 사진도 인쇄했다. 워싱턴 기념탑에서 섹스턴과 다시 대면한 뒤, 가브리엘은 말문이 막힌 의원에게 수표 사진을 건네주고 요구사항을 제시했다.

'대통령에게 운석에 관한 실수를 발표할 수 있는 기회를 줘라, 그렇지 않으면 나머지 자료까지 공개하겠다.'

섹스턴 상원의원은 금융관련 서류 뭉치를 한번 보더니 리무진에 올라 자리를 떴다. 이후 그의 소식은 들려오지 않았다.

대통령과 가브리엘이 기자회견실 뒷문 앞에 도착하자 문 안에서 기다리고 있는 사람들의 소리가 들려왔다. 전 세계가 24시간 동안 두 번째로 대통령 특별담화를 듣기 위해 모여 있었다.

"무슨 말씀을 하실 건가요?"

허니 대통령은 눈에 띄게 차분한 태도로 한숨을 쉬었다.

"오랜 세월 동안 내가 거듭해서 배운 한 가지 사실이 있지."

그는 그녀의 어깨에 손을 올리며 미소 지었다.

"진실을 대신할 것은 아무것도 없다네."

가브리엘은 그가 무대를 향해 걸어가는 모습을 보며 예상치 못했던 뿌듯함을 느꼈다. 잭 허니 대통령은 그의 생애 최대의 실수를 인정하기 위해 걸어가고 있었다. 이상하게도 그때보다 더 그가 대통령답게 보인 적이 없었다.

133

잠에서 깨어났을 때, 방은 어두웠다.

시계는 오후 10시 14분을 가리키고 있었다. 자신의 침대가 아니었다. 잠시 레이첼은 그대로 누워서 여기가 어딘지 생각했다. 천천히, 모든 기억이 되살아났다. 메가플럼. 오늘 아침 워싱턴 기념탑에서 있었던 일. 백악관에 머물라는 대통령의 초대.

'백악관이구나. 난 여기서 하루 종일 잤어.'

레이첼은 깨달았다.

해안경비대 헬기는 대통령의 명령에 따라 기진맥진한 마이클 톨랜드, 코키 말린슨, 레이첼 섹스턴을 워싱턴 기념탑에서 백악관으로 이송했다. 그들은 백악관에서 호화로운 아침 식사를 만끽한 다음, 의사의 진찰을 받고, 14개의 침실 중 원하는 곳에서 휴식을 취해도 좋다는 말을 들었다.

세 사람 모두 기꺼이 받아들였다.

이렇게 오랫동안 잤다는 것을 믿을 수 없었다. 텔레비전을 켠 레이첼은 허니 대통령이 이미 기자회견을 끝마친 것을 알고 깜짝 놀랐다. 레이첼 일행은 대통령이 운석에 대한 실망스러운 소식을 전 세계에 발표할 때 대통령 옆에 서 있겠다고 제의했던 것이다.

'실수는 우리 모두가 저지른 겁니다.'

그러나 허니 대통령은 혼자서 짐을 지겠다고 고집했다.

텔레비전에서 한 정치분석가가 말하고 있었다.

"슬프게도 NASA는 우주에서 어떠한 생명체의 흔적도 발견하지 못한 것 같습니다. NASA가 운석에서 외계 생명체의 증거를 착각한 것은 지난 10년 동안 두 번째 있는 일입니다. 그런데 이번에는 여러 저명한 민간인 전문가들 역시 속아 넘어갔습니다."

두 번째 분석가가 끼어들었다.

"보통 이 정도로 거대한 사기극은 대통령의 경력에 치명타라고 볼 수 있겠습니다만, 오늘 아침 워싱턴 기념비에서 있었던 일을 고려해 볼 때 잭 허니 대통령이 재선될 가능성은 어느 때보다 더 커 보인다고 말할 수밖에 없겠습니다."

첫 분석가는 고개를 끄덕였다.

"우주에는 생명이 없었지만, 섹스턴 상원의원의 선거운동 역시 생명을 잃었으니까요. 게다가 현재 섹스턴 상원의원에게 심각한 자금 문제가 있었다는 사실을 시사하는 새로운 정보들이 계속 드러나는 상황이라······."

문을 노크하는 소리가 레이첼의 주의를 끌었다.

'마이클?'

그녀는 재빨리 텔레비전을 껐다. 아침 식사 이후로 그를 보지 못했다. 백악관에 도착한 뒤로 레이첼은 그의 품에서 잠들고 싶다는 생각뿐이었다. 그녀는 마이클도 같은 기분일 거라고 확신했지만, 코키가 톨랜드의 침대에 눌러앉아 자기 몸에 오줌을 눠서 목숨을 건졌다는 이야기를 몇 번이나 시끄럽게 떠들어 대며 훼방을 놓았다. 결국 지친 레이첼과 톨랜드는 포기하고 잠을 자기 위해 각자의 방으로 향했다.

문을 향해 걸어가다가 거울을 들여다본 레이첼은 자신의 우스꽝스러운 옷차림을 보고 피식 웃었다. 침실에서 입을 만한 옷이라고는 서랍 안에 들어 있던 낡은 펜실베이니아 대학 풋볼 셔츠 한 장뿐이었던 것이다. 셔츠는 마치 잠옷처럼 무릎까지 축 늘어져 있었.

다시 노크 소리가 들렸다.

문을 연 레이첼은 여성 대통령 경호원을 보고 실망했다. 파란 블레이저 차림에 탄탄한 몸매, 예쁘장한 얼굴이었다.

"섹스턴 씨, 링컨 침실에 계시는 분이 이 방에서 텔레비전 소리를 들으셨답니다. 혹시 일어나셨으면 전해 달라고……."

경호원은 백악관 위층에서 일어나는 애정 행각에는 이미 익숙한 듯 말꼬리를 흐리며 한쪽 눈썹을 치켜세웠다.

레이첼은 얼굴을 붉혔다.

"고마워요."

요원은 화려하게 꾸며진 복도를 지나 평범해 보이는 문으로 레이첼을 안내했다.

"링컨 침실입니다. 이 방으로 손님을 안내할 때는 항상 이런 말씀을 드리게 되어 있습니다. 안녕히 주무시고 유령들을 조심하십시오."

레이첼은 고개를 끄덕였다. 링컨 침실 안에 유령이 있다는 소문은 백악관의 역사만큼 유서 깊은 전설이었다. 윈스턴 처칠이 링컨의 유령을 여기서 보았다고 알려져 있고, 그 밖에도 엘리너 루즈벨트, 에이미 카터, 배우 리처드 드레퓌스, 수십 년간 있었던 하녀와 집사 등 셀 수 없는 목격담이 있었다. 레이건 대통령의 개도 이 문 앞에만 오면 몇 시간이고 짖어 댔다고 한다.

역사적인 인물들의 유령을 생각하니 레이첼은 문득 갑자기 이 방이

성스러운 공간이라는 사실을 깨달았다. 남자 방에 몰래 숨어 들어가는 여대생처럼 긴 풋볼 셔츠 차림으로 다리를 드러낸 채 서 있노라니 갑자기 쑥스러운 생각이 들었다.

"확실한가요? 여기가 바로 링컨 침실이란 말이죠?"

그녀는 요원에게 속삭였다. 요원이 윙크했다.

"이 층에서는 '묻지도 말고, 말하지도 말라' 는 것이 저희 방침입니다."

레이첼은 미소 지었다.

"고마워요."

레이첼은 문 안에서 무엇이 기다리고 있을까 하는 기대감을 안고 문 손잡이에 손을 뻗었다.

"레이첼!"

콧소리가 섞인 음성이 전기톱 소리처럼 복도 저쪽에서 들려왔다.

레이첼과 요원은 고개를 돌렸다. 코키 말린슨이 목발을 짚고 절뚝거리며 이쪽으로 걸어오고 있었다. 이제 다리에는 테이프 대신 의료 붕대가 감겨 있었다.

"나도 잠이 안 와!"

레이첼은 낭만적인 밀회가 무산되나 싶어 갑자기 힘이 쭉 빠졌다.

코키는 예쁘장한 비밀요원을 살펴보더니 활짝 미소 지었다.

"전 제복 차림의 여자 분들이 좋더군요."

요원은 블레이저 자락을 옆으로 젖혀 무시무시한 무기를 보여 주었다. 코키는 물러섰다.

"알겠습니다."

그는 레이첼을 돌아보았다.

"마이크도 일어났어요? 들어갈 겁니까?"

얼른 같이 놀고 싶어 안달하는 눈치였다. 레이첼은 신음하듯 말했다.

"사실, 코키……."

"말린슨 박사님,"

경호원이 블레이저에서 메모 한 장을 꺼냈다.

"톨랜드 씨가 주신 이 메모에 따르면, 저는 박사님을 주방으로 안내한 다음 주방장에게 원하시는 음식을 만들어 드리게 하고 오늘 박사님이 어떻게……."

요원은 머뭇거리다가 얼굴을 찌푸리며 계속 읽었다.

"……오줌을 누어 생존할 수 있었는지 생생하고 자세하게 설명을 부탁드리라는 분명한 지시를 받았습니다."

마법의 주문이라도 들었는지, 코키는 그 자리에서 목발을 내려놓고 한 팔로 요원의 어깨를 감쌌다.

"주방으로 갑시다!"

요원은 내키지 않는 표정으로 코키를 부축해서 복도를 걷기 시작했다. 코키 말린슨은 천국에라도 온 듯한 얼굴이었다.

"오줌이 결정적이었어요."

코키의 목소리가 들려왔다.

"그놈들의 빌어먹을 종뇌후엽은 온갖 냄새를 다 맡거든요!"

레이첼이 들어갔을 때 링컨 침실은 어두웠다. 그녀는 침대가 텅 비어 있고 누가 잔 흔적이 없는 것을 보고 놀랐다. 마이클 톨랜드는 아무 데도 보이지 않았다. 오래된 기름 램프가 침대 옆에서 타고 있었고, 흐릿한 불빛 속에서 방 안 풍경이 조금씩 눈에 들어왔다. 브뤼셀 양탄자, 조각 장식으로 유명한 로즈우드 침대, 링컨의 부인 메리 토드의 초상화, 링컨이 노예 해방 선언문에 서명한 탁자까지.

등 뒤로 문을 닫은 그녀는 벌거벗은 다리에 차고 끈적한 바람을 느꼈다.

'어디 있지?'

방 건너편에 창문 하나가 열려 있었고, 희고 투명한 커튼이 바람에 날리고 있었다. 창문을 닫으려고 걸어가는데, 벽장에서 기괴한 속삭임이 흘러나왔다.

"메에에에리이이이이······."

레이첼은 휙 돌아섰다.

"메에에에리이이이이?"

목소리가 다시 속삭였다.

"당신이오? 메리 토드 리이이이이이잉컨?"

레이첼은 재빨리 창문을 닫고 벽장 쪽으로 돌아갔다. 바보 같은 일인 줄 알고 있었지만 가슴이 두근거렸다.

"마이크, 당신이란 걸 알고 있어요."

"아니야아아아······."

목소리는 계속됐다.

"나는 마이크가 아니야······. 나는······ 링커어어어언."

레이첼은 엉덩이에 두 손을 짚었다.

"아, 그래요? 정직하신 에이브라고요?"

소리 죽인 웃음이 흘러나왔다.

"적당히 정직한 에이브라면······ 맞아아아아."

레이첼 역시 웃고 있었다.

"무섭지 않아아아아아?"

벽장 안의 목소리는 투덜거리기 시작했다.

"난 무서운 유령이야아아아아."

"안 무서워요."

"제발 무서워 해 줘어어어어······."

목소리는 끙끙댔다.

"인간이라는 종에게 공포와 성적 흥분이라는 두 감정은 밀접하게 연결되어 있어."

레이첼은 웃음을 터뜨렸다.

"이걸 지금 유혹이라고 하는 거예요?"

"용서해애애애애……."

목소리는 신음을 내뱉었다.

"여자를 사귄 지 오래돼서 그래애애애애."

"그런 것 같네요."

레이첼은 벽장 문을 홱 열었다.

마이클 톨랜드는 장난꾸러기처럼 삐딱하게 웃으며 그녀 앞에 서 있었다. 감청색 공단 파자마 차림의 그는 너무나 매력적이었다. 그의 가슴에 선명하게 장식된 대통령 문장이 눈에 띄었다.

"대통령 잠옷이에요?"

그는 어깨를 으쓱했다.

"서랍 안에 있었어요."

"한데 난 왜 이 미식축구 셔츠 하나뿐이었죠?"

"당신이 링컨 침실을 선택했어야죠."

"당신이 알려 줬어야죠!"

"매트리스가 안 좋다고 들었어요. 오래된 말털이라."

톨랜드는 대리석 탁자 위에 선물용으로 포장된 상자를 가리키며 윙크했다.

"대신 이걸로 만족해요."

레이첼은 감동했다.

"나한테 주는 거예요?"

"대통령 보좌관에게 나가서 구해 달라고 했어요. 지금 막 도착했습니다. 흔들지 말아요."

레이첼은 조심스럽게 포장을 열고 무거운 내용물을 꺼냈다. 못생긴 오렌지색 금붕어 두 마리가 커다란 크리스털 어항 안에서 헤엄치고 있었다. 레이첼은 어리둥절하고 실망스러운 기분으로 어항을 쳐다보았다.

"지금 장난치는 거예요?"

"헬로스토마 테민키라는 겁니다."

톨랜드는 자랑스럽게 말했다.

"물고기를 선물하는 거라고요?"

"입을 맞추는 희귀한 중국산 물고기예요. 아주 낭만적이죠."

"물고기는 낭만적이지 않아요, 마이크."

"이놈들을 보면 그런 소리 못 할 걸요. 몇 시간이나 키스합니다."

"이것도 유혹이라고 하는 거예요?"

"워낙 낭만이 둔해진지라. 노력에 점수를 줄 수는 없습니까?"

"참고로 말인데, 마이크. 물고기로는 전혀 안 돼요. 다음부터는 꽃으로 해 봐요."

톨랜드는 등 뒤에서 흰 백합 한 다발을 꺼냈다.

"원래 붉은 장미를 구하려고 했는데 로즈가든으로 몰래 들어가려다가 총에 맞을 뻔했어요."

톨랜드는 레이첼을 끌어당겨 머리카락에서 나는 부드러운 향기를 들이마셨다. 그는 자신의 내부에서 오랫동안 굳어 있던 고요한 고독이 녹아내리는 것을 느꼈다. 흰 백합이 발치에 떨어졌고, 지금까지 톨랜드 자신도 모르게 쌓아 올렸던 장벽들이 갑자기 녹아내리기 시작했다.

'유령들이 사라졌어.'

레이첼은 그를 침대 쪽으로 서서히 밀면서 귀에다 부드럽게 속삭이고 있었다.

"정말 물고기가 낭만적이라고 생각하는 건 아니죠?"

"난 그렇게 생각해요."

그는 다시 그녀에게 키스했다.

"당신이 해파리의 짝짓기 의식을 한번 봐야 하는데. 믿기지 않을 정도로 에로틱합니다."

레이첼은 그를 말털 매트리스에 눕힌 뒤 날씬한 몸을 그의 몸 위에 조심스럽게 겹쳤다. 얇은 공단 파자마를 통해 전해지는 그녀의 몸짓에 숨이 막힐 지경이었다.

"그리고 해마는…… 해마는 믿을 수 없을 정도로 관능적인…… 사랑의 춤을 추죠."

"물고기 이야기는 그만해요."

그녀는 그의 파자마 단추를 풀면서 속삭였다.

"고등한 영장류의 짝짓기 의식에 대해서 아는 건 없나요?"

톨랜드는 한숨을 쉬었다.

"유감이지만 영장류는 전문 분야가 아니라서."

레이첼은 미식축구 셔츠를 벗었다.

"좋아요, 야생 소년. 그럼 빨리 배워 봐요."

에필로그

NASA 수송기가 대서양 위를 높이 선회했다.

비행기 안에서 로렌스 엑스트럼 국장은 화물칸에 실려 있는 새까맣게 탄 거대한 바위를 마지막으로 바라보았다.

'바다로 돌아가라. 사람들이 너를 처음 발견했던 곳으로.'

엑스트럼의 명령을 받은 조종사는 화물칸의 문을 열어 바위를 떨어뜨렸다. 그들은 비행기 뒤로 떨어진 거대한 암석이 햇살에 젖은 하늘을 배경으로 호를 그리다가 은빛 물보라를 일으키며 파도 속으로 사라지는 모습을 지켜보았다.

거대한 암석은 빠르게 가라앉았다.

수심 100미터 아래에는 암석이 굴러 떨어지는 윤곽이 겨우 비칠 정도의 빛만 남아 있었다. 그리고 150미터를 지나자 암석은 완전한 암흑 속으로 빠져들었다.

암석은 계속 빠르게 내려갔다.

더 깊이.

암석은 거의 12분 가까이 떨어졌다.

달의 어두운 면에 부딪치는 운석처럼, 암석은 대양저의 광활한 진흙 평원에 충돌하며 흙먼지를 자욱하게 일으켰다. 먼지가 가라앉자 수천 가지 이름 모를 해양 생물 중 하나가 이 괴상한 이주민을 살펴보기 위해 헤엄쳐 왔다.

별 감명을 받지 않았는지, 생명체는 다른 곳으로 이동했다.

옮긴이 **유소영**

포항 출생으로 서울대학교 해양학과를 졸업했다. 스릴러와 SF, 역사소설을 좋아하며, 전문가들로부터 꼼꼼한 리서치로 정확한 번역을 한다는 높은 평가를 받고 있다. 주요 작품으로는 《어필》《어소시에이트》《법의관》《본컬렉터》《돌원숭이》《사라진 마술사》《격리병동》《운명의 서》《12번째 카드》《얼터드 카본》《데드맨 플라이》외 다수가 있다.

디셉션 포인트 ❷

초　판 1쇄 발행 2010년 9월 17일
초　판 8쇄 발행 2025년 5월 27일

지은이 ｜ 댄 브라운
옮긴이 ｜ 유소영
발행인 ｜ 강봉자·김은경

펴낸곳 ｜ (주)문학수첩
주　소 ｜ 경기도 파주시 회동길 503-1, 3층(문발동 633-4) 출판문화단지

전　화 ｜ 031) 955 - 9088(대표번호), 031) 955 - 9534(편집부)
팩　스 ｜ 031) 955 - 9066
등　록 ｜ 1991년 11월 27일 제16 -482호

홈페이지 ｜ www.moonhak.co.kr
이메일 ｜ moonhak@moonhak.co.kr

ISBN 978-89-8392-367 -7 (세트)
　　　978-89-8392-369 -1 04840

* 파본은 구매처에서 바꾸어 드립니다.